饮山海

出智周　著

陕西新华出版
太白文艺出版社·西安

图书在版编目（CIP）数据

饮山海 / 出智周著. -- 西安 ： 太白文艺出版社，
2024.5
ISBN 978-7-5513-2525-7

Ⅰ. ①饮… Ⅱ. ①出… Ⅲ. ①长篇小说－中国－当代
Ⅳ. ①I247.5

中国国家版本馆CIP数据核字(2023)第238181号

饮山海
YIN SHAN HAI

作　　者	出智周
责任编辑	姚亚丽
特约策划	苏爱丽
特约编辑	张　赛
装帧设计	马　佳
出版发行	太白文艺出版社
经　　销	新华书店
印　　刷	三河市龙大印装有限公司
开　　本	710mm×1000mm　1/16
字　　数	200千字
印　　张	15
版　　次	2024年5月第1版
印　　次	2024年5月第1次印刷
书　　号	ISBN 978-7-5513-2525-7
定　　价	69.80元

版权所有　翻印必究
如有印装质量问题，可寄出版社印制部调换
联系电话：029-81206800
出版社地址：西安市曲江新区登高路1388号（邮编：710061）
营销中心电话：029-87277748　029-87217872

我是心尖的一朵小花，不惧风霜，无畏流年，永不凋零。
我是高原的一簇麦芒，棱角分明，刺破天穹，长逐光明。

———献给可贵的世人

饮山海

目录

楔 子

YIN SHAN HAI · XIE ZI

2007 年，惊蛰刚过，泥融沙暖，和风满怀，远望天地生机盎然，近看青草浓绿扑面，大自然的色彩也渐渐开始饱满了：春林初盛，春山可望；翠叶满枝，花团锦簇；菠萝金黄，汁水饱满；樱桃通红，娇艳玲珑；如烟的绿柳之间，燕语莺声，如小曲儿一般在玉叶之间回荡，说不出的婉转动听。

苍茫雄浑的天地之间，成渝高速公路宛如墨绿的飘带一般从黛色群山之中穿梭而过，伸展向远方。一辆长途大巴疾驰在两旁长满马缨丹的道路上，一位坐在车窗边如映月疏梅般清雅的中年女士，冷寂的目光追逐着车窗外的风景。这位女士就是梅容，她 1963 年出生在四川省宜宾市筠连县笔架山下一户农家，后被遗弃在宜宾市街头，送进孤儿院后被孙阿才领养。1983 年她嫁给了孙家独苗孙良。

之前梅容一直腹痛，到医院拍过 CT，发现胆囊长满了结石，右肺上也出现了来历不明的阴影，医生说是结节，归根到底，还是她的胆气郁结所致。四十四年来，寄人篱下的孤独无依和生活的重担压得她喘不过气来，她惯常将往事藏在心底，以沉默应对世事无常。梅容想起这些年的遭遇，就有一丝气息从心底像气泡一样绵软无力地爬了上来，在她的喉咙处轻轻撞破了。结婚以来，她和丈夫走了大半个四川，又曾到过北上广深，吃了不少苦头，她的肚子始终静悄悄不见怀孕的动静。为了这事，两人愁坏了，孙阿才老两口喋喋不休，发展到现在矛盾几近不可调和。梅容绝望了，她自知这一辈子生不出孩子来了。前几年总在为了生育寻医问药，今年又为了心病求医。在宜宾第三人民医院医治了一段时间，不但没缓解，反而愈加严重，直到转为每半年去一次四川华西医院，才渐有改善。昨天到华西医院去了一趟，本打算多待上一天，她却临时改变了行程，拿了药匆匆返回宜宾。

此时三百多公里之外的宜宾江南，一个女人蹙着眉站在度量桥西市的菜摊前，对面的菜摊一片狼藉。20 世纪五六十年代，度量桥并不叫度量桥，叫邓公桥。当时的宜宾城区主要集中在大观楼一带，这里仍是大片绿油油的农田，附近曾有一条曲折蜿蜒汇入岷江的小河，邓公桥飞架两岸，桥边长着一棵冠大荫浓的大榕树，树下有一座屹立了百年的龙王庙。常有附近的善男信女来烧香请愿，香火兴旺。邻近的农家猎户因此常挑些瓜果蔬菜，还有锦鸡山兔麂子一类的野味在这里摆摊设点。一大早，空坪上到处都是拿着杆秤做买卖的淳朴山民，所以邓公桥又被人称为度量桥。到后来，南来北往的客商都在这里歇脚，1972年以来，这里俨然有了集市的规模，沿着河道分作东市西市。

东市住着一个姓张的弹花匠，他生得细眉细眼斯斯文文，被生活所迫，整年在外地为别人弹棉絮。三十岁那年，他在东市开了一家小店，娶了兴文县一个刘姓农户家的长女，1972年开春生下了一对双胞胎女儿，先出娘胎的张金娥是长女，后出娘胎的张玉娥是幺女。

度量桥这时来了一个独眼的算命先生，他一只眼睛盯着双胞胎瞧个不停。弹花匠迷信，忙不迭地报上生辰八字，算命先生掐算了半天，连连摇头道："怪哉怪哉！"

弹花匠问其缘故。算命先生道："俩娃儿八字虽然一样，可惜就是多了一点差别。"

弹花匠斜眉歪眼看了半天："难道是因为妹妹左眼下长了一颗小痣？"

"要害正在这里。"算命先生指着小女儿，眼珠骨碌道，"命数虽好，只是不该长了一颗滴泪痣。"

弹花匠怔怔不解其意，算命先生叹道："无痣者，红红火火，穿金戴银。"

"有痣者呢？"

"有痣者，火火红红，枯灯为伴。"

弹花匠听闻此言，快快不乐。日子本就难以为继，夫妻俩遂将张玉娥送给大观楼的一户人家做养女。谁知二十年后，大女儿张金娥因为父母宠溺，四体不勤，五谷不分，养成了懒懒散散的毛病。嫁人

樱
子

3

之后，更是好逸恶劳，几年下来，把弹花匠淡薄的家业和夫家的家底都败光了，气得弹花匠一病不起，和妻子相继撒手人寰。1996年3月，张金娥有一天半夜来了兴致，炒了下酒菜，自酌自饮，乐在其中，竟然忘记灶台还有柴火未熄。到半夜惊醒时屋子陷入熊熊火海之中，惶恐惊惧之下她跌跌撞撞扑出了屋子，随即晕倒在门外。等被人救醒时，才发现被火烧坏了半张脸，而丈夫早葬身火海之中。从此，张金娥四处投靠他人，过起了艰难求生的日子。

而张玉娥却因祸得福，虽然自小被人抱养，却谨小慎微，勤勉努力，深得养父母的喜爱。嫁人之后，相夫教子。养父母去世之后，为其留下不菲家业，夫妻俩宅心仁厚，不忍无功享用老人积蓄，全部捐出做慈善。夫妻俩做点花草买卖，同心协力，到后来竟然买下了一大片土地搞起了种植园，将生意做得红红火火，膝下育有两儿两女，生活蒸蒸日上。

这算命先生千算万算，却连自己的命都没算好，一生穷困潦倒，无家无室，生病无钱医治，死得凄凄凉凉。因为有算命先生的预言在先，张玉娥始终战战兢兢，方得此圆满结果。张玉娥专门请人为他砌了一座坟墓，不知他具体名字，只晓得他姓胡，所以在墓前立了一块大石碑，上面刻着：胡先生之墓。谁知墓碑并没立多久，就被人砸掉了"胡先生"三个字，只剩下"之墓"二字在狂风野草中凌乱。后来传闻原是张金娥想不通，偷偷在夜里对它下了毒手。这个可怜的胡先生，胡言乱语之中竟然让两姐妹走上了迥然不同的人生，自己的人生遭遇也让人啼笑皆非。

关于金娥玉娥的传说，流传甚广，也正因这段传说，使世人知晓扶乩卜卦是如此荒诞不经，可惜总有愚昧者沉迷其中，在自我麻痹和暗示之中误入歧途。

自丈夫罹难后，张金娥在菜市做点瓜果干货小买卖，艰难谋生，但终归积弊太深，积重难返，摆脱不了命运的枷锁。因为小时候胡吃海喝，长了一副玉润珠圆的模样，即使后来陷入困顿，惆怅满怀，也没有使她消瘦下来。现在她站在菜摊前，想起这些年的坎坷遭遇，愤愤不平，又在心里咒骂起那个信口雌黄、颠倒黑白的算命先生，不由得龇牙咧嘴，露出了满口被辣椒和糖分侵蚀的烂牙齿。

想到丈夫死去这么多年，自己孑然一身，张金娥心慌意乱，顾影自怜之间又想起了自家菜摊对面的李老三，他和妻子葛老虎一直不和，常年吵吵闹闹。今天因为张金娥牙痛，李老三偷偷拿了金银花茶来送她，被葛老虎发现，两口子在摊位上大打出手。想到他们打架的滑稽样子，想起李老三对她挤眉弄眼的模样，张金娥似乎找到了一点平衡感，又在心中仔细衡量了李老三和她的感情，竟然莫名其妙地想象：如果有一天李老三抛弃了他那凶神恶煞一般的妻子，和她结合会是什么情景？虽然自己也觉得荒唐，却情难自已，脸颊绯红，显出了几分娇滴滴的模样。

张金娥意犹未尽地回过神时，她看到面前多了三个人，其中一人是老主顾蒋婆婆，还有两个点头哈腰的老人。他们手上提着大包小包，蒋婆婆殷勤迎上来道："金娥，孙阿才孙伯伯老两口，特地看你来了。"

"看我？"张金娥自忖并不认识他们俩，讶异道。

一番吞吞吐吐地交流之后，张金娥终于得知了他们的来意，原来是孙阿才老两口打算通过张金娥借腹生子。她一面觉得极其荒谬，一面脸上却滚烫了起来。

今夜，头顶传来阵阵沉闷的拉磨雷。江北育才路阿才家开的发廊，匆匆走进来了一个身材矮小的男人。孙阿才的儿子孙良站在门口望了一眼外面，洪桐树树高冠大，森森然立于天空之下，草丛中虫子声嘶力竭地叫着。他拉上门，走到了假二楼上，口渴难耐，端起桌上的杯子，喝了半杯水，瘫坐在沙发上发呆。

孙良突然觉着脸颊滚烫，眼神模糊，浑身燥热了起来，似乎身体里升起了一个太阳，烧得他心头既慌乱又焦躁。这种感觉在他的

樱
子

5

身体里升腾，继而传到了五脏六腑，传到了四肢百骸，甚至每一根血管，他的身躯就似在燃烧一样。他挣扎着起身脱去了一件衣服，他的血液快速流动，身体急速膨胀，一股强烈的欲望在他的身体里纠缠蔓延，令他每一个毛孔都悉数张开。伴随着粗重的鼻息，他的样子像极了一头月下喘气的老牛。他想着兴许躺一躺会好一点，便疾步走入卧室，看到床上绣花毯上的缎面被子已经铺好，里面似乎睡了个人。他的脑子迷糊了："梅容不是去成都了吗，难道她突然转回来了？"

孙良怀疑自己出现了幻觉，不过他已顾不得想那么多，掀起被子钻了进去。被窝里格外暖和，他的手摸到了一个软绵绵热乎乎的东西，他来不及发出一声惊呼，猛然感觉到有一个泥鳅般的物体缠绕上身体，两只手臂像蟒蛇一样穿过后背抱住他，急促的鼻息在他的耳边萦绕。这时一个女人钻了出来，一双眼睛瞅着他。他从没有见过这样一双眼睛，为之方寸大乱。

"梅容回来了？"他心里讶异道，"可是这不像她的样子啊，何况她也从来不会这样看着他，而且……她更不会这样主动的。"孙良的脑子迷迷糊糊，一会儿觉得她是梅容，一会儿觉得她不是。

他们渐入佳境之际，浑然不觉发廊里进来了一个不速之客。那人梦游似的走上楼梯，出现在了假二楼的门口。她难以置信地看着眼前这一切，眼神中闪过一丝难以名状的神色，浑身怕冷似的剧烈颤抖，牙齿交碰发出了清脆的响声。这个浓艳激情的场景，却使她恍如站在了满目烽烟的战场上，到处都是残垣断壁和残缺不全的尸体，凝固的空气中满是危险的气息。

孙良拉开灯，他好似置身冰窟，头上却止不住掉下大滴大滴的汗珠。梅容坐在床头把眼睛焊在了他身上，似乎从来没有看清他的模样。孙良使劲回忆着刚刚发生的那一幕，突然想起了什么，走到了桌子前，端起了那杯喝了一半的水。他转到楼下抱起一只小猫，把剩下的水灌进了它的嘴里。几分钟之后，猫的眼里突然有了光，它疯狂乱窜，撕咬布料，打翻杯子，发出尖厉的叫声，声线迷离妖冶。即使不是同类，也能感觉到它的欲望，仿佛一个渴极的人在奢望一口水那样，万般迫切。

低沉滚动的闷雷声中，有一只猫叫了整整一晚上。

1

梅容缝纫铺

坐落在横断山脉以东第二阶梯，占据西南半壁江山的四川省，西接青藏，东邻湖南，北依陕甘，南靠滇黔，气势汹汹的猛兽般坐镇中国大西南，在大风大浪和岁月侵袭中岿然不动。而地处云贵川交界处的宜宾城，城市虽然不大，却有着响当当的名头，号称西南半壁古戎州、万里长江第一城。这座城市的形状仿佛一头在金沙江、岷江交汇处饮水的巍巍巨象，两股大河被它拧成一条长江，向着赤县神州东部浩浩汤汤而去。因这大江大河，宜宾市内水域密布，六百余条河流如城市的血管一般遍布全市。烟雨浸淫之下的边陲名城，遂以雅致秀美名世。

2007年的气候有点不同寻常，好像没有秋天一样，一觉醒来已是冬季。上江北街间巷弄纵横交错，贩夫走卒叫卖之声不绝于耳。在育才路一个陋巷里，一处约莫建于20世纪七八十年代的仿古民居立在潇潇烟雨之中，就像不懂风情又无人问津的老头子一般守望在被人遗忘的角落里。步入小区内，南北通透，入目的是参差错落的旧楼，上了年头的外墙斑驳脱落，角落里种了几簇花草，因疏于打理，和野花稗草相伴相生难分彼此，看上去倒多了几分意外的野趣。

一个穿着米杏色毛呢小外套，明媚春日般的女孩从小区一栋六层楼的屋子走出来。她留着短发，斜刘海薄透轻盈，遮着白玉桃般微圆的脸蛋，一对新月般稍长的大眼睛清澈明亮，两只映满星辉的眸子波光流转，还有那笔挺可爱的鼻子以及微微上扬的嘴角，处处显出几分知性与俏皮。这个女孩叫孙浔，不过知道她名字的人并不多，大家都叫她麦子。麦子是梅容与孙良的女儿，"女儿"这一词只是大家心照不宣的说法罢了。她也从来不叫孙良、梅容为父亲、母亲，而只是称呼为良叔、梅姨。她走到过道上，望了一眼天空，小雨淅淅沥沥，不远处的江面云雾缭绕，两岸城市的轮廓隐隐浮现，她进屋取了一把伞出来，走下楼去。麦子与梅姨的房屋布置得井井有条，阁楼上还种着一棵花椒树和几株茶花，还有几盆兰花凌寒怒放，发出沁人心脾的幽芳。

麦子走到育才路市场。这个市场沿着一条街伸展开来，一面是米面油盐的菜市，一面是日用杂货铺，市场尽头就是饮食一条街，看似凌乱又自有章法。此时下雨又是午后的缘故，街上行人寥寥，行色匆匆。麦子走到转角处一间极不起眼的缝纫铺外。缝纫铺门头上刻着"梅容缝纫铺"几个字，下方以小号字体印着"缝纫、锁边、大改小、换拉链"以及一组手机号。二十余平方米的空间条理分明。靠墙的是一架老式的凤凰牌缝纫机和锁边机，锁边机的外边斜立着一面洁净如新的仪容镜，对面摆着一张黑桃木五斗柜，柜顶挂满了客人委托修改尺寸的衣服。

穿着灰色呢子西服，面容清癯的梅容正伏在缝纫机上熟练地操作着，刘海挡住了她淡淡的眉毛，一双丹凤眼古井般深邃清冷，使人怀疑她从未真正地笑过。九个月前因为愚昧的公婆借腹生子，被梅容撞破，她毅然和孙良离婚，搬出了发廊，独自经营这家缝纫铺。但她终归还是对孙良抱有幻想，致使她神经衰弱，抑郁症越发严重，身心上的苦痛使她饱受折磨。

麦子走入店内，把针头线脑轻放在工作台上，梅容抬头望了她一眼，又低头踩起了缝纫机。随着她的踩动，缝纫机轻快地转动起来。一阵风吹过，豆大的雨滴粗暴地落在了雨棚上，噼噼啪啪，比麦子来时大了许多。麦子看了一下时间，历史教学研究还有一阵才开始，索性等雨小点再走。她坐了下来，看着梅姨。麦子的眼睛清澈纯粹，偶尔有过的孤独就像朗朗晴空中的一丝浮云，飘向她的心底始终留存的那抹不为人知的惆怅。

麦子总是回想起小时候梅姨的好，随着时间流逝，梅姨的温柔与耐心似乎慢慢消失了，麦子用尽所有的善意去讨好她也无济于事。麦子知道阿才爷爷并不喜欢梅姨，老是怂恿良叔和她离婚，理由是这么多年了，梅姨没有生下一儿半女。年初一家人闹翻了，要强的梅姨一怒之下和丈夫劳燕分飞，他们终于不再永无休止地斗争了。

外面传来了一阵急促凌乱的脚步声，一个女人扯着喉咙边诅咒着天气，边走进店内来。她长着一副稍显奇怪的模样，尖且狭长的脸像极了狐狸，嘴角长着一颗黄豆大小的痣，偏偏痣上又长出一根长长的黄毛，一说话就活灵活现地晃动。这位梅容缝纫铺的常客正是胡艳，左邻右舍都爱把她唤作胡娘。胡娘生了两个儿子，长子秦青山口舌木讷，初中辍学后在菜市做买卖；幺儿秦小海吃喝嫖赌，小学没毕业就跟人在福建学做影雕，偷鸡摸狗常惹事端，回乡学做生意，欺行霸市人人厌恶。2006年跟着车队跑长途，因为跑货参与械斗，被人一棍子打伤脑袋，落得个眼嘴歪斜口流涎水，见生人就尿裤子的下场。

麦子站起来，胡娘问："麦子，又要去上课吗？"

麦子点点头，望了一眼梅容，见梅容无动于衷，不由得有点失望，她迈出缝纫铺，走入淅淅沥沥的雨中。

胡娘回过头，殷勤地对着梅容笑道："闺女，我儿媳妇要生了。秦小海好吃懒做，这一时半会儿哪来的钱……"

听她说到"生"字，梅容不自觉地锁住了眉头。

见梅容头也不抬，胡娘依旧保持着她虚伪的热情："闺女，房租快到期了，咱……"

"没问题。"梅容爽快地回答，觉察气氛似有不对，抬头一看，胡娘欲言又止："今年是不是适当涨一点？"

"多少？"

"两万一年怎么样？"

"这才二十平的店面呢？"

"商量着嘛。"

"随行就市，一万五，多一分也没有！"

胡娘见梅容神色坚定，挤出笑容道："行，说定了，你看明天怎么样？"

"好！"

胡娘起身要走，又转头问她道："闺女，这外头的风言风语你一点没听到吗？"

梅容摇摇头。

胡娘凑上来道："一大早我那儿媳妇闹肚疼，以为将要生产，送她到医院去，你猜我看到了啥？"

梅容怔道："啥？"

"孙阿才两口子！我觉得奇怪，偷偷跟了去，亲眼看到他们进了一间产房，对着床上一个被烧坏了半张脸的大肚婆嘘寒问暖。怪不得这段时间总有人在说，孙家双喜临门，新娘和孩子都有了……"胡娘口无遮拦地说着。

她说着说着发现店里静得可怕，回过头看到梅容面无表情地盯着门外。胡娘赶忙说："我赶紧就走了。回头细想，这事实在蹊跷，刚才店租一打岔，差点忘了说。"

梅容将头又埋在了缝纫机上，两只脚快速踩动起来。

胡娘走出了缝纫铺。等她彻底消失了，梅容抬起头望着阒寂的店面，她在思维的反刍中，又想起了今年立夏孙家借腹生子那场荒诞如梦的闹剧，突然对孙家的用意不寒而栗。她叹了口气，深陷的眼眶里一向犀利的眸光迅速转暗，陷入了孤寂。

2

斑鸠抄

离育才路菜市不足半里的这所人文日新的师范院校,前身是成立于 20 世纪 70 年代的师范专科学校,21 世纪之初与四川省教育学院宜宾分院整合而成。这个时节雨水频多,校园内山水掩映,水木清华,郁郁桂子和五粮液酒厂馥郁的酒香交织,使这座校园更显迷离多情。

清晨,天空中飞过寂寥的鸟儿,江面上偶尔露出了船舶的桅杆,丝毫看不出有晴朗的迹象。校园二平台的女生宿舍楼,一束薄光弱弱地落在了柳笛枕边,将她的五官暴露在光线中,她却浑然不觉。

蚕月绮丽的光色之中,柳笛和几个孩子追逐嬉闹,桃林深处言笑晏晏,偶尔悠悠落下三两片桃花。在他们嬉闹之际,一阵风呼啸而起,吹落大片花瓣,不过顷刻便满树枯枝。这世界快速燃烧了起来,残烬纷飞,将天地染成了九幽地府。一切都在融化,连那日头也像巧克力一样地融化了,慢慢跌入水中。昏暗水面往上升,潮水裹住了柳笛的身体。举目茫茫,戏耍的孩童不知何时尽已消失,只剩她一人,惶恐地望着眼前一切。突然,水下有一只冰冷僵硬的手握住了她的脚踝,把她往水里拖去。柳笛拼命挣扎,终于又冒出了水面。这时,一个人面鱼身的怪物浮在她面前,狰狞的面容逼近她的鼻尖望着她。她想要呼叫,却恍若被人扼紧项颈,发不出声音来。那个鬼影厉啸一声,两只眼珠子滚落在水中,水面上迅速冒起了花朵一样的水泡,她恍若置身火鼎之中。鬼影的五官七窍流出乳白色的液体，白色的液体浮在水面上，漂在了她的身上，它们迅速蠕动着。柳笛伸出手掌，手掌之间，无数的蛆虫蜂拥而至。眼前的鬼影在烈风中开始扬散，发出噼噼啪啪的怪声，一股铺天盖地的腐烂气息扑面而来。柳笛惊叫一声，从噩梦中惊醒。

又是这个怪梦！柳笛心有余悸，起床站在阳台上呼吸着新鲜空气，借以平复慌乱的心绪。光色勾勒出她的模样，短发齐肩，瓜子脸上五官分明而立体，鼻子上还有浅淡的灰色雀斑，非常可爱。

柳笛是这所师范院校中文系 2003 级 1 班的学生。她洗漱完毕，下楼向学校一二平台接合部的第五教学中心走去。当她驻足教学楼罗汉松旁和信息技术系的谢啸聊天时，忽然瞥见斜坡上走下来了一个戴着一副银灰色边框眼镜的男生。他正是和柳笛同在一个院系一个专业的林未亮。柳笛连连向他招手，林未亮发现了她，愣了愣，朝她走了过来。

在柳笛的介绍下，谢啸殷勤地向林未亮伸出手打招呼，然后转身离去。谢啸的头发梳理得整整齐齐，白皙微圆的脸上挤出了一个刻意的微笑，身上飘来一股刺鼻的男士香水味。他仿佛是一个精致又世故的商人，又似故意在扮演着一个不属于自己的角色。林未亮望着他远去的身影，不解地思索着。

他们一起走进教室时，同学们都已到得差不多了。今天是中文系的实习安排，毕竟这是临近毕业的第一件大事，学生都到齐了。指导员何含弘老师用蹩脚的普通话介绍着实习安排。台下窃窃私语，纷纷猜测自己会被分到哪所学校。不知什么时候，班级后面发出了小小的响动，这响动涟漪一样一圈一圈地扩散开来，到了第三排柳笛处戛然而止。柳笛心烦意乱，偷看林未亮。只见他侧脸轮廓分明，看着似乎有点疲惫，却又明朗，就像风霜后的暖阳，清明中带着一丝冷意。

她总是乐于当一个收藏家，精心地收集着有关他的一切。她爱他的意气纵横，爱他的忧愁沉默，爱他的温暖和煦。这几年来，林未亮渐渐能够适应她的这种注视了，但是心头总归是有点畏惧这样赤诚的目光。

大学三年来，两人始终游离在密友与同学之间。实习在即，前途未卜，两人将何去何从？他们的感情呢？是她做得不够好，还是她不会表达，用意太晦涩？柳笛不愿意多想。她向来好强，进入大学以后苦志力学，备战考研，可是一旦考研，又意味着她和林未亮毕业后就要各奔东西。正是因为这层顾虑，她变得心猿意马，考研的计划也深受影响，偏偏林未亮又毫无察觉，柳笛愀然不悦。

班会结束，大家从教室鱼贯而出，林未亮回过头不经意看到柳笛，猛然意识到她的心思。

"恭喜你了。"柳笛强颜欢笑，忍不住道，"你都不问问，刚才他们给我传了什么吗？"

"什么？"

果然他一点也不在意她，连刚才有人暗中从后排给她传来了字条，他都浑然不觉。柳笛悻悻递过来一张字条。原来刚才教室后面发生的骚动源于有人借实习安排公然表白了柳笛。林未亮恍然大悟。柳笛偷看他，顿觉心灰意冷手脚冰凉。她低叹了口气，把字条撕碎丢进垃圾桶道："我到图书馆去看会儿书，我们再见吧。"不等他回答，她径直从路边小道走去，转进了茂密的桂树林。

文科大楼内，林未亮漫不经心地看着窗外，眼前又浮现出柳笛失落的表情。林未亮已然习惯了她的陪伴，正是她的陪伴使他枯燥的大学生涯不至于特别单调乏味，但林未亮总觉得和柳笛的相处，有哪里不对劲。多年来，他们若即若离，始终隔着一层纱，她更似在扮演一个姐姐的角色，对他的感情带着一股子令人揣摩不透的意味，这也使林未亮常感到困惑不解。

下课后，林未亮从掩映在松林间的那条小路，爬到学校的山顶，从这里可以一览上江北甚至整座城市的风光景致。

林未亮早已习惯了在心烦意乱之时爬到这个山顶上放松自己。此刻，金乌西坠，霞光四射。因为连接着远处的农田和山丘，这周边，时而可见野猫、野兔、杜鹃、斑鸠。林未亮下意识地望向那片郁郁苍苍的松林，那里空空如也。随着光线变暗，四周笼罩上一层薄纱，一只拳头大的斑鸠从树上飞落下来，跳到草丛中，咕咕地叫着觅食。另外一只斑鸠扑棱着翅膀飞落到它身边，不同的是个头更小一点，翅尖还带着一点黑色。两只小不点在不远处的平地上嘀咕着，相互追逐着，时而警觉地看看周边。它们跳到林未亮的面前，仰头看着他。等到林未亮蹲下来想要靠近时，它们即刻拍打着翅膀又钻进了芒草丛中，偶尔还露出可爱的脑袋。

　　林未亮生长在东南沿海，号称"东亚文化之都"，所谓"满街都是圣人"的泉州，在地图上它神似一只伸张着触须爬向海洋的甲壳虫。闽南也多斑鸠，林未亮不经意见到它们，似乎见到了老朋友，有着说不出的亲切。林未亮的耳边仿佛又出现了台风的呼啸声、雨滴落在硕大芭蕉叶上的噼噼啪啪声、各种动物不同的声音此起彼伏，看到了斑斓自傲的锦鸡，"苦哇苦哇"叫个不停的苦恶鸟，还有长着獠牙的野猪，色彩斑斓的龙眼鸡……仿佛又见到孩提时的玩伴坐在小溪旁攀爬在龙眼树上的葡萄藤下，听着风声在耳边呼呼作响，稚气的声音唱着闽南童谣："天乌乌，要落雨，海龙王，要娶某……"

　　林未亮想起父亲林扬，他顶着一颗大头颅，两个佛陀一样的耳垂快要落到肩膀上。他张开双臂，苍鹰一样牢牢搂住他和妹妹，在田坎和山坡上健步如飞；他笑声爽朗，在高朋满座中高谈阔论；他仪表堂堂，却总是节俭地穿着一双快要磨破鞋底的牛皮鞋；他告诫林未亮别辜负时光，要走出巍巍高山；他表里不一，动辄对家人拳脚相加，充满戾气的脚步声深深地留在林未亮的心里……

　　春节临近，归期在即，远方如母亲一样，心急如焚地等着游子回归。林未亮眺望着城市的轮廓，近处的上江北灯光暗淡，远处的江屿灯火通明，仿佛一艘驶向未来的不夜船。两岸的灯光和通往郊区的主干道远远看上去，成了一个倒立的金光闪闪的"Y"字。这座城市一半沉沦在灯红酒绿中，一半沉寂在夜色中。

在林未亮胡思乱想之际，一个声音划破了寂静，小斑鸠从芒草丛中一跃而起，慌慌张张扑棱着翅膀飞到了树林里。芒草丛中站起了一个人，他抓着一把钢珠枪，走过去捡起了一只奄奄一息的斑鸠。树林里逃脱的斑鸠发出短促惊恐的鸣叫声。握枪的人举起了手臂，把长长的枪筒对着斑鸠。林未亮正想着怎么阻止他，眼睛突然注意到一个人，心里一阵乱撞。在他前方不远处，一个细长的身影立在昏暗中，仿佛矗立在夜色中的一尊雕塑。这么多年林未亮经常看到她站在那里，他以为她今天没有来，想不到又意外地见到了她，始料未及，一阵欢喜。

这时，围猎者扣动扳机，钢珠刺破空气，疾射而去。随着一声尖叫，一个黑影猛然从黑暗中跳了出来，发出杀猪般的嚎叫。草丛中立刻传来了他同伴的惊呼："咦，你流血了？"伴随着这叫声，夜色中的魑魅魍魉被惊扰，不知道一下子从哪里多了那么多人影，四周传来急促的脚步声和女孩夸张的尖叫声。原来这里到处都是偷偷摸摸谈情说爱的小情侣。林未亮正想要离开，突然想起刚才站在树下的女孩，回头发现她正蹲在地上忍痛摁着自己的脚，她的脚踝被一块锐利的石头割破了。

看到林未亮走过来，她脸色苍白，强忍着痛苦道："麻烦你扶我一下好吗，我的脚崴了。"

等林未亮扶起她，她想起了什么道："你再去看看小斑鸠吧。"

林未亮走过去，发现草丛里有一只斑鸠，正是刚才飞走的那只，它也似受了伤，在死去的同伴旁不住低鸣，看到林未亮靠近，又飞落到一旁。

"它好像也受伤了。"林未亮大声说，"另一只死了！"

"受伤了？"女孩讶异道，"它不是飞走了吗？"

"是啊，两只斑鸠都在这里。你过来看看吗？"

林未亮小心地搀扶她走到了草丛里，她的手那么冰冷，却信任地握住了他，好像从一开始就对他没有任何防备。她伏下身子仔细查看那只死去的斑鸠，凝重地把它托在手上，它的爪子弯曲地缩在一起。另外那只斑鸠则在草丛中徘徊不去，发出悲怆的低鸣。他们实在想不到，这么小的生命，竟然也会在同伴遇险时，不忍丢下同伴独自离去。

下到半山坡，女孩的脚痛得越发厉害，林未亮将她背下了山，在校外找到了一家私人诊所。医生诊疗时，女孩脸上渗出了细细的汗珠，却咬紧牙关一声不哼。包扎后，他们坐在诊疗室休息。经过短暂的交流，林未亮才知道眼前的女孩叫麦子。当得知林未亮来自遥远的东南沿海，麦子疑惑地望着他。林未亮露出了苦笑，因为缺乏安全感，他双肩微微耸着。他不知道怎么告诉麦子，自己只是为了逃离家庭到川南来的。他也不确定她会不会有时间和兴趣来听他诉说，何况他已经习惯了把所有的心事都放在心里，任凭它们像酒曲一样发酵。

林未亮父母在海南三亚务工时生下了他，几年之后才返回福建。他从小生活在惠北的小村庄里，寒暑假又随着父亲到厦门，在工棚里长大，高中毕业后来到四川求学。那么，他该说说三亚还是湄洲湾南岸那个小山村？

位于泉州北部的泉港，原来叫肖厝，在湄洲湾的版图上它就像怪兽嘴里的一块肥肉，闽南文化与莆仙文化在这里水乳交融，形成了独特的景观。而小村庄所在的地方又在泉港区的西北，与莆田仙游交界，翻过山就是园庄镇。相比涂岭镇，村子里的人更加喜欢直接翻越一座山到园庄去，那里麻雀虽小却五脏俱全，百货小吃一应俱全。通往园庄的崎岖山路上有着大片红彤彤火艳艳的枫叶，一到秋天，枫叶如丹，层林尽染。

"好美！"很多次，麦子看见他站在校园的山顶上，总好奇地猜想他的一切，没想到今夜两人却以这样的方式见面。她越发觉得林未亮的身上有很多故事，或许因为经历了生活的磨难，他深藏着岁月的痕迹，含蓄和自傲并存，看起来刚直耿介又意气纵横，波澜不惊又宏阔深邃。似乎在他面前，麦子感觉自己也变得坦诚和透彻了，这是她从来不敢奢望的。戴着面具久了，它渐渐融入了她的生活，使她看不清自我。

"会想家吗？"

"不。"

"所以男孩子都喜欢花花世界？"她微笑时露出了一对可爱的梨涡。

林未亮在不经意间看得愣住了，并没有说出心里的话：也许仅仅是因为讨厌一个人吧。

"我也一直渴望能去看看外面的世界，去拉萨去墨脱，去赤雪甲姆去茶卡盐湖，去希拉穆仁草原去敕勒川，看看这个神奇的世界，听听悠扬动人的民谣……"

麦子说着说着，深深为之陶醉，仿佛置身其中，微微眯着眼睛，陷入物我两忘、物我两生的境界之中："听说厦门四面环海，对面的鼓浪屿常年风鸣浪涌，琴声悠悠，何其浪漫。"她的眼睛光芒闪动，仿佛眸中盛满了潮水，在晚风中充满了神思。

童年时光，林未亮常跟随在厦门承包土木工程的父亲到温陵比邻的鹭岛，闲暇之余他喜欢一个人穿过中山路，去到轮渡，坐在大青石垒砌的漫长海岸边，望着那一湾海水在厦门岛和鼓浪屿之间翻滚奔腾，千叠万叠，卷出了海湾，延伸至无边无际的东海和太平洋，潮起潮落，涛声贯耳，直叫人神思荡漾，思绪无际。

"我仿佛也听到了潮水卷空沧海呼啸而去的声音。"麦子赞叹道。

林未亮忍不住向她问道："对啦，你为什么叫麦子呢？"

麦子笑道："姨说我出生在麦子初熟之际，西南田野上，山谷之间，一大片一大片的麦浪随风翻滚，此起彼伏，俨然金色的海洋。"

提起姨，她闪亮的双眸里多了一层忧郁。

"想想就好美。"

"只是现在的田野再也看不到连成片的麦浪了。"

"不过，"麦子即刻又高兴了起来，"听人说，宁静的西海青海湖格外动人，羌人把它叫作卑禾羌海，意为羌人牧地；蒙古族人把它称为库库诺尔，意为蓝色的海；而藏族人称它为措温波，其意是青色的湖。古藏族人则称它为赤雪甲姆，意为万帐王母，传说西王母曾在这里平息过吞没万顶帐幕的海水。将神圣的神明与神秘的景致融合在一起，多美啊！"

她赞叹道："最主要的是，听说刚察县的湖边，还长着一大片一大片的野生麦子，风儿吹来，如海波起伏，直要将人淹没其中……"

过了一会儿，她睁开眼睛笑了："对啦，你生在天将亮未亮的时候吧？"她是那么的单纯，又是那么的敏感，能很快地察觉别人的一举一动，也能轻易地读懂别人的弦外之音。

林未亮尴尬地笑道："是啊。我属牛，又生在最炎热的夏季，按照算命先生的说法，是个天生的忙碌命。可是恰好我生在了天未亮的时候，所以也没有那么糟糕。"

"是因为夏天一大早牛还不用出门干活吗？"麦子忍俊不禁。

他们走出诊所，已是深夜 11 点钟，学校宿舍肯定是回不去了。孟春萧萧的寒风灌进了他们的衣服，麦子不由得紧紧抱住自己。林未亮把衣服脱下来披在她的身上，她抬头看了他好几秒钟，终于把自己裹在了他的衣服里面。他们肩并肩地走在酒都大道上，路灯把他们的影子拉得很长，投射在前面的路面上。一阵风刮过来，临街的雨棚上传来叮叮咚咚的声音，又开始飘起小雨了。他们穿过育才路昏暗的街巷，走到了一条胡同前。

两人道别后，麦子走几步回过头，细雨中林未亮并不高大的背影越来越小，消失在了阴影中。她突然有点遗憾，犹豫了片刻穿过巷子，跨进了小区的铁门，楼上的灯依旧亮着。她心头一紧，硬着头皮一步一步地爬了上去。进屋放下包，麦子细声道："对不起，姨，我回来晚了。"话音刚落，房间里的灯啪地关了，静悄悄的一点回应也没有。

3

一个平常的周末

一大早，所有声音又开始活了过来。育才路小区六楼1号房内，传来声声咳嗽。梅容端了饭走到餐桌坐下，她肠胃不好，胃不和则卧不安，加之她思虑太过，常年失眠面色晦暗，只吃用五谷杂粮碾碎做成的米稀。这段时间以来，因为风闻孙家过完年将办满月酒和婚席，她觉得整个世界仿佛都不真实了，身体也时冷时热，脑子老犯迷糊。

这个老式小区的房子布局设计不尽合理，采光通风条件很差，厨房一旦起锅烧油，呛人的油烟顿时弥漫整个屋子。麦子将圆滚滚的煤炉搬到了过道上，点燃煤炉，通道顿时弥漫着浓浓白烟，麦子赶紧进了屋。再打开门时，浓烟尚未完全散去，炉子里升起了明艳艳的火焰，煤球开始烧起来了。她走进屋里把熏得黑漆漆的中药罐端出来放在了炉子上，仔细将中药搅拌了一下，开始熬药。

她正忙碌之际，楼梯口鬼鬼祟祟冒出个脑袋，麦子的外婆马金芳出现在楼梯转角处。她一张长脸旧报纸一样皱巴巴的，一双眼睛看上去总像在翻着白眼。马金芳的一生兵荒马乱不堪回首。祖母在她出生那天驾鹤西去，祖父因此对她存有偏见。她无书可读，特别叛逆，在矿上做杂务时和一个外地来的名叫曹国荣的工人好上了。结婚第二年，梅容出生。护士把婴儿抱在她怀里，小家伙黑不溜秋。马金芳分娩就像在地狱里走了一遭，又加上没有奶水，于是打心眼里就不喜欢这个孩子，抱了一次之后再不愿意抱了。曹国荣却整天把孩子捧在手心里，这让她很嫉妒。五六月的一天，她偷偷把孩子丢弃了。他们的小家庭也从此走上了不归路。几年以后丈夫大病一场，至死都不愿意和她说一句话。丈夫死后，马金芳终日饮酒赌博，向赌场借高利贷还不起，赌场就在她脸上留了一道口子作为纪念。后来得了乌痧症，她差点死在街头。

马金芳被烟呛得低声咳嗽起来，快步从楼梯处走上来。看到麦子发现了她，便示意麦子别出声，悄声道："你姨在家吗？"

麦子未及回答，就听到梅姨在背后咳嗽。马金芳猝不及防，满脸窘迫。梅容转进屋内。马金芳抽出一支烟，手抖得厉害，总点不燃。麦子取过打火机，帮她点燃了烟。马金芳迷醉在吞云吐雾的快感之中，边咳嗽，边转身下楼，没走几步停下来，可怜巴巴地望着麦子。

麦子进屋，梅容将一沓零钱丢给她。看到麦子拿了钱走出来，马金芳眼里有了光。这么多年，她一直靠着梅容的帮助过日子。

"别再抽烟了，婆婆。"麦子边把钱递给她，边劝道。

她点点头，颤颤巍巍接过钱，一步一摇地下了楼梯。

马金芳走了，梅容也出门了。麦子抬头望着窗外，白云层层叠叠摇摇欲坠，千变万化，一会儿像座山，一会儿像条裙子，一会儿又化作一条泰迪犬的模样，欢快地跑在主人前面回头呼唤着主人。麦子也下了楼。她闭上眼睛深吸一口气，享受着周末难得的自由。她的脚踝前几日在山顶上受伤了，这几天好了一点，不过依旧还是不得力。她缓慢地沿着育才路走到学院去，在收发室看了一下，果然看到自己的名字静静地躺在收信人名单里。她把远方来的信放到口袋里，沿着来路走回去。

年关又逢周末，育才路格外热闹，摆摊的商贩和置办年货的人挤得道路水泄不通。楼房之间电线交错，道旁的梧桐树落光了树叶，商家帐篷上的泥巴里冒出一丁点嫩绿的苗头，楼房之间的空地上有一只白鸽在张望。麦子回到小区，坐在小区的亭子里发呆。有一处住家的露台上圈养着几只鸡鸭，一听到车声，就发出喑哑的叫声，从篱笆里探出了脏兮兮的脑袋。

想望到自己的身世和即将到来的实习，麦子内心蒙上了一层阴影。她害怕黑夜，只有她自己知道夜深人静之际那种孤独无依和没有出路的思念是多么可怕。过去她喜欢一个人在傍晚爬到学校的那片山坡上，和黄昏约会，享受独处的乐趣。她突然又想起那个安安静静的男孩，想起他背着她走下那数百级石阶的样子，并不宽厚的背是那么温暖。正当她出神之际，不远处传来了几声猫咪急促的叫声。麦子循声而去，发现墙角困住了一只小狸花猫。它脖子上被人恶作剧地套了一根绳索，这绳索缠在了一片铁块上。看到有人走过来，小猫恐惧地连连向后退，不过这也加剧了它的痛苦，不由得叫声中带着凄楚。麦子将狸猫脖子上的绳索解开了，小猫喵喵叫了两声想走开，又停了下来。麦子将它抱起来，只见它瘦小的脑袋上一双滴溜溜的眼睛盯着她。她把它抱在腿上轻抚毛发。小家伙瘦小得可怜，把它放走，过不了几天，它还会被其他的猫咪欺负或者被熊孩子捉住，能否保住性命就是个未知数了。

看着小家伙，麦子犯难了，姨睡眠不好，贸然把小猫带到家里去，姨发现了势必大发雷霆。过了一会儿，麦子突然想起自己的房间隔壁还有个小小的储物间，如果把小狸猫藏在那里，姨肯定不容易发现。等过段时间，小猫的伤好一点了，就可以把它放回去了。麦子这么想着，赶紧带着小狸猫回到屋子，给它洗了个澡，又喂它吃了点东西。此刻小猫伏在她的腿上，一动不动地享受着她的爱抚。

麦子找到一个纸箱和一件旧衣，精心地为它做了一个小窝。小家伙舒服地蜷成一团，乖乖地趴在箱子里，向她投来感激的目光。麦子也对自己这样的处理方式感到满意，摸摸小狸猫的头道："你暂时就住这里吧，小家伙。记住哇，晚上可千万别发出声音，要不然我们都会被赶出去哟。"小狸猫似懂其意，顺从地叫了两声。麦子又给小猫加铺了一层薄绒衣，把门窗关严实，防止它跑出去。这一夜，她始终支棱着耳朵。次日天色初明，麦子条件反射似的从床上爬起来。她蹑手蹑脚地走到储物间一看，叫苦不迭。储物间的门大开着，姨背对着她在小猫的窝里翻弄着什么。

麦子硬着头皮道："对不起，姨，小猫受伤了……"

梅容不理她，一会儿站起来从麦子身边走过才说："吃喝拉撒，难道你要它拉在箱子里吗？"

麦子走到储物间，只见小狸猫的气色已然好了许多，身子底下铺的衣物被精心打理过了。她一下子有点搞不懂了，姨为何这次突然反常了。诧异之际，小狸猫跳出箱子，跑到了她的脚边，用头摩擦着她的鞋子，使劲地摆动着尾巴，还发出了咕噜咕噜的声音。

4

翠湖泛舟

　　2008 年 2 月 11 日，学校放了假，平日里喧闹的校园终于安静了下来。林未亮一个人走到了梅园的图书馆。图书馆外一园梅花竞相开放，满园香气馥郁，老远都可以闻到。

　　暖阳落在桌子上，图书馆内光移影动，在书籍和地板上跳舞。傍晚时分，天边烟霞动人，映红大片天空。林未亮又想起那夜遇到麦子的情景，不禁嘲笑起自己的多情，又生出了几分惆怅来，觉得这美好的景色，始终还差了点什么，而心头又无故多了些什么。想着想着，又想起了柳笛，她因为林未亮行程未定，也迟迟不愿意自己回老家，打算等到林未亮走了她再走。林未亮的骨子里不愿贸然承受别人的一点好意，也不愿辜负任何一个人。他垂眸敛目，又眯着眼看了一会儿窗外，把书放回原位，走出了图书馆。隐隐约约听到有人喊他，他回过头，一下子手忙脚乱起来。

　　看到他这个样子，麦子笑了。

　　林未亮之前无数次设想过两人再见时的情景，不承想在这里碰到了她，反而有点拘谨："脚好点了吗？"

　　"没有大碍了。"

　　麦子身边站着一个女孩，一头棕色卷发掩着鹅蛋脸，眉清目秀，各个角度都有阳光映照着她，模样恍如一枝盛放的百合。她近视却总不喜欢戴眼镜，总眯着眼睛看人。这个名叫涂涂的女孩，落落大方地向林未亮做了自我介绍。

麦子问："春节回去吗？"

"还有两天。"林未亮道。

"这么晚？"

"临时决定的。"

林未亮本不打算回去，只因临时接到了母亲的电话，告知他父亲在镇上置办年货时出了交通事故，可能需要很长一段时间恢复。因未提前预订车票，林未亮迫不得已买了春节前四日的火车票。

寒暄了一阵，林未亮和麦子、涂涂告别，准备往山下走。没走几步，涂涂又风风火火地出现在他面前："林同学，我们打算明天去人民公园游玩，如果有时间也请一起吧？"

林未亮回过头，看到麦子站在银杏树下朝他点头示意。

涂涂嘿嘿一笑："明早9点钟，人民公园大门口不见不散！"

说完她一溜烟跑回麦子的身边，下山去了。

因为受到邀约，林未亮特别激动，一夜无眠。眼见得天亮了，林未亮草草吃过早饭，在校门口坐了4路车直抵人民公园，一下车便看到麦子和涂涂站在公园门口。麦子穿着浅灰色呢子大衣，涂涂穿着一件修身的粉色羽绒服，头上戴着一顶红色毛线帽子。阳光照在她们的皮肤上，发出白玉般的光芒。林未亮觉得暖暖的，被阳光悄悄地洒满了心房。

春节在即，翠屏山麓的公园里张灯结彩，处处洋溢着浓浓的喜庆氛围。公园内秀峰环列，奇石林立，茂林修竹，花草争妍。鸭儿粑、宜宾燃面、李庄白肉、龙须牛肉、怪味鸡等一干特色小吃及糖人杂耍各种新奇玩意儿，令人目不暇接。他们三个人沿着湖水潋滟浮光跃金的翠湖向前走，林未亮偷看麦子，阳光照在她的侧脸上，她的额头、鼻子上沁出细细的汗珠，脸上的汗珠纤毫毕现。她似乎很享受眼前的一切，眯着双眼，嘴角微扬，把修长的身影投在了林未亮身上。这一刻如此美好，林未亮突然希望这条路可以永远无休止地走下去。他们谈笑和怡，浑然不觉涂涂已经不在两人身边了，正找寻之际，听见涂涂在不远处大声叫道："喂，我在这里！"

他们回过头一看，涂涂站在植物园花丛之中，正在朝他们用力招手。他们穿过花丛，买了几枝蜡梅，涂涂欢喜雀跃。湖面上舟发鸟翔，涂涂提议去划船。三人兴致勃勃登上了游船，麦子和涂涂坐在一边，林未亮独自坐在一边，各自踩动脚踏，游船滑向宽广的湖面。他们回头再看湖边桥上，人流之中有一个孩子将手上的氢气球抓脱手了，猪头气球摇摇晃晃地飘向碧空，孩子哇哇大哭，引得行人驻足观看。

等到船漂到了湖心，他们放慢了节奏，任凭小船晃悠悠地与其他游船交织在一起。涂涂取出一支烟，放在唇间点燃了，眯眼望着岸上。她长着一副清丽的模样，林未亮完全没想到她会抽烟。

涂涂说："中学时被同桌带坏了。"

麦子问林未亮："福建可以种蜡梅吗？"

林未亮点点头："如果不提成都平原，福建和四川、重庆确实很相似，省内到处都是丘陵，只有闽南金三角和福州地区有少量平原，但这平原是绝不能和成都平原比的。不过因为濒临海洋，福建物种要更丰富一点。但凡四川有的福建基本都有，而福建有的四川不一定有。"

涂涂一副鄙夷的样子，大声叫道："哦，是吗？大熊猫呢？辣椒花椒有吗？"

林未亮回答："都没有。"

涂涂嘿嘿一笑："这也没有，那也没有。我就说嘛，你大话可说早了。"她的眼睛里流露出狡黠的笑意。

麦子也问："福建四季种些什么花？"

"每年春天，桃李花比四川开得要早一些，房前屋后随处可见开了一簇又一簇的桃红李白，引得蜂蝶乱飞。还没涨水的小溪挽着村庄潆绕，叮咚悦耳。"

"现在还有小溪吗？"

"早干涸了。"

麦子流露出遗憾惋惜之意。

"一到夏天，漫山遍野开着满山红，像是点着了整片山冈。我们又叫它匡玲花，喜欢把它摘下来戴在头上，肚子饿了也用它来充饥。"

"可以吃吗？"

"特别清甜。"

涂涂插话道："快别说了，一说吃的我肚子就咕咕叫。"

"秋天来时，小溪边开满了雏菊花。它们特别钟情在溪河边和向阳的山坡上扎堆生长，一大片一大片密密麻麻，金黄的大脸盘向着阳光，高高的秆子随风摇摆。经过它们身边，总能闻到一股香气，不过有人却总爱叫它们臭菊花。"

"为什么？"麦子好奇地问道。

"可能有人不喜欢那种气味吧？它是那么独特，这雏菊花既不是向日葵，也不是菊花，它就叫雏菊花。"

"我可没见过满山红和雏菊花呢！"麦子笑了。

"福建盛产茶叶，当然山茶花和茶花又有那么一点不同，人们并不指望它们产茶叶。冬天时节，山茶花竞相盛开，白似雪，红似火，连芬芳也是那么的含蓄动人，淡而素雅。"

"真美！"麦子想到刚才问的蜡梅，林未亮还没回答，又执着地问道："福建种蜡梅吗？"

林未亮道："闽南少见。第一次见蜡梅就是大一冬季在咱们学校里见到，当时真的被它惊艳到了。"

"那你肯定也没见过粉色的蜡梅啰？"

4 翠湖泛舟

29

"是啊！"

说话间，岸边有一群人经过，涂涂兴奋地站起来朝着他们大叫，岸上的人也发现了她，停下了脚步和她招手。游船靠岸，涂涂一个箭步跳到岸上，对麦子和林未亮吐吐舌头道："一会儿再见吧！"

林未亮认出了岸上其中一人就是之前在校园里见到过的谢啸，不过他的腿脚好像出了点问题，腿瘸了似的走路一高一低。林未亮想起校园里到处传说山顶上有个胖子被人用钢珠射中了屁股，哑然失笑。谢啸也认出了林未亮，面露尴尬，彼此打了招呼。林未亮和麦子重又把游船踩到了湖心，湖边两只黑天鹅追逐戏水，一只黑天鹅被他们的游船吸引，呀呀地叫着追逐而来，另外一只跟随而至，难舍难分。麦子笑呵呵地看着它们。林未亮生起几分感慨："我第二天又去了那个山顶，不过两只斑鸠都死了。"

"是吗？"麦子沉默了。

一团团白云倒映在水里，游在头顶也游在水底。等到城市披上夜色，灯火点亮了黑夜。位于滨江路的一处大排档里，谢啸有事离开，只剩下了林未亮、麦子、涂涂和她的朋友在饮酒。涂涂兴致很高，一直缠着林未亮问各种问题。酒过三巡之后，涂涂挤到了林未亮身边。她端着酒杯，面色酡红，眯眼笑道："林未亮，做个交易吧，一瓶酒交换一个秘密，怎么样？"

"秘密？"

"是啊，关于麦子的！你喝酒我就告诉你。"她神秘地笑着，将身子凑近林未亮，林未亮虽然很想知道她口中的秘密是什么，可是他本就不善于与女孩子打交道，招架不住就找个借口溜出了大排档。

大排档外就是浩浩汤汤的岷江，萧萧江风扑打在林未亮脸上。林未亮看到麦子坐在不远处的一块巨石上，走过去和她并肩坐在一起，看着奔腾的江面和灯光点点的彼岸。今夜明月当空，冷风飒飒，零零碎碎的星子仿佛天上的灯，与人间烟火连成了一片。

麦子说："这里从前还是一片农田，一抬头就可以看到满天熠熠生辉的繁星。如今星星越来越少见了，月亮也不似以前那么大又圆了。你说是天离人远了，还是人离天远了？"

林未亮有心想要卖弄文采，笑道："可能是因为我们的眼睛都落满了灰尘，所以看不到星星了吧。"

麦子想不到他这么回答，回头望着他，也笑了。他们看到不远处的岸边，有几个孩子探头观察水中的鱼儿，麦子问："你做过志愿者吗？"

林未亮摇摇头。

麦子突然认真了起来，眸子在夜里闪闪发亮："很多孩子，一出生就因为各种原因，被父母抛弃，即使被送到了孤儿院，他们一辈子也还是不会懂父母亲和陌生人的区别。我们给孩子们送去围巾手套、学习用品等，辅导他们学习。这些孩子始终读不准前后鼻音，我们就告诉他们让自己的鼻子学着像翅膀一样抖动，帮忙纠正他们的发音……你永远不会知道这些孩子眼中的世界是什么样子！有一次，我叫他们学着画出自己的最好的朋友，很多小朋友却画了鸭子和小猫，给花朵涂上了沉闷的灰色。一个很漂亮的小孩子，她很用心地画，老画同一幅画。我以为她画了一个飞碟，可是她后来却告诉我说，她画的是天花板上的吸顶灯。你知道这是为什么吗？"

林未亮摇头，麦子笑了："这个孩子的父亲在她五岁那年酗酒出事，母亲无法承受离家出走，把她一个人锁在房间里。两天后她被人发现困在出租房里，当时她奄奄一息，差点没能活下来。独处时她躺在床上，头顶上一直陪伴她的吸顶灯给她留下了无法磨灭的印象。"

两人沉默不语。

麦子突然一本正经地看着他说："讲讲你的故事？"

林未亮突然意识到，麦子敢爱敢恨，风风火火，她婉约的外表下实则藏着一颗细致入微的玲珑心。他渴望了解她，也渴望她能了解自己。可是他到底该告诉她什么？过去那段不堪的时光，充满了辛酸的往事？她如果知道了这些，会不会觉得他是一个可怜虫，连美好的回忆都没有。

　　林未亮仿佛又看到了自己走过的二十一年，那条弯弯曲曲的道路，母亲每到半夜里就会准时哭泣，延续到天亮；仿佛又看到了别人冷嘲热讽的眼神，自杀未遂的母亲躺在冰冷的担架上，夜空中升起了一枚拖曳着尾巴的烟花……

　　世界沉沦在黑暗之中，江水拍打着两岸发出了有规律的声响。

　　麦子说："阿姨太苦了……"

　　"可是很多人都觉得她太懦弱，放弃了抗争，使家庭完全陷入了苦难之中。"林未亮看向麦子说道。

　　麦子继续说着："有些人总爱拿自己一帆风顺的日子来评判活在阴沟里的人。阿姨并没有选择的余地，不是吗？以你父亲的个性，如果抗争了，现在你们家势必四分五裂了！"

　　林未亮叹道："是啊，母亲太过于卑微了，卑微到只有用身子抵挡住来自丈夫的拳头。"

　　麦子问："你见过你父亲那个所谓的第三者和那个私生子吗？"

　　林未亮摇摇头。

　　他们走进大排档时，涂涂和她的朋友都趴在桌子上了。林未亮过去扶起她，她的身体像不受控制一样，软绵绵地靠在他的身上，凑到他的耳边："你……真的……不想听……那个秘密吗？"

　　林未亮和麦子打了车，将涂涂和她朋友都送回去了。林未亮送麦子到楼下，和她道了别。麦子在背后叫他，他转过头，她露出了小酒窝："明天下午 3 点钟，图书馆等你。"

　　听到这句话，林未亮止不住心里舒展开来。

次日午后，林未亮早早地来到图书馆门外等候麦子，她送了他一本《月亮和六便士》，转身大步流星走回图书馆。林未亮打开书，只见前两页之间夹着一朵完整的茉莉花，每隔几页就有一片精致的树叶。文末夹着几枚罕见的粉红色蜡梅，落下一张白色的信笺纸。上面写着："昨天听你说起家乡一年四季繁花似锦，让我很向往。这是我收集了一年的家乡花草，把它送给你，希望你能有一个美好的回忆。麦子。"

林未亮一遍一遍地看着这张白色便笺，心中恰似一夜春风袭来，开遍了奇花异草。正在出神之际，柳笛打来电话，林未亮赶到东苑餐厅门口，见她已经先到了。她今天穿了一件暖黄色的羽绒服，加蕾丝的领袖，秀气温婉。看到林未亮出现，她像一只乖巧的兔子一般，蹦蹦跳跳地朝他跑了过来。自从11月份柳笛研究生统考初试通过之后，她就有点闷闷不乐，今天难得重展笑颜，似乎她天生就是这样欢乐。柳笛笑道："你明天就要走啦。晚上一起吃顿饭吧！"

公交车上，柳笛欢快地说着什么。林未亮回过头看到她的发丝微微挡住了她的眉眼，小小的鼻子十分精致。他觉得辜负她是多么让人遗憾的一件事，转头望向窗外。林未亮不知道该怎么告诉柳笛，他喜欢她，不过或许他们更适合做朋友。他一直是这样的想法，可是今天，他却觉得分外愧疚。他和麦子不过萍水相逢，而且毕业在即，他们会有明天吗？

第二天一早，林未亮正准备出校园，远远地发现校门外站了一个人，才知道柳笛已经早早在校门口等他了。两人叫了一辆出租车，向车站驶去。临走之际，柳笛几次欲言又止，在月台上用力地挥手。火车缓缓驶出了站，林未亮看到，清晨明艳的朝霞之下，一片山地映现眼前，戎州已然甩在身后。

清晨5点多钟火车到达福州。林未亮从闷热的车厢走出，不料寒冷的晨气扑面而来，他禁不住打了几个寒战，乱成一团的脑子一时变得极其清醒。他提着行李随着人群出了车站，匆匆穿过火车站广场。彼时天色犹暗，广场灯火明亮，除了早起接车的人，城市尚在沉睡之中。汽车站空阔的大厅零零星星地有和他一样刚下火车的人，倦乏地枕着自己的手臂，眼皮不禁落下又强撑起。在他不远的地方，一个闽南老农凝视着他可爱的小孙女儿，这小女孩快乐地笑着，争执着什么。她说："那么春天来了，我们就会快乐多了，是吗？"是优雅的闽南童语，不知为何却传染到他的心上。

　　林未亮不知道快乐是否伴随春天而来，心头却又感染了她的乐观，仿佛紧抱成一团的茶叶受了开水的冲泡，温柔地舒展开身体，这一刻从心里散发出令人愉悦的芬芳。

Y
I
N
饮山海
S
H
A
N
H
A
I

5

榉木八音盒

八闽重镇泉州以刺桐城的雅称蜚声海内外。进入泉州古城区，刺桐花与闽南古厝相映成趣，人的心灵也被极具闽南风情的古城所抚慰。北峰工业园区位于泉州西北部，毗邻丰泽清源街道和南安、洛江，因位于清源山脚下，故而得名。境内有秀丽的西湖和国家级博物馆闽台缘博物馆，园区内服装、箱包、印务、石艺等工厂林立。现在临近春节，园区冷冷清清。

下午5点一过，天色就暗了许多。一栋不起眼的两层小楼内，肥胖的林扬正坐在床头看电视。他看到林未亮进来，又开始咕哝起来。林扬因交通事故受伤后要门诊随访，就在这里租赁了一间民房。林母来看过他，两人见面即大吵一架，林母就再不愿意过来了。这几天他的脾气越来越差，似乎儿子周身都是毛病。他用质疑的语气询问林未亮对于毕业的打算，没有得到想要的答案，顿时满脸不悦。林未亮不愿意再听他絮叨，走到阳台上看着卧伏在如血的斜阳之中的北峰工业园区。

他自觉这样的日子太无趣，第二天匆匆跑去车站买了初四返回川南的车票，又主动给柳笛打了个电话，得知柳父生病了，她能不能赶在元宵节前返回学校还是个未知数。回来后，林未亮翻开麦子送给他的那本《月亮和六便士》，一朵茉莉花从书页中掉了下来，他将它捡起放在鼻尖，仿佛一股清冷之中吹来了夏天的风。一个陌生的号码在跳动，等林未亮接通了电话，感到一道阳光射进心房，方才还是郁郁的心情一下子变得通透明亮。

"新年快乐，林同学！"是麦子俏皮的声音。

"啊……是你……麦子……新年快乐！"

林未亮没想到她会主动打来电话，有点语无伦次了。

"春节过得好吗？我和涂涂约好了到我们上次划船的公园，她又撇下我见朋友去了。我看到附近有电话亭，就想着顺便给你打个电话。"

"接到你的电话很开心。"

"是吗？"麦子高兴道，"上次你说每年春节后，闽南桃李花都会早早地开放，今年一定也不例外，开得很美吧？"

林未亮寻思着告诉麦子实情，她定会大失所望。他有意隐瞒她："这几天的阳光特别好，桃李遍野开得格外好，一团团一簇簇，如果有人从桃李树下经过，会落得满身的花朵……"

"好美！"麦子在电话那边忍不住赞叹道。林未亮突然觉得这样欺骗她有点于心不忍，不过只要她开心，他似乎又觉得也情有可原。

"那么，你们去看海吗？"麦子说，"这样的冬天，大海一定很冷吧？"

"天气虽然冷，大海却一直很温暖呢。"

"真想去看看！川南这几天特别冷，刮着呼呼的大风。"

她抱怨着，一会儿又高兴了起来，说："福建的桃李花开了，那么川南的桃李花也快了吧？"

当得知林未亮初四就要返程，麦子不解道："这么好的时光，何必匆匆就要赶回来呢？是发生了什么事吗？"

麦子觉出他的沉默，知他心情不好，心中已猜到一二，劝他道："你不要受影响，否则可能永远都不会快乐的。"

挂断电话之后，林未亮开始特别想念三江汇流的那座城市，他仿佛闻到了浓郁的酒香，听见了江水呼啸之声。回到家中待了两日，初四那天清晨，林未亮早早起了床，和母亲道了别，便搭乘乡间公交到了镇上，辗转到了城区，又踏上了西行的漫漫长路。

2月22日下午，一辆由重庆开往川南的大巴车上，乘客架不住旅途的颠簸乏味，昏昏沉沉地睡着。闽南天气那么好，而川南已是多日暴风骤雨，外面风雨大作，大雨嘈嘈切切，铺天盖地的雨水紧密地包裹着车轮，车子打着双闪灯缓慢行进在夜色之中。半个小时后，车辆终于抵达了宜宾川南高客站。林未亮随着人群下了车，提着行李，快步走入车站大厅。

出站口接站的人并不多，其间有个女孩穿着一件紫色的呢子大衣，撑着一柄大伞聚精会神地从出站的人群中搜索着什么。看到了林未亮走出来，她脸上露出欢喜，快步朝他走过来。林未亮完全没料到麦子会突然出现在这里，不禁一怔。

麦子说："贵人多忘事！你在电话里不是说过返程时间吗？昨夜的雨又特别大，就来接你啰。不过这车来了一班又一班，下车的人却都不是你，我还以为自己记错了……"

出了站，他们很快被铺天盖地的大雨包围了，仿佛置身汪洋泽国之中。大雨噼噼啪啪地击打在路面上，溅起了雪白的水花，沿街的道路漫到了行人的脚脖子。林未亮和麦子肩并肩打着一把伞，沿着路边小心翼翼地走向学校。一会儿工夫，雨水已经打湿了他们的鞋子。麦子的头发也被打湿了一部分，紧贴着前额，滂沱的雨水紧紧地裹住他们前行的脚步。大雨越发肆无忌惮，雨珠粗暴地拍打着伞面，仿佛要将它撕碎一般。林未亮有意把雨伞倾斜向麦子，她立即又把雨伞扶正了，大声道："我没事，你千万不要打湿行李啊！"

林未亮看到她呢子大衣的右边已经被雨水打湿了，雨水顺着她的发丝流淌到她的脖子上。她如同一只被雨淋湿了翅膀的燕子，缩着肩膀。林未亮不由得有点心疼，靠近她的耳边大声说："你到我背上来吧，我背你。"

麦子看看他，摇摇头，林未亮不自觉地用手臂搂住了她的肩膀，麦子的身子突然怕冷似的抖得厉害。林未亮一阵心疼，转过身将她搂在怀里，她偎在他的胸口上，抖得更厉害了。她似乎受到了惊吓，很快把他推开了，跟跟跄跄地冲到了雨里去。

林未亮也觉得自己的举动太唐突，愣了愣神，快步跟上去，为她撑伞，对她大声说道："对不起啊！"

"没关系。"麦子头也不回，眼睛一直看着前方。

幽暗的街道上空无一人，呼啸而过的车子，留下了一道道长长的水雾。快走到校门口时，雨小了许多。麦子突然想起他一路风尘仆仆而来，可能还没吃晚饭，两个人走到育才路一家小吃店吃了一点东西。麦子始终没有再抬头看林未亮，只顾着用手挤去衣袖上的雨水。

"生气了吗？"

"没。"

吃完饭后，麦子固执地要先送他回宿舍。两人并肩往前走，林未亮转头问她："为什么你一直叫你母亲'姨'啊？"

麦子笑了："他们说我属虎，姨属狗，虎冲狗，叫母亲不好，姨承受不起。你信吗？"

"不信。"

"为什么？"

"你有心事，关于父母亲的。"

见他凝望着自己，麦子不得不承认道："是。"

她一言不发，清澈的眼睛里那丝忧郁被重新唤起，越聚越浓，停下脚步，许久才幽幽道："我曾反复做过一个梦……"

"什么梦？"

"一个特别寂寞的梦。在梦里，我反复地行走在铺满月色的长廊上，回廊之间有数不清的门，门把手闪耀着银白色的光芒，我一次一次地打开每一道门，虽然明明知道结果，却还是忍不住带着希望，在一次次失落中穿梭在回廊之间……你知道这是为什么吗？"

"或许是因为你有很多话想说，你也有很多的问题希望得到解答，可是你不知道该问谁，也不知道该向谁诉说。所以你反复做这样的梦……我曾经看过一本书，其中有一句话令我印象深刻。"

"什么？"

"它说我们每个人都有心事，而梦作为压力宣泄的方式和出口，承担了保卫睡眠的重要功能，如果没有梦的衔接，那么我们的身体将无法承受巨大的压力，一次一次被惊醒。"

麦子惊讶地望着他，眼神遽然多了一点难以察觉的东西。走到男生宿舍门口，麦子突然转向林未亮道："在你之前，我一直不知道怎么和男孩子打交道。别人都觉得我很乐观，可是只有我自己知道是怎么回事，我不会对别人表示热情，也不知道怎么回应别人的期待，这又是为什么？"

林未亮不解地望着她。

麦子接着说："因为我是个孤儿！很小的时候，就有很多人说姨不是我的亲生母亲，后来我才知道她不能生育。她营养不良，身体很虚弱，这种情况到现在也没有改善。她尝试过怀孕，但都失败了。后来她的子宫内膜变薄，受孕有危险，就彻底摘除了子宫，这也就意味着姨再也不能生育了。"

"你并不喜欢你姨。"

"看得出来吗？"

"嗯。"

"是……"麦子的眸子被染得水墨一般深沉，"我讨厌她，她害怕失去，所以努力想要抓住一切可以抓住的东西，哪怕是漩涡中的一根草……"

林未亮见她敞开心扉，知道她是多么信任自己，又知道她曾经吃了那么多苦，以前不知道在她俏皮明朗的背后，藏着如此多的委屈，突然又感动又难过。

麦子抬头问他："明天有安排吗？如果方便，陪我去买点东西吧？"看到林未亮点头，麦子的眼里泛起了波光。

这座农贸市场，坐落在城市中心地段，十年二十年一成不变，保留着这座城市最纯粹的东西。每天清晨人声鼎沸，小贩沿街摆摊设点，买家讨价还价，拥挤的人群中永远都有小货车或者三轮车使劲按响喇叭或者车铃，还要把头伸出来大声叫道："让让，请让让……"

太阳照在大观楼金顶。林未亮和麦子小心翼翼地穿行在这个并不大的菜市场中，两条泥鳅一样从人流中穿过。大年初六这一天，川南的这座城市还沉浸在春节的喜庆之中，道路上车辆川流不息，市场上人头攒动。麦子特别兴奋，一路连蹦带跳地搜索着今天的食材，很快她就采购到了自己想要的东西：一只老母鸡，一条两斤多重的野生草鱼，一块上好的五花肉，两斤土鸡蛋，一袋本地小番茄，还有青红椒、花椒及各种各样林未亮说不上名字的配料。麦子似乎很满意自己的收获，也乐得有林未亮这样一个任劳任怨的帮手，她不停地给林未亮介绍各种食材和它们的做法。他们走出巷子，走到主干道，这座城市的地标——绛红色的大观楼赫然矗立在眼前。这里沿街摆了一排排的流动摊点，麦子突然停下了脚步，蹲下来看着眼前的一样新奇事物。那是一个手掌般大小别致的天然榉木小兔，不合比例的兔耳朵被雕刻成了心的形状，小兔的双手从自己空缺的胸口掏出了一颗水晶似的心脏。设计者故意不做出小兔的五官，浑然一体的造型却格外灵动。

麦子用手轻轻点了点那个水晶似的心，憨厚的小兔子缓缓地旋转起来，底座传来了空灵通透的音乐——《天空之城》。

"想不到这还是一个八音盒呢！"

"喜欢吗？我送给你吧。"

"这算不算我主动索要礼物？"

"随便你怎么认为。"

林未亮将榉木八音盒买下来送给了麦子，她的眼中露出了欢喜的光芒。两人随即搭了公交车转回上江北，林未亮陪她走到育才路，在小区前停住了脚步。

"上去坐坐吧？"

"你姨如果知道了……"

"没事，她要傍晚 6 点过后才回！"

进了屋，麦子把东西放在了厨房，系上了围裙就忙活起来。林未亮打量起这个房屋，屋子简洁，就是光线明显不足，大白天也要依靠灯光来补充光线。麦子转过身对他说："餐厅的旁边有个书柜，里面有连环画。"

林未亮看到书柜里整整齐齐地摆放着几排连环画，他随手抽出一本《姑娘的婚事》，饶有兴趣地翻看了起来。他小时候就特别喜欢这些连环画，可是现在它们都不知道哪里去了。

她忙活了一阵子，终于把各种准备工作都做好了，林未亮又翻看了一本《捉放曹》，麦子端了两碗小面进来："实在来不及了，中午只能委屈你和我一起吃碗小面，不会嫌弃吧？"

她抱歉地笑道。

"怎么会。"林未亮挑起面条，大口地吃起来，风卷残云地连汤都没剩地吃完了。

"今天是姨的生日！"麦子道，"我先把食材都准备好，一会儿给姨送点饭过去，回来我再准备晚餐。"

"她一定会非常高兴。"

"不知道。这几天，姨精神状态大不如前，她一直靠着安眠药助眠，这段时间显然连安眠药都不大管用了。我心神不宁，总觉得会发生点什么事。"麦子脸上浮起一片阴云，"不管这些了，等我把午饭给姨送过去，下午我们再去合江门走走吧！"

"好啊。"

吃过饭，麦子把饭送到街头的缝纫铺。梅容照样冷冰冰的，不过此刻麦子倒希望她不要说什么，从缝纫铺出来，麦子顿觉一身轻松。林未亮看到她笑盈盈地朝自己走过来，自己也跟着开心了起来。

两人沿着大观楼走到合江门，前几日的大雨使得江面升高了一些，金沙江和岷江合二为一，零起点处的长江波涛汹涌，浩浩汤汤向下游进发。成群结队的红嘴鸥时而在空中盘旋，时而贴着江面滑翔，时而停留在水面上觅食，发出阵阵沙哑的叫声。

"它们每年都会准时到川南过冬，我们像等待老朋友一样等待它们的到来。"

"不会迷路吗？"

"从不爽约。"

"也许因为这里有它们难以忘怀的东西吧。"

他们眺望着江面，麦子笑道："习惯这里的气候了吗？"

"三年了，倒也习惯了。就是这个冬天雨水多了许多，感觉整个人都要发霉了。"

麦子满目尽是长江之水："中国单单是大江大河就有一千五百多条，一平方公里以上的湖泊就有二千八百多个，登记在册的小河流和小湖泊更是数不胜数，更别说那些不知名的池塘水库了。而我从小到大在这座城市长大，初中高中都在一个学校，大学竟然就在高中的旁边……我多么希望能有机会到其他地方走走啊！"

"其实现在的城市千城一面……"

"但一个人如果没亲眼见到，总喜欢把它幻想得很美好……"

"因为我们总爱加入自己的想象。"

"是。涂涂总是告诉我很多关于外面世界的事——"

"我有一点搞不明白。"

"什么？"

"你和涂涂……"

"我知道你要说什么。"麦子接过话，"涂涂她抽烟喝酒，打牌文身，初中时她老爱捉弄别人，重新分班关头大家都不愿意和她坐在一起，我过去把她拉到我旁边的座位上，这让她心存感激。有个男同学老是骚扰我，有一次她拿笔给他脸上留下了一条伤痕以示警告，从那以后我们意外地成了最要好的朋友。"

林未亮不解地望着她。

"有些事情就是这么奇怪。大家都说喜欢乖巧的学生，却都对所谓的好学生敬而远之……"

"只是你不愿意别人走进你的心里罢了！"

"也许吧！因为怕别人知道你的底细，知道你的软肋，用它们来攻击你，所以干脆封闭了自己。这样每个人都觉得你很好，可是每个人都觉得你很远，他们不会嘲笑你，可是除了见面说些客套话，自然也不会有心灵上的交流了。"

她的神态微微变化，上扬的嘴角弧线消失了。

"没想过追寻自己的身世吗？"

"想又能怎么样……你可知全国有多少孤儿？"

"不知道。"

"记录在册的就有三十多万，还有那么多没有被发现的……他们因为各种各样的原因被抛弃，即使其中有些人幸运地长大，他们很多人还是会因为畸形被嘲笑，被侵犯，甚至上不了户口，一辈子游离在社会之外……"

麦子似风中摇曳的树枝、洪水掠过的大地、一台被发动的引擎，微微抖动了起来。林未亮从未见她这副模样，想要握住她的手，一碰到她的手，就感觉它变得冰冷僵硬，努力想要向他传递着什么，却又藏不住说不出婉转的心思，只是控制不住地在他的手里颤抖着。

麦子怅然若失："我不知道自己从哪里来，要到哪里去，我不知道亲生父母在哪里，也不知道他们是否有那么一刻会想起我这个被他们丢弃的孩子，是否会想到我还侥幸活着，他们又是否会存有一点愧疚……"

林未亮紧握着她的手，麦子的眼神黯淡："兜里放着回家的钥匙，只能回到那个光线不好的房屋。我多么希望自己可以大声笑大声哭，放肆地胡闹，可是事实上我什么也不敢，我就像一只躲到叶子底下的蜗牛，祈祷不要被人发现。"

林未亮望着麦子，麦子也望着他，她的眼神又变得空洞了起来，她似有话要说，终于还是没有说。平复了心情后，她的手不再使劲抖动了，她也不愿意再说话了。等一切都安静下来，麦子说："有时间你陪我去看一个女孩吧？"

"谁？"

"我当志愿者时，曾见到一个女孩，她被人抛弃在猪圈里。一个养猪倌一大早发现猪圈里的猪在拱着什么东西，跑过去一看，竟然发现了她。他把她抱起来，她就咯咯地笑，一双格外明亮的眼睛盯着他，养猪倌后来把她送到福利院。她现在七岁了，还是特别爱笑。我打一见到她就特别喜欢，约定好了春节见一面，到现在都还没兑现。"

他们在江边待到了午后 3 点钟，才原路返回，最后在校门口分开了。麦子沿着育才路独自往回走，在小区外发现一个人畏畏缩缩地站在铁门前。那个人看到麦子，走过来把一包东西塞给她，眼巴巴地看着麦子。麦子打开袋子一看，发现里面装着一双琥珀色女式皮鞋，麦子知道这是良叔送给姨的生日礼物。看到她点头，他如释重负，快步走出了巷子。麦子进屋把鞋子放在了姨的床上。屋子里静得出奇，储物间也没有任何声响，平日里那只小狸猫这个时候总会欢快地跑过来，现在不知道哪去了，临时小窝冷冰冰的。麦子找遍屋子也没发现它的踪迹。她站在储物间往下看，发现了一点端倪：一根破旧的用来固定防盗网的木头有一头搭着外面的巷道。

"哦，它跑出去了！"麦子心里说道。不过她并没有更多的时间去找寻它了，她要开始准备晚餐了。不知为什么，麦子莫名地忐忑不安起来，甚至有点心惊肉跳。

6

卦 变

缝纫铺内，梅容埋首在缝纫机上，她的左首边放着一个棕色木盒子，里面放着针头线脑、皮尺、锥子、剪刀和形形色色的纽扣、拉链等一干小物件。她一边熟练地踩动缝纫机，一边拉动一只裤脚，缝纫机发出"嗒嗒嗒"整齐密集的声音。

梅容心烦意乱。孙良要再婚的消息传得沸沸扬扬。"空穴来风，必有缘由"，她本来就神经衰弱，有抑郁症，常伴有情绪易激惹、烦恼、紧张，以及睡眠障碍和突如其来的肌肉疼痛，孙良的消息变本加厉地摧残着她。她紧紧锁住了眉头，瘦小的脸庞更显得颧骨突出。她抬眼看了看门外，外面人来人往，一如往常。这几天孙良一直在找她，她却总是躲着他。离婚之际，孙良信誓旦旦地向她赌咒发誓，希望给他点时间，等老人想通点了，就把她们接回去。一年不到，他竟然要另结新欢了！

梅容胸口就像被巨石压住了。她自然知道，这是两个老人的意思，在他们眼里，她就是一个没有任何价值的女人。这么多年他们冷嘲热讽，不停地抱怨和制造矛盾，逼得她不得不离开那个家，现在他们终于如愿以偿了。

梅容心神不宁，手抖得厉害，她发现线头冒了出来，手伸到木盒里面想要拿"U"形小剪刀，却马上条件反射似的把手缩了回来。她的食指被盒子里的针刺到了，指尖上冒出了一滴小血珠。梅容拧紧眉头，拿纸将血拭去，又用剪刀剪掉了线头，站起来将裤子抖了抖，把它挂了起来。

梅容和麦子搬出来单独居住，但内心里满是不甘，又隐隐藏有一点期待。在这么多年的相处中，她虽然要强，怨恨丈夫孙良，内心里却已把他当作自己唯一的归宿。她总是不肯相信，连他有一天也会抛弃她。那种根深蒂固的漂泊感，打她出生的时候就如影随形了。她外表虽然看着波澜不惊，内心却早已失去了平衡。连她自己也不知道，如果外面纷纷扬扬的传言是真的，她又要怎样麻痹自己，怎样活下去。身心的巨大负荷，使她犹如惊弓之鸟，摇摇欲坠。她游移不定，终于下定决心，关了缝纫铺，沿着育才路慢慢走到了一间门店前。不大的鸿运发廊隔成上下两层，楼上生活，楼下商用，靠门处摆着两张老式理发桌，里面摆着两张卧式洗头床。梅容对里面的布置了如指掌。现在她看到里外装饰一新，喜气洋洋，心头仿佛被剑刺刀割一般。她总不愿意相信胡娘说的话，如今铁一般的事实摆在眼前，她就是再想自欺欺人也做不到了。过去种种，历历如昨，她突然明白了"牛犁田，马吃谷，别人生儿他享福"的道理，觉得这人和草木同根同源，只是皮囊不同罢了。一刹那，梅容灰心丧气，对未来的幻想顿化作泡影，一肚子的委屈和怨恨在胸口翻滚盘旋。她呆呆地在门外立了一会儿，正要转身离去之际，不远处走过来一个人，穿着皮夹克和阔腿西裤，发际线羞于见人似的后退了，一对浮肿的眼睛两枚胡豆一样鼓鼓地砌在菜色的脸上，松鼠般无坚不摧的大门牙撑开两片厚嘴唇，是孙良。

他匆匆而来，差点撞到梅容身上，抬头看到梅容站在面前，呆住了。

梅容一声不响地从他身边走过。孙良硬着头皮，战战兢兢地一路跟在她身后。梅容到了缝纫铺门口，进店取了包转身出来，看到孙良木桩一样杵在店门前。她把缝纫铺的卷帘门猛地拉下来上了锁，转身沿着育才路准备走回去。

孙良鼓足勇气，挡住了梅容的去路："梅姐，你听我说……"

梅容不愿意听他解释，低头绕开他往前走。

孙良又挡在了她的前面："你……知道这是老人的意思……我……绝没有辜负你的意思。"

梅容用眼睛剜着他："什么意思？借腹生子，然后奉子成婚是吗？"

孙良被她的眼神烫伤，慌张之下，更加语无伦次。

"那恭喜啊。"她说着，声音竟有些发颤，情绪激动。她话未说完，低头要走。孙良怕她真的就走了，直挺挺地要拦住她。梅容绕过他，径直往小区门口走去。孙良情急之下伸手拉住她。梅容用力挣脱，将包抖落在地上。她俯身去捡，一时间千头万绪，百般滋味涌上心头，眼里情不自禁涌出了泪水。孙良伸手想为她拭去泪水。没承想他的这一举动彻底激怒了梅容，她勃然大怒，从地上捡起了剪刀，不由分说，对着他的右臂用力地刺了过去。

孙良一声尖叫，脸色铁青，大滴汗珠滚落，再低头一看，手臂上血涌如注，从他的手指间流出来。他无力地垂下了手臂。

梅容抓着剪刀快步进了小区。

麦子正在厨房忙前忙后，突然听到了急促的脚步声，赶紧走到客厅。桌子上摆着刚刚出锅的饭菜，但是现在赫然多了一把剪刀，它的前端带着血迹，垂了几滴血滴到了地上。

麦子一下子紧张了起来，她转过头看到姨的房门紧闭，正想走过去敲门，房门被粗鲁地打开了，姨披头散发冲到她面前。她表情扭曲，凶神恶煞地盯着麦子："这是什么？"

"良，良叔给你买的鞋子啊。"麦子的声音有些抖。

梅容双目怒睁，追问道："为什么把它放到我床上？！"

麦子惊恐道："今……今天是你的生日。"

"是忌日吧！"梅姨恶狠狠地说，转身取过来桌子上那把带血的剪刀，将它伸进鞋子里面，沿着鞋面用力地将鞋子剪开。几秒钟时间，一只皮鞋被剪得四分五裂。梅姨把鞋跟砸到桌子上，一个瓷碗打着转滚到了地上，"叮当"一声炸裂开来。她取过另外一只鞋子，又开始动作夸张地剪起来，锋利的剪刀划破了她的手，血液滴在了地上。她还想再剪，却再也剪不动，恼怒地把鞋子扔到地上，转身进屋，"砰"的一声把门闭上。

麦子透过窗子看到梅姨头发遮面，两只眼睛似受伤的野兽一般，汩汩地涌出了泪水。梅容使劲地想压抑着自己的哭声，不过渐渐地控制不住，发出哭泣声。

麦子用手推门，门反锁了。她手足无措之时，门铃一声接一声地响了起来。未及回应，又有人"嘭嘭嘭"地用力敲响铁门，门外传来一阵叫嚷声。麦子打开门，看到门外站着一群人，两个警察站在前面，其中一人对她亮了工作证："警察。梅容在吗？"

孙良的母亲挤到了前面，冲着屋内大叫："梅容你出来，把人刺伤了就想躲起来吗？！"

"谁躲啦？"麦子转过头，发现梅姨不知什么时候，出现在自己的身后。见她一副凶恶的模样，孙婆婆反而有点畏缩了，躲到警察后面。

警察问："就是你刺伤了孙良吧？跟我们到派出所去一趟。"

梅容面无表情地说："好。"

她转身进了屋子，披了一件衣服出来，对警察说："走吧。"

麦子喊道："姨……"

梅容头也不回地说："别找了，小猫是我放出去的。"

警笛呼啸远去。厨房里灶台上，高压锅发出了"咻咻"的响声，半只老母鸡滚得欢。麦子看着一地的鞋子碎片，又看了一眼那把被丢弃在一旁的剪刀，落在地上的那一滴滴血像一朵朵正在蓄积能量

6

卧

变

49

的花蕾，将要盛放。她走进梅姨的房间，坐在她哭泣的地方。房间里出奇地安静，麦子突然生出一种预感，觉得过去她一直想要逃离的枯燥的生活，今后再也不会有了！

果然，到了夜间9点多钟，麦子接到了派出所的电话。他们告诉她，梅容出门时在身上藏了一块刀片。在派出所，她趁人不注意用刀片割开了自己的手腕，现在正被紧急送往医院。麦子一听，急得差点哭出声来，还没问什么，对方已匆匆挂断了电话。麦子赶到医院，一个警察向她交代了注意事项就匆匆离去。她走到4号病房，护士正好上了药出来。麦子悄声走进去，看到梅姨背对着她，她以为梅姨已经睡着了，走过去才看到梅姨左手手腕绑着几层厚厚的纱布，一对眼睛定定地望着窗外。不管麦子怎么对她说话，她都像虾子一样蜷着身子，沉默不语。

医院大门，林未亮匆匆走进来，快步走过回廊，走到电梯口，麦子正在那里等他。他们沿着治疗大楼的曲形回廊慢慢地走。麦子说："今天是姨的生日，良叔托我送了礼物给她，不知为什么，她见了大发雷霆，把它们都剪碎了。警察找上门，我才知道，姨用剪刀把良叔刺伤了。"

"为什么？"

"听说良叔要再婚了，而且对方还为他生下了孩子……"

他们站在一丛花草处，林未亮能感觉到悲伤如潮水一般撞击着麦子的内心。他转过去抱住她，听见麦子难过地说："过去我一直想逃离姨和那种枯燥乏味的生活……可是我现在好怕失去她……"

麦子哽咽着："如果姨离开我了，我在这个世界上真的就是孤家寡人了……"麦子的眼泪打湿了林未亮的衣服，林未亮看着医院上方的天空，夜色硬如铁暗如沙，正在缓缓展开。

YIN SHAN HAI 饮山海

7

月如钩

从医院回去后，梅容茶饭不思，躲在房间里。到第三日上午，梅容从床上坐起来，收拾起东西，然后走到卫生间打开了淋浴花洒，热水哗啦啦地一泻而下。她仰起脖子，闭上眼睛，尽情地感受着温热的水在千山万壑之中淋落，浇灌着自己每一寸枯萎的肌肤。

麦子听到梅容辗转反侧和咳嗽的声音，知道她的神经衰弱和抑郁症又加重了，眼见得她本就不好的身子日渐消瘦，颧骨似刀，依旧一副冷冰冰拒人于千里之外的模样，不由得心生忧惧。麦子生怕梅容想不开，对她寸步不离。直到此刻听到卫生间里传来哗啦啦的水声，看到浴室内她的影子，心里才生出些许欣慰：姨终于走出她的房间了！

麦子正在准备午饭。这时浴室门被拉开了，里面冒出一股腾腾的热气，梅容穿着浴袍走了出来。在浴室暖气的熏蒸下，梅容脸色看起来红润潮湿，气色比前几日好了很多，四十五岁的她眉毛如翼，凤眼深长，鼻子挺括，仍能看出几分风韵。

梅容想起了什么，回过头对麦子说："你到门市一趟吧，那里有一份清单，记着客人放在店里缝补的衣裳鞋子。你按照上面的信息给他们都打个电话，请他们务必下午之前取回去，已经放了很久了，客人想必也急着要吧。"

麦子看到她眉头舒展，暗自为她高兴，赶紧答应下来。

梅姨又说："客人如果没有来取，你就给他们送过去吧，短期内门市不会再开门了。"

麦子这几天实在憋坏了，她仿佛一个久违天日的老古董，一走到院子里，光线特别好，照得她眼睛都睁不开了。她走到街头转角处的缝纫铺，按照梅容的吩咐给清单上的客人打了电话，除了一户人家到外地去了，其他客人都赶在中午之前到店里取了缝补物件。一户人家因为家里来客不便来取，麦子细细地问了对方的地址，说是在上和苑，她索性给客人送货上门。客人自然感激不尽，关切地问了梅容的情况，又托麦子转告她：一定要保重好身体，过几日门市开张了还要请她为孩子改一件旧皮草。

"看来姨并不是那么让人讨厌。"麦子这么想着。走回店铺不过11点多，她和林未亮约好在校园对面的育才路海琴钟表行见面。走到育才路，麦子远远地看到林未亮迎着阳光，站在车水马龙的路边，微风拨动他的衣袖，仿佛几十年的故人。她莫名地感动，又淡淡地惆怅，想到那遥远的来信和即将开启的实习，止不住心绪凌乱。

林未亮见她眉头微锁，关切道："你姨好点了吗？"

"好多了。"麦子点点头道。吃了午饭，林未亮又陪着她到诊所取了感冒药，麦子心中始终挂记着梅容，匆匆和林未亮告了别。往回走的路上，麦子睁大眼睛看着周遭景致：一个穿着拼色开衫蓝色卫衣的男子从一辆宝蓝色的宝马车旁经过。二者的色调如此合拍，以至于这个人走了很远她仍然在不停地回望。一辆红色的车子上贴满了粉红色的凯蒂猫，有只狸花猫躲在车子下面，偷偷望着外面的世界。麦子停住了脚步，被一棵树吸引了目光，那上面停着一只鸟儿，那鸟儿振动声带，发出了悦耳的鸣叫声。

眼前的一切如此美好！这个平日里人事营营、机关巧巧的世界，仿佛被洗去了满脸脂粉，变得如此清新可爱。麦子渐渐地舒展开连日来紧蹙的眉头，不由得嘴角带着上扬的弧线。她转身走进小区，进屋才发现梅容不在家。麦子走到她的房间，看到床头柜上摆着一组两寸照片。麦子很少看到梅姨照相，拿起照片端详。这组照片很明显是才拍出来并冲洗的，照片中的梅容穿着今晨的衣服，身形消瘦却精神矍铄，每一根头发都梳得整整齐齐，眼睛中透出难得的柔光。麦子久久地端详着梅容的脸。这么多年来，她从未这般细致地端详她的样子。

照片旁还有一包类似感冒药的东西和一瓶蜜炼川贝止咳糖浆，麦子把买的药也放在了这堆药旁边。晚上吃饭，麦子偷瞟梅容。她只顾着低头吃饭。收拾过碗筷以后，麦子依旧去了储物间，小狸猫的窝依旧冷冰冰的。"或许小猫流浪惯了，不喜欢被束缚的生活吧。"麦子心想。

夜间，麦子躺在床上胡思乱想，惴惴不安，不知何时她再也抬不起眼皮，沉沉地睡着了。迷迷糊糊中，她又梦见了那只大杏眼红鼻头的狸花猫，它在院子里偷偷冒出个脸盘。麦子回头它便猝不及防想要逃开。麦子跟随它到了一片森林，半弯月儿森冷如霜，从枝杈中透进一些光亮，忽明忽暗，仿佛一个个发光的柱体，隐藏在黑暗里的这个森林，借着月光的一半点亮。小狸猫跳在一根枝干上，用一双澄澈金黄的眼睛望着她……

麦子的耳畔传来了一声悠长的猫叫，这样的叫声似乎不像是在做梦，它是那么真实，又如此近在耳边。麦子迷迷糊糊地坐起，看到窗外夜幕沉沉，从门外投入一束光线，斜斜地折射在她的床边。她听到房外传来窸窸窣窣的响动，赶紧披了衣裳起来，开门就看到梅容的房门虚掩着。厨房似有光影移动，麦子疑惧地走到厨房外面，瞳孔急剧放大，看到了这一生都无法忘却的一幕。

——梅容斜靠在厨房冰箱旁，两手低垂，一双死鱼般的眼睛仿佛焰火幻灭，失去了光芒。她的身下一片狼藉，呕吐的东西和瓶瓶罐罐夹杂在一起，发出刺鼻的味道。

麦子抱起梅容疾声呼喊她，她的身子不停地抽搐抖动，失去了灵魂一样从麦子的手臂上滑落，嘴角冒出金鱼一样的气泡，传来了一股似乎来自地狱的腐朽味道。任凭麦子怎么喊，梅容就是不回应。

麦子颤颤巍巍地打了120，挂断了电话，她无助地跌坐在地上，看着梅容，房间仿佛空旷无边，她怎么也走不到梅容的身边。她仿佛一座孤悬海上的小岛，还似狂风中漫卷的布条，恍恍惚惚飘忽不定，难以抵达。她感觉到自己的灵魂和梅容一样，也在慢慢地游离出这个不真实的世界。

急救车疾速行驶在冷清的街头。麦子看着作呕的梅容，不忍看她痛苦的模样，转头看着车窗外。四围从麦子的眸子中一掠而过，沉重地覆盖着眼前的一切。

一到医院，麦子跑上跑下办理入院急救手续，办完这些，她走到急救室外，看到医生在一群人的簇拥下从重症监护室走出来，她急切地想询问梅容的状况。医生不住摇头："喝下了百草枯，就是阎罗殿的人了，别说医生，就是神仙也救不回来了……"

"百草枯？"

"是啊！这么大剂量的百草枯放在家里你都没有发现？"医生责备道。

麦子使劲在脑海中搜索关于它的线索，这时候那瓶止咳糖浆又奇怪地浮现出来，难道姨把农药藏在了止咳糖浆瓶里？麦子如梦初醒，顿时明了梅容这一天的别有用心，原来所有一切的偶然都是梅容刻意的安排。而她以为的姨想通了，其实不过是梅容决绝地想要解脱。她顿时为自己的大意悔恨不已。

"当人误服百草枯，进入胃里的农药很快会使胃组织纤维化，把胃变得像一团干丝瓜络。当百草枯进入人体的血液中，会流灌进人体各个器官脏腑、组织里面，机体各系统机能会相继衰退，出现紊乱。这个时期，就是我们和死神赛跑的时间，量小的话，我们会不断地给病人洗胃，做血液透析。不过一般情况下，百草枯致死率能达到百分之九十以上，你姨喝下的量已经远远超过了致死剂量。

从医这么多年，我没有见过喝下逾十毫升的还能救回来的。我们现在能做的只能是尝试减轻病人的痛苦，减缓病程，争取的不过是微不足道的一点时间，往往到头来病人家庭人财两空。"医生边说边摇头，脚步匆匆地走回办公室去了。

麦子站在病房外，隔着玻璃听到心电监护仪等各种仪器提示音作响，看到各种仪器导管插在梅容的身上。窗外霞光明亮，无助感让她窒息。今夜于她而言，残忍又漫长。天微亮，露出了鱼肚白，麦子斜靠在椅子上睡着了。

第二日又是反反复复地检查和落实各种急救措施，下午三四点钟左右，麦子终于被允许进入病房。她看到梅容平躺在病床上，鼻孔里插着两根橡胶管子，一直通到胃里。洗胃机加足了马力，反复地将大量的碳酸氢钠溶液灌入梅容的胃里，又从胃里抽出褐色液体，病房弥漫着呛鼻的药水味。

梅容挣扎着想坐起来。她一直作呕，插在鼻腔里的胃管和吸氧管令她更难受。她挣扎着想要扯掉它们，麦子赶紧按住了她，护士匆匆赶来，用约束带固定住她的肩膀和手臂。梅容躺在床上，她的脸看起来一片红一片白，不过红得像桃花，白得像石灰。她被固定在床上，眼睛盯着麦子，眉头紧锁，强忍着百草枯带来的痛苦。她的神情已经清清楚楚地表明，她明明知道这是一条不归路，留院治疗只能延缓她的死亡，却毫无悔意。

麦子努力地想让自己笑，不过她知道梅容看得到，她笑得比哭还难看。梅容一句话也不愿意说，麦子无奈地走到了病房外。她想给林未亮打电话，想了半天还是觉得算了。病床上躺着养育了她二十年的姨，她现在并不想跟任何人多说一句话。

夜色笼罩着天空。医院外的道路上每隔十来米就有一盏路灯照出一小片光明。麦子总觉得有一双眼睛在窥伺着自己，她回过头望着长廊，除了偶尔有换药的护士擎着药瓶大步流星走过，现场并无他人。不过当她第二次回头时，证实了她的第六感并没有错。不远处站了一个人，穿着一条浮夸的花裤子，沟壑纵横的脸上有一道伤疤，涂着鲜艳颜色的手指间夹着一支烟，散发出了呛人的烟草味。

马金芳此前来了多次，麦子以为她已经走了，没想到她一直都在。她走过来，喉咙嚅动却说不出话。麦子知道她虽然一向放荡不羁，但此刻梅容躺在重症室里，对她而言可谓是致命的打击。

马金芳失魂落魄，呆呆地把视线停留在窗外。麦子知她想起了过往，也懂她心中的酸楚，突然觉得眼前的这个女人是那么可悲又可恨，又想起她因此受到的惩罚，禁不住为之心痛。麦子正想劝老人，却见她梦游一般，向麦子问道："麦子，你恨你姨，是吗？"

见麦子摇头，马金芳突然笑了起来："你在说谎……"

老人就像一只吐尽了丝的蚕，只剩下空荡荡的壳。麦子望着她跟跟跄跄的身影，缓缓地从长廊尽头消失了。麦子似乎能理解姨了，她是那么可怜，一出生就被抛弃了，现在形单影只地躺在医院的重症室里，生命岌岌可危。

今夜沉默的并非只有夜色。

8

孤　枕

　　孙良想走到病房里去，吵闹声引起了病床上梅容的注意。幽微之中，梅容看到孙良步步靠近自己，她迟疑惊讶，随即变得暴怒，尖叫了起来。孙良想要拥抱她，梅容使劲摆动，用力扯掉了插管，病床旁的心电监护仪和呼吸机同时发出了尖锐的声音。病房外的医生和护士急忙赶来，被众人按住的梅容想尖叫，喉咙里却发出蛇一样咝咝的声音。

　　护士将孙良轰出病房，这个男人蹲在角落里。麦子也湿着眼眶默默坐在一旁。病房里传来痛苦的喘息声，百草枯正在摧毁着梅容的身体。一个护士急匆匆走出来对麦子说：你进去看看你姨吧，她似乎有话要对你说。

　　麦子疾步走进病房，梅容翻身面对着窗外。麦子走过去，看到她脸上满是泪痕。梅容用力对麦子说：“你……帮我……找把梳子来，我头发乱了。”

　　麦子给她找来了梳子，又听见了她痛苦的声音说：“……治不好的，我们回家吧……”

　　她的嘴巴一张一合，像条浮出水面呼吸的鱼。她很快意识到，发出声音只会让自己更难受，低声道：“……把门关上……”

　　麦子关了门，坐在梅容的病床边，明暗之间，梅容的五官时松时紧，仿佛不受控制一般。许久无言，麦子以为梅容睡着了，回过头去，看到她正定定地望着自己。

麦子知道她有话要说，身体前倾靠近她。

梅容："想……他们吗？"

麦子知道梅容口中的他们是谁，未曾预料到她突然问这样的问题，一下子怔住了。梅容并不喜欢麦子的亲生父母，可是如果梅容至死都不愿意说出麦子的身世，她这辈子恐怕再也不会有机会知道自己是谁，从哪里来。麦子黯然不语。

梅容的微笑忽转为失望，神情渐渐凝重，又急剧变化："别……找他们，你会后悔的……"

她想要抓住麦子的手，麦子条件反射似的躲开了。见到麦子这种反应，梅容嘿嘿地笑了起来，笑声幽深怪异，眼神中又泛起了那种无奈和冷漠。她无力地摆摆手，示意麦子出去。

麦子获得解脱似的，一声不响地走出去，走到走廊上，抬头望着外面漆黑的世界。夜很深了，冷风从窗外灌进来，钻进麦子的衣领袖口。冷寂的星星在天空闪烁，她的身世隐藏在和夜色一样的至深至暗之处。麦子心如死灰。她一面带着对身世的悲观，一面带着对姨的忧心。她感觉自己就像一个没有根基的气球，轻飘飘地往上飞，离这个世界越来越远。她有点不明白姨为什么如此决绝，这般厌恶她的亲生父母，以至于每次一提起他们都怒不可遏，似乎他们就是食人血肉的恶魔罗刹一般。

病房好像一条搁浅的小船。麦子心有不忍，走到病房外。她看到梅容挣扎着坐了起来，她枯瘦如柴的手紧紧地握着木梳子，然后对着病床对面窗子的玻璃细细梳理。她突出的颧骨映在玻璃上，眼睛空洞无神，无力地望着玻璃中枯叶一般迅速凋零的自己。看着梅姨，麦子悲从心来，止不住失声痛哭。

梅容听见了，头也不回地说："不许哭……"

麦子走近病床，打翻了杯子，在黑夜里发出刺耳的声音，梅容却一反常态，并不责怪她，转过头望着麦子，一字一顿地说："把缝纫铺关了吧……胡娘那里还有一笔租金和保证金，记得……退回来……"

梅容放下了梳子，把手伸了过来。麦子迟疑了一下，握住了她的手，指尖却触碰到她手心的一个硬物。麦子打开手掌，看到手心里是一把钥匙。麦子又惊又喜，她对上锁的那个铁盒子再熟悉不过了。梅容把这个神秘的铁盒子一直放在最隐蔽的地方，她屡次三番地想偷偷打开它，哪怕挨了那么多次打，依然忍不住好奇。

梅容怜爱地望着她："现在……它归你了。你心脏自小就有问题……咱娘俩每一分钱都在盒子里，也许够你手术了吧……"

梅容叹道："寻找亲生父母，是你的权利……不过，别……把自己的命运绑在别人身上……"

麦子握着那把钥匙，像握着一块大石头那么沉重，以至于她的手情不自禁地抖了起来："姨，你会好起来的……"

"傻孩子……好不起来了……"梅容陷入了往事之中，低叹道，"当年……我把你抱回来，你那么小，虽然哭坏了喉咙……看到我却咧开嘴笑了，总是喜欢钻到我怀里……眼睛滴溜溜地转，脸红扑扑的像个大苹果……这么多年……委屈你了……"

梅容再次沉默，不愿意说话了。第二日，梅容的状况就急转直下，她的一双眼睛浑浊不堪，人也开始变得神志不清。到下半夜，梅容睁开眼睛，看到麦子正在自己身边沉沉地睡着。这一刻梅容的脸色看起来恢复如初，失去的光芒重回到了她的眸子里，仿佛从来没有生过病一样。外面的夜色酒一样醇厚浓烈，世界静悄悄的，都在美好的梦境里。

梅容的眼前五彩缤纷，她看到了一架秋千摇荡在风里，有一只蝴蝶追逐着她的裙子。阳光在她的眸子里跳舞，那条经过门前的小溪依旧哗啦啦向前流淌，上面落满了夭夭桃花。她似乎又看到了深夜里的一个女孩，借助着淡淡的月色望着窗外。她的梦境里，始终深藏着两个看不清脸的人。她似乎又看到了打火机厂那个明艳的少女，她的对面突然燃起了火树银花，噼里啪啦的爆炸声久久回响，坐在她对面爱笑的男孩义无反顾地扑过来把她压在身子底下。病床上他被火烧伤的脸变得像鬼一样，却使劲地安慰她。他的手掌那么绵厚温暖，柔柔地握住她……她仿佛又看到了那个藏在黑暗中的男人，他执意要撬开她的嘴巴灌进去汤药。她用力地咬住他的手指，他"啊"的一声尖叫，却不愿意放开手。她听到了流浪狗的嚎叫声，一个浑身是血的小女孩在她的怀里，对她露出了甜甜的笑容……

世界急速轮转，一切如此真实又如此虚无。病床上的梅容看着看着，露出了笑容，潮湿了眼眶。外面的风声渐起，她的心里似有一条河流，静静地流淌。

也就在这个时候，沉睡的麦子突然醒来，她看到梅容从床上坐起来，麦子以为她不舒服，想要翻个身，她却一直坐在那里对自己笑。麦子觉得这样的笑是多么不真实，打瞌睡的麦子头一低，当她再抬头看床上，梅容静静地躺在床上，似乎安详地睡着了。梅容依旧侧身对着窗外，麦子以为她还是看着外面的天空，转过去时发现她的眼睛闭合，仿佛枕着手睡着了，悄无声息。

一阵尖锐的警报声划破了夜空，医生和护士一拥而进，他们看到心电监护仪上的一条直线时，神情肃穆。护士想要过来盖住梅容的脸，麦子阻止了她，请求让自己跟梅容再单独待几分钟，麦子想再多送姨一段路。

等到医生和护士都退了出去，麦子站在病房里，像站在无边无际的旷野上，这样辽阔的天地间只有她和姨。一股悲伤寒流般无声袭来，撞击着她的胸膛，她张开嘴巴想要呼喊，却发不出任何声音，仿佛窒息一般的痛苦。麦子靠近梅容，发现她的脸说不出是安详还是痛苦，嘴巴微微张开，舌头却缩到了喉咙里。她的手放在胸口上，麦子想将梅容的手挪开，好好看看她的脸，感觉她的脖颈处却还有余温。她在搬动梅容的时候，手指不小心碰到一个冰冷东西。麦子掀开枕被翻找，看到梅容的枕头下面藏着一枚金光闪闪的戒指，那是梅容结婚时，丈夫送给她的定情信物。

　　昏昏昧昧，纷纷扰扰，全与它无关。此刻它沉重地躺在这个被泪水浸湿的枕头下，仿佛梅容一样形单影只，永眠在无边无际的夜色里了。

9

阿欢与布袋鸟

　　林未亮和麦子坐在车里，远远看到儿童福利院那栋粉红色七层楼的尖顶房子立在江边。麦子始终一言不发，梅容去世后的几天，她一直忙前忙后，直到将梅容的后事都办妥了，今天才终于消停了下来。麦子的过分平静让林未亮很不安，他想要安慰麦子，麦子却总是一副若无其事的样子。

　　临近儿童福利院，麦子转过头对林未亮说："到了福利院，你要记得'三不'：一不要轻易走进福利院；二如果走进去看到什么都不要有奇怪的表情；三离开的时候不要轻易许诺什么。"

　　看到林未亮不解的神情，麦子苦笑道："很多人因为一时的爱心泛滥，或者因为学校的安排，就到儿童福利院去。他们把这当作一次活动，过分的热情，轻易地允诺，这当然让孩子们很开心。可是他们回去以后，很快就忘记了对孩子的承诺，或者因为学习工作太忙忽视了，人来人往，熙熙攘攘之后留下了孤独守望的孩子。他们不知道这对孩子意味着什么……这些孩子中百分之八九十都有各种身体的残疾，所以遭到遗弃。他们那么单纯，把大哥哥大姐姐的每一句话都牢牢地记在心里。你一天不去，他们就等一天，你两天不去，他们就等两天。我们不一定能给予他们什么，但也不要轻易去打扰他们平静的生活和辜负他们的期待！"

　　他们下车走向儿童福利院。这座颇有年头的福利院看起来有点破败，粉墙在风吹日晒之下开始褪色，却蕴含着一种古朴厚重的韵味。门口的灰墙上写着大大的红色标语：遗弃婴儿是违法行为。可是架不住总有人偷偷把孩子丢在福利院门口，院方只好在围墙靠近大门的地方修了一个小亭子，里面摆了一张小木床，名曰"避风亭"，其实这也是不得已为了便利狠心的父母所设。

这里最多时曾经收容过三百多名孤残儿童。院内设置了办公室、财务室、总务室和教学组等多个科室，为孤残儿童提供养护、救治、教育、康复、特教等社会服务。

麦子向林未亮一一介绍着这里的情况："我来这里的次数也不多，社工带着我们开展了几次活动。回去以后，我一直忘不掉这些孩子，特别是那个眼睛明亮的叫阿欢的女孩子，就是我之前和你说过的被人丢到猪圈里的女孩。"

他们走入福利院做了登记，社工张赫看到麦子，热情地迎过来笑道："你有一段时间没过来了，麦子。"

麦子："家里出了点状况。"

张赫："自从你上次走后，孩子们都盼着你，特别是阿欢，一直念着你春节要过来，天天盼着。"

"孩子们怎么样了？"

"都还可以。对了，我正要告诉你，香港有户人家很喜欢阿欢，前几天专门来看她，这几天已经办了手续，很快就要来领她到香港去了。"

麦子大吃一惊："是吗？没有问题吗？"

张赫："那户人家之前有个孩子，高中时突然生病死了，两口子一直想再要一个孩子，四处求医，一直没有成功。现在他们萌生了领养孤儿的念头，我们仔细审核了他们的资料，确认了是没问题的。"

"真替阿欢感到开心！"

"这几天，她咳得很凶，吃药就吐，要不就是把药偷偷藏起来，我们还在担心她呢。你来了就好了。"

"如果可以，我等会儿带她去看医生。"

"当然可以。"

他们来到三楼的一个房间，第一间房屋里摆着五张小床，麦子对此一清二楚："这是阿塞的床，这是七七的床，这是秋宝的床，这是阿欢的床，这是绒绒的床。"

正在活动区的几个孩子看到麦子，大喜过望，蜂拥而至，一口一个"麦子姐姐"欢喜地叫着。麦子脸上露出了久违的笑容，从背包中给他们一人拿了一个精心准备的礼物。孩子们兴高采烈，手舞足蹈。其中一个孩子，满头鬈发，抱着毛茸茸的玩具，一直围着要麦子抱她，看到麦子忙前忙后的顾不上，竟哇哇大哭了起来。麦子这才注意到她，赶紧把她抱起来，小女孩在她的怀里眼睛噙着泪水，咧开嘴巴笑了。

一个小女孩站在一辆玩具车旁，和麦子隔了几米远，一直不愿意走过来。麦子正在用目光搜索着她，刚一看到她，就把抱着毛茸茸玩具的小女孩放下来，走到那个小女孩身边。小女孩留着男孩式的短发，小小的脸蛋上，是一双圆溜溜黑漆漆的大眼睛。看到麦子突然走过来，小女孩一下子手足无措，眼神躲躲闪闪起来。

"阿欢，你不认识麦子姐姐啦？"

"麦子姐姐。"

"生麦子姐姐的气了吗？"

阿欢咧开嘴笑了，露出两个小梨涡。

听到麦子姐姐要带阿欢去看医生，孩子们都朝阿欢投来了羡慕的目光。

阳光跳跃，林未亮独自走到阳台边，发现福利院旁是一片疯长的芒草，顶着毛茸茸的帽子，在风中欢乐摇摆。滚滚长江从福利院前流过，浩浩汤汤，在阳光下闪闪发光。草丛中不时有鸟儿飞起飞落。麦子走到林未亮身边，两人同时把目光落在江面和不远处的城市。

林未亮看到麦子的笑容，很是替她高兴。他们带着阿欢走出福利院。这个福利院的东南边是这座城市正在重点改造的地方，破旧的楼房被次第推倒，取而代之的是拔地而起的栋栋高楼，轰鸣的马达声不绝于耳。两条新规划的笔直道路慢慢汇聚了人气，形成了小规模的集市。到集市去必须经过一片长得极茂密的芒草丛，芒草足有一人高，身处其中仿佛置身植物的海洋。

林未亮和麦子打算抄近路，带着阿欢穿过这片芒草丛。这时几只灰色鸟儿摇晃着身子，沿着芒草秆荡起的波浪飞了过去，发出了银铃般的叫声，很快又分散在芒草丛中了。麦子似乎很享受它们的叫声，停下脚步侧耳倾听，林未亮也停下了脚步。蝈蝈在草里叫，这个时节罕见的粉蝶和蜜蜂在草丛中寻觅着。眼前这片草丛，一下子变得富有生命力且充满趣味，像一个神秘的动植物王国。

"嘘！"麦子把一根手指放在唇间，又指了指斜右方，示意林未亮和阿欢注意听。那里传来了一两声悦耳的鸟叫声，像滚动在空气中的珠子。他们慢慢地向那里靠近，越来越近的时候，听到了一阵剧烈振翅的声音，一只鸟儿快速从他们的右前方弹射而出，落入不远处的草丛中。

阿欢叫了一声，跟上去，紧追不舍。因为担心她受伤，麦子也跟了上去。无边无际的芒草丛如风吹的水面，泛起了一圈一圈的涟漪，耳边惊叫声一片。林未亮惊讶地发现，一眨眼麦子和阿欢都不见踪影了，四周又恢复了平静，只有虫子的叫声此起彼伏。林未亮正在焦急地寻找她们时，突然听到不远处传来了咯咯的笑声，他回过头，发现麦子笑眯眯地站在身后看着他。今天，麦子穿了一件灰白色的毛衣，乍看之下，和芒草丛巧妙地融为一体，以至于她的突然出现吓了林未亮一跳。

"看到阿欢了吗？"

"我以为你找到她了呢。"

正说着，不远处的芒草丛抖动了起来，先前逃走的那只鸟儿转了一圈，不知什么时候又落到了他们附近。他们看到几株特别高的芒草，鹤立鸡群般摇摇摆摆向着他们而来，他们正在猜测这就是阿欢，果然听到了她的欢叫声："抓住了，抓住了！"她边跑边说。不料突然传来了"啊"的一声尖叫，随即听到了阿欢大叫："我的腿断啦，我的腿断啦！"

他们向她的方向跑过去，看到阿欢扑倒在草丛中，一手抓着那只鸟儿，一手摸着她的左腿，她的腿赫然只剩了上半截。林未亮心中一惊，以为阿欢摔断了腿，四下寻找，看到还有半截腿落在了离她两米开外的地方。麦子赶紧跑过去帮她把那半截腿捡过来，看了一下笑道："还好还好，只是没有固定好，不是大问题。"说着把半截腿给阿欢戴上了，笑眯眯地问她："现在还好吗？"

"没事了，没事了。"阿欢一下子站了起来，看到莫名其妙的林未亮，她哈哈地笑了，麦子也跟着笑了起来。

麦子说："阿欢的左腿自小就有问题，这是一个假肢。"

林未亮恍然大悟，不由得跟着笑了起来。

"快看，布袋鸟。"阿欢大声叫道。

麦子靠过去仔细地观察这个小家伙，它惊恐地瞪大了眼睛，恐惧地望着他们。这个小家伙修长的尾巴高高翘起，上半身呈红棕褐色，下半身呈淡棕色，显得小巧玲珑。

"什么鸟儿？"麦子惊奇问道。

"布袋鸟啊。"阿欢得意地笑道，"它们经常会飞到院子里来偷吃东西，很狡猾的，我们很少能捉住它们。"

"为什么叫布袋鸟呢，难道它不是斑鸠吗？"麦子问她。

"就是布袋鸟，"阿欢坚定地说，"我也不知道为什么叫它斑鸠，不过有人见过它的鸟巢，它们喜欢用芒草做窝，就做成一个布袋的形状呢。"

麦子疑惑道："很奇怪啊，这只鸟儿明明已经飞走了，为什么还要再转回来，等着被你捉住？"

林未亮想起了什么，道："闽南也有这种鸟，它很聪明，会故意引人去追它，目的是防止人们发现它的窝。"

"哦？这样说，莫非它的窝就在附近吗？"

"有可能。"

他们在周围开启地毯式搜寻，果然在最开始发现那只鸟儿的地方，看到了一个外观精致、编织牢固的鸟巢。乍看之下，鸟巢如长长的布袋。他们走近一看，里面还有三只刚刚孵化出来的雏鸟呢。

阿欢手中的布袋鸟见了使劲地想要挣脱她的手掌，发出了急促的叫声。

"放了它吧。"麦子对阿欢说。

"不，"阿欢嘴巴高高嘟起，"我还要把它带回去逗它玩呢。"

不过当她看到麦子凝重的神色，她又改口了："那好吧。"

她把手一扬，那只灰色的布袋鸟箭一般飞射而出，落到了草丛里，在草丛中发出了断断续续的叫声，徘徊着不肯离去。他们走出那片芒草地，阿欢还在因为放过了那只布袋鸟感到不舍，一直不停地回头张望。

他们终于回到了大路上，麦子又想起了社工说的事，蹲下来问阿欢："阿欢，你很快要到香港去了，是吗？"

阿欢之前还兴高采烈的，听麦子这么一说，脸上的笑容散去，如乌云密布，闭口不说话了。

"我才不要去，"她大声地说，"我要留在院子里，我的好朋友他们都在这里，他们不走我也不走。"

她眼含着泪花恳求麦子："麦子姐姐，你跟张姨说说好吗？我真的不想去香港，我害怕。"

"傻孩子，"麦子望着她，"这里始终不是你的家，那户人家很好，你去了一定要好好听话哟。你知道吗？麦子姐姐也很想去香港呢，可是我从来没有去过。"

"那我们一起去，好吗？"阿欢破涕为笑。

"麦子姐姐倒是想去啊，可是他们不要我啊。"

"麦子姐姐不去，那我也不去。"阿欢赌气道。她稚嫩的语气显得特别坚定，眼角挂着晶莹的泪珠。

麦子见她这样子，也想到她一旦走了，以后想要再见一面，不知是猴年马月了，心中一阵难过，面上却不动声色，道："阿欢，麦子姐姐给你个号码好不好？你记住它，有时间就给姐姐打电话。"

阿欢郑重地点点头。麦子给她说了一组数字，阿欢一路上默默背诵。到了诊所，医生问她问题，她嘴中还念念有词。拿了药后，他们走到集市上，今天的集市特别热闹，麦子突然想到这个世界一如既往的繁华热闹，姨的离去是如此的微不足道，不由得一阵心酸。

林未亮看到她的脸上浮现出奇怪的表情，知道她想起了梅容，伸手握住了她的手。麦子的手如此冰冷，微微颤抖。

不远处的广场上露出了彩色的穹顶，门口摆着一块巨大的广告屏，上面画着一个形态滑稽的小丑，正中央赫然写着：红房子马戏团，欢迎光临。阿欢一看就来了兴致，不住地向里面张望，马戏团里不时传来阵阵欢笑声。门口女郎迎上来，热情地向他们兜售门票。

麦子想到阿欢一走，今后可能再也没有这样的机会了，难得今天能在一起，有心想多陪陪她，林未亮已经抢先一步买了票。他们走进马戏团，发现圆弧形的观众席上坐满了人，一个个瞪大了眼睛期待着舞台中央接下来的表演。圆形的舞台上彩带飘扬，灯光变幻，声响震天。几个衣着鲜艳暴露的时尚女郎正在往两边抛撒糖果和气球，引得孩子们欢呼雀跃。阿欢浑然不顾自己的左腿不便，跟着孩子们追逐着时尚女郎，过了一会儿，她气喘吁吁地跑过来，得意扬扬地向林未亮和麦子炫耀她的战果。一个红包，一把糖果和两个气球。阿欢的脸上浮起心满意足的笑容。接下来，他们分别欣赏了铁笼飞车、极限飞轮和马术表演，惊喜刺激的表演引得台下的观众惊叫连连。麦子回过头去看到阿欢笑得露出了满口的牙齿，也不由得跟着嘴角上扬。

第四个节目是个舞台喜剧《动物人》，一个个子高挑的小丑在舞台上卖力地表演，似乎讲了这样一个故事：一个酒鬼父亲无意中发现儿子有口技的本领，为了获得金钱，白天把他锁在黑暗的房中，晚上就让他登台表演，模仿各种动物的叫声。酒鬼死后，这个孩子被解救出来，可是却恐惧与人相处交流，也不敢和自己喜欢的女孩子说话。他又被丢进了动物园，渐渐地，大家忘了他是个人，他学会了用四肢走路，学会了模仿各种动物的形态和叫声。从此，他渐渐地忘记了怎么说话，只能在动物群中和动物进行妙趣横生的对话，惟妙惟肖的表演惹得台下观众哈哈大笑，阵阵欢呼。

林未亮觉得身边特别安静，一回头看到麦子脸色凝重，她似乎不怎么喜欢看这个节目，站起来走到了马戏团外面。林未亮注意到她刚坐过的椅子上似乎有什么东西，捡起来一看，原来是一封寄自长沙的信件。

他们又沿着江边往回走，阿欢脸上的笑容慢慢消失了："再陪我一会儿好吗？麦子姐姐。"她低声恳求道。

麦子看到她这副表情，于心不忍，向阿欢交代了一些事情，叫她去了香港以后，一定要第一时间和她联系，千万不要到处乱跑云云，阿欢都郑重地点点头。虽然她的年龄只有六岁，可是沉默时看起来像一个小大人，特别成熟。

林未亮和麦子把阿欢送回福利院，正当和工作人员办交接时，一眨眼的工夫，阿欢就不见了。麦子和林未亮还有社工张赫怎么找都找不到。麦子知道阿欢很难过，不愿意和她告别，就站在大厅大声说："阿欢，我们走了啊，你要记得随时给我打电话，有机会我也会去香港看你的！"

空空的大厅只传来了她自己的回音，麦子知道阿欢听到了，只是她不愿意回应。走出了福利院，麦子还在遗憾。他们又走到来时的路上，林未亮发现路面上有一束鲜明的亮光很特别，它似乎有意

9

阿欢与布偶鸟

69

引起他们注意似的，蹦蹦跳跳，一会儿落在地上，一会儿落在他们身上，忽远忽近，忽高忽低。麦子急忙回过头去，果然看到三楼的窗子边露出了一个小孩子的脑袋，她有一双大大的眼睛和弯弯上翘的小嘴巴，手里握着一面镜子，把太阳光反射在他们离去的路上。

"下次再见吧，阿欢，多多保重哟！"麦子强颜欢笑，大声地对她说，远远地朝她摆了摆手。

窗子里边的阿欢也木然地摇摇手。他们走出几步，麦子又回过头去，阿欢已经不在窗子边了。麦子似乎预料到了什么，一阵心酸。

"也不知道下次再见是什么时候了，阿欢到了香港，等待她的又将是什么样的情况？"麦子难过道。

回去的路上，麦子又想起了那些可爱的孩子，不停地向林未亮介绍："阿塞的记性很差，却对什么都感到好奇，总是不停地问，一个说了好几次的笑话还是可以逗得他哈哈大笑。秋宝小小年纪，却有着超乎同龄人的成熟心智，他小心翼翼，生怕做错了什么，老是喜欢一个人蹲在角落里，偷偷打量着别人。七七很敏感，她的耳朵像两根尖尖的天线，她的个性很强，很排斥别人的靠近，可是却对机器人特别感兴趣，她不停地破坏机器人，就是为了获得它们的小齿轮。绒绒总是对人寸步不离，喜欢哭也喜欢笑，有一个脏兮兮的布玩偶，她从来不愿意放下它，不管是吃饭还是睡觉。小新一直坐在角落里画画，一双眼睛总是努力地想要获得什么，可是他笔下的云彩永远是灰蒙蒙的。他们个性都不一样，但是因为被抛弃，潜藏在内心深处的孤独和无助却是一模一样的。"

林未亮回过头，看到了麦子眼睛里有光点闪烁。她靠在了他的肩膀上，静静地望向窗外，高远的天空灰蒙蒙，阳光被乌云遮住了。

10

花千树

这座位于城西的高山有着厚重的人文底蕴，或因为山势巍峨、山色常青，是城市的绿色屏障和天然氧吧，故而得名翠屏山，多年前又被辟作公园。它东望酒都，北接真武山，是四川省近郊最大的森林公园。山上有唐代石刻千佛岩，又有宜宾八景之一的翠屏晚钟和规划做纪念馆的翠屏书院，还有猴群和植物园。花径曲折通幽，藤蔓盘绕枝头，亭台楼阁错落有致，是当地人极好的观光去处。今日恰逢元宵节，登山的人络绎不绝，纷纷沿着山前宽阔的石阶拾级而上，公园里到处洋溢着春日的气息。林未亮和麦子爬到半山腰上，麦子渐渐体力不支，阳光照在她的脸上，浮现出一片温润潮红来。她用手拭去汗水，不愿意多作停留，又开始向上攀爬。连日来她郁气堆积，闷闷不乐，今日来爬山，郁气似渐消散，露出了难得的笑容。

再上去又是一段平缓的石阶，林未亮正想着怎么打破沉默，麦子恰好转过头望着他说："这几天，我老是梦见姨，她的房间一直没变，只要一走到她的房门口，我就生出了幻觉，似乎姨还在里面，身影背对着我，还能听到她辗转反侧的声音。可是我再仔细去看，又什么都没有了。整齐干净的房间，衣柜里挂满了她的衣服，床头摆放着她的安眠药。其实我早就应该猜到姨的心思，她的睡眠和身体一直不好，经过这一次的变故，与孙良复合——她仅有的一丝希望，也破灭了，她怎能不绝望？她走上这一步并不是毫无征兆的！”

林未亮关切地看着她：“都说祸福相依，生死为邻，其实这对梅姨来说，何尝不是一种解脱？既然过去了就让它过去吧。”

麦子郁郁道：“能开导别人，是因为我们置身事外；开导不了自己，是因为我们困在其中。我只是替姨打抱不平，你知道，即使有人养的一只猫死了，都要哭上一天。姨死了，却这么静悄悄的，仿佛世界上根本就没有存在过这个人似的，像一粒尘埃一样卑微。”

麦子如同往常一样，把手放在林未亮的口袋里，林未亮紧紧地握住了她的手，默默地向前走。他知道她很难过，也知道她把这些悲伤深深地压抑在心头。

“这个世界本就是虚空的。”麦子叹道，“从前我一直以为，世界理所应当有姨和我们这个家庭，它们是客观存在的。可是等到姨去世以后，我才发现，姨在她出生前是不存在的，在她死去以后也不会存在了。我们的家庭也是如此。也就是说，从前和将来，一直就没有存在姨和我们组成的家庭，如果存在它也只是特定时间的表象。”

她仰着头看着不远处的一棵大树，上面有几只麻雀叽叽喳喳地叫着、跳跃着，麦子难过道：“姨从来都只把生活带给她的痛苦深藏在心底，任它在深不见底的地方生长。马金芳说她出生的时候只有小猫那么大，因为没有吃的，她严重缺乏营养。她早早地辍学，到电子厂上班，后来又回川南，在小作坊里安装打火机。有一次，仓库突然爆炸了，有个青年为了保护她，被烧伤了脸。她觉得很愧疚，在相处中萌生了想要照顾他的念头。为了断绝她的念头，孙家把她关在了房间里，足足关了一周，直到有一天她终于绝望了。良叔怕她饿死，想撬开姨的嘴巴喂她吃东西，结果姨咬断了他一根手指，把他的脸抓得稀巴烂，就从那时起，良叔就特别怕她。不过之后，姨还是把饭吃了，也不闹了。只是从那以后，她再也不提起那个被烧伤脸的青年了，也不爱笑了。几个月以后，她嫁给了良叔，

Y
I
N

饮山海

S
H
A
N

H
A
I

说是嫁给了他，其实压根就没有什么变化，他们打小一块儿长大，住在一个屋子，结婚只是从这个屋子搬到另外一个屋子。婚后他们经营一家发廊，生意有点起色了，老人又介入了。他们不喜欢姨，也不喜欢我。因为一直没有孩子，老人冷嘲热讽，说她是不下蛋的母鸡，到了哪里哪里倒霉；打火机厂烧了，有人为她毁容了；她没有给丈夫生下一儿半女……这些言语深深地伤害了姨的自尊心。"

麦子接着说："小时候姨对我很好，我身体不好，姨怕我感冒，每到秋天就给我里三层外三层包裹得严严实实，连走路都费力。有一次我突然发高烧，天下着大雨，良叔不在家，没人愿意帮忙。姨一个人背着我，把雨伞绑在我的身上。大风吹来，把我们都掀翻在地上，她一边骂我，一边爬起来，又把我背到背上。我头脑昏昏沉沉的，在她颠簸的背上，看到天空中电闪雷鸣，闪电像长长的蛇芯子，忽然炸裂开来。大雨淋湿了我们，姨的头发一直在淌水，我趴在她的背上，听见了她牙齿打战的声音。现在我宁愿那样的时光可以更久一点，这样我就可以一直趴在她的背上了……"

他们沿着石梯爬到了有着重重叠叠屋檐的山顶，向下望去，丽日晴空下，翠屏区被包裹在群山之中，陈旧又高低不同的楼房一览无余，著名的叙府三塔：鹫州塔、白塔、黑塔鼎足而立，像三颗子弹又像三支铅笔头。林未亮虽则有心想以"有生时无死，至死则无我"的大道理来劝慰麦子，但是想想觉得也实在很是无力，终于默默把它潜沉心底了。

他们约定了中午 11 点钟和涂涂见面，她才从成都回来。两个人下了山，麦子突然想去门市收拾一下梅容的遗物。在缝纫铺外，麦子开门时突然停住了，她死死地盯着贴在门上的告示。林未亮发现上面被人恶作剧地画了一个长着猪鼻子、张牙舞爪踮着脚跳舞的巫婆。麦子愤怒地把它撕了下来。他们收拾完门市，涂涂也过来了。走在路上，林未亮总觉得背后有个甩不掉的尾巴，脸上露出了疑惑的表情。

"是张金娥。"麦子冰冷道，"姨死后，她觊觎姨留下来的房子和门市，逼着良叔来找我，他当然不敢来，张金娥不甘心，就总偷偷尾随我。"

涂涂知道麦子不开心，提议晚上请她和林未亮吃火锅，麦子却不愿意去。涂涂又说："那这样吧，我们到你家陪你吧，免得你一个人孤单。"

麦子也不想一人回去面对冷冰冰的屋子，觉得涂涂的提议很好，就答应了。他们到了菜市场，买了一袋基围虾、几把菜和一袋卤菜、一扎啤酒，回到了麦子家中。涂涂围上围裙，说一定要尽职尽责地当好麦子的助手，洗菜切菜，忙得不亦乐乎。林未亮想要帮忙，她们一致要求他不要插手，他索性坐在那里又开始翻看起连环画，可是看着看着老走神，不住地抬头看梅容住的房间。

那里房门开着，房间里透出一股阴森的气息，黑暗中似乎有什么东西也在回望他。他起了一身鸡皮疙瘩，借口厨房灯光更亮，把椅子移到了靠近厨房的地方，这才稍稍心安。

傍晚五六点钟，夕阳如一朵硕大的红牡丹在天边怒放，在天边展露出艳丽的姿容，整个世界都被笼罩在艳若血红的霞光之中。厨房里传来了诱人的香味，勾起了林未亮的味蕾。楼下传来了孩子的欢叫声，响起了乒乒乓乓的摔炮声，一声长长的呼啸声划破天空，快速地上升，不远处的天空传来一声炸响。水墨一般的黄昏被一朵炸裂开来的巨大无匹的金丝皇菊点亮。

"多美啊！"麦子和涂涂回过头去看，那朵烟花拉开了元宵夜的序幕，城市的各个角落许许多多的烟花跟着呼啸而起，绚丽多姿的城市与垂垂天际因为烟火连成一片，成了姹紫嫣红、流光溢彩的梦幻乐园，各种造型的奇花异草竞相怒放。

"这么好的时光，怎么能够辜负，我们到楼顶上去看看吧。"涂涂提议道。

麦子知道这样的烟花将要一直持续到午夜，又觉得自己不能老是沉湎在感伤中，随即同意了。三人搬了桌子凳子到屋顶上去，他们一坐下来，天空中烟花绚丽，重重叠叠、密密麻麻地在他们的上空炸裂开，照亮了三人的身影。涂涂故意把啤酒晃动，酒花喷得麦子和林未亮满脸都是，狼狈不堪。三个人一边喝酒一边看着烟花，本来想说点什么，可又不知道说些什么，干脆都安安静静地喝酒看烟花。

半个小时后，这场热闹的烟花渐息。不过他们都知道，今夜的烟花这才刚刚开始，到午夜时分，千筒万筒，百花齐放，才最是动人。麦子看到这烟花，念起姨再也看不到这样美丽的景色，觉得这焰火像极了生活，积蓄已久，越在黑暗的天空中越是璀璨，不由得又开始伤感。

涂涂搂着她的肩膀劝道："麦子，你别难过了，不是还有我们吗？"

她点燃一支烟，吞云吐雾起来，一会儿又把烟头掐灭，唱起了川南民谣，麦子和林未亮都听得入迷了。对面的天台上，也传来了悦耳动听的歌声，一个男孩子在对面，和她一唱一和，使这一刻充满了柔情。

麦子望着远处的天空，问林未亮："你说如果一个人离开故乡久了，就一定会想念故乡吗？"

林未亮看到她的眸子里发出星子一样的光芒，一如他第一次看到她的模样，不由得目不转睛地看着她。麦子被盯得有点不好意思，说："问你呢？"

"每个人心中或许都有这样一个故乡吧，至于他到底想的是过去的时光，还是现在的故乡，就不得而知了。"

"你呢？"

"我不知道。"

"讲讲你的故事吧。"

林未亮为了讨好麦子，挖空心思讲述起来："唔，那我就说说外公的故事吧。说来有趣，我的爷爷和外公有一个共同点，那就是他们都是倒插门女婿。爷爷的孩子，几个跟着他姓，几个跟着奶奶姓。外公就没有那么幸运了，他和外婆生的几个孩子都不跟他姓。我们村庄在泉州和莆田交界的地方，中间就隔了一座牛峰山。外公年轻时家里特别穷，就翻过那座山做了倒插门女婿。自从做倒插门女婿以后，他就一直沉默寡言，一次都没去过镇上，也不愿意和别人交往。在闽南的小村庄里生活了几十年，他还是没办法融入当地的生活。他不愿意说闽南话，搞得大家只好迁就他，都努力学着用莆仙话和他沟通。有一天，大家突然发现外公不见了。当时他都已经七十多岁了，老眼昏花，步履蹒跚，谁都认为他一定走不远，还在村子里，可是找了一圈都没找到。外婆看到对面的那座山，突然领悟过来，连声说坏了坏了，他肯定是打算翻过那座山到仙游去了！几个后辈连夜打着手电筒走到山上，找了两天都没有找到，大家认为外公一定是摔到山谷里，被野猪拱走了，都打算放弃寻找了。这时，外婆突然听见不远处有个声音在叫，声音很微弱，若有若无。大家半信半疑地到处找，看到外公卧倒在谷底一片荆棘之中，脸颊和额头都是瘀伤，眼窝里布满血迹泥浆，体无完肤、奄奄一息。他们把他抬回去没多久，外公就去世了。"

麦子："真是个可爱又倔强的老人……"

林未亮："每个人心中都有一个回不去的故乡吧，不过真正的人和事，往往不及心中想的那么好。"

那夜的微风带着春天的气息，已经不似前几日寒冷了。涂涂兴致很高，又唱了几首歌，到了十点多钟，三人已将那扎啤酒喝得所剩无几，但却神思敞静，格外澄澈。涂涂意犹未尽，还想再喝，麦子下去将小菜又热了，提了几瓶酒上来。这个时候，涂涂接到一个电话，着急要走，转向林未亮："喂，我可把麦子交给你了哟，今天晚上一定要好好陪她，不许丢下她一个人孤孤单单的，听到没？"

麦子知她个性，一向来去匆匆，担心她喝了酒出问题，一定要送她回去。涂涂拍着胸脯向她保证，今天这些酒绝对不在话下。

涂涂走后，麦子渐渐觉得起了寒意，不愿在天台上继续待着，林未亮和她收拾了天台上的垃圾，回到了屋里。麦子坚持要清理完厨房再休息，不过她已是摇摇摆摆了，林未亮赶紧过去帮忙。两个人坐在沙发上，麦子突然想起了什么似的，努力睁着蒙眬的睡眼说："恐怕我们今天是看不了午夜的烟花了，要不你先回去吧，时间不早了。"

林未亮和她道了别，走到门口，听见麦子说："谢谢你陪我度过这个夜晚，它美得像童话一样。"

她的声音有点哽咽，缩在沙发上抱着自己的身子，林未亮于心不忍，走到她的身旁抱住了她，感觉到她浑身剧烈地颤抖起来。

"别走好吗？如果不介意，你睡在这里吧？"令林未亮始料未及，麦子突然用恳求的眼神望着他。

林未亮虽然觉得有点为难，不过也不忍心让她一个人这样孤零零的，遂点头答应了。麦子一下子高兴起来，强撑着去给林未亮拿了一床棉被和枕头，在沙发上铺好了。和林未亮说了晚安，她走到自己的房间里，关上了房门。

林未亮躺在沙发上假装看电视。一静下来，他更加觉得背后的那个房门幽暗阴森，透出来一股迫人的气息，里面仿佛有一双眼睛幽幽地望着他。他顿时酒意醒了大半，心惊肉跳地过去把梅容的房间门给关上了，顺便关了灯，躺在沙发上，这才稍稍心安，坚持了一会儿，一阵强烈的睡意铺天盖地袭来，他昏昏沉沉地睡着了。

不知何时，他听到外面鞭炮声大作，烟花的声音又裂石穿云，呼啸而起。他以为天亮了，正想起来，睁开眼睛一看，他的面前半明半暗，赫然多了一个诡异的身影，看不到嘴巴和鼻子，只有一双幽幽的眼睛望着他。林未亮登时浑身发冷，睡意全无，他怀疑自己看错了，又仔细地看了看。借着外面噼里啪啦的烟花爆竹声，稍稍镇定的他，看到麦子披着一条毯子，跪在自己的前面，长长的头发遮住了半张脸，一双忧伤的眼睛布满了翻滚的乌云，直勾勾地望着他，眸子里摇荡着酒一般醉人的水波。

他爬起来想要抱住她，却看到麦子的两只手放开，缓缓地站了起来，身上的毯子滑落，她就这样赤裸裸地站在他的面前，冰清玉洁般的胴体宛若玉石精雕。林未亮看着她的眼睛，她毫不回避地迎着他的目光，眸子里闪着炙热清澈的光。

林未亮轻搂过她的肩膀，轻轻覆上她的唇，麦子一点也不反抗，温柔地闭上了眼睛，烟花不时照亮不远处的阳台，也照亮了相拥的他们。

等到世界陷入了沉寂。麦子坐到旁边的小沙发上，又用双臂抱住了自己，把头深深地埋在其中。听到她低声啜泣，林未亮过去抱住她，麦子号啕大哭起来。林未亮从未见她如此伤心过，知道梅容的去世使她心里藏了太多的委屈和痛苦，只是她一直故作坚强，压抑着不让别人看到她的脆弱。可是在这一刻，她再也忍不住了，汹涌而来的悲伤击溃了她，深藏在内心的无助和孤独随着眼泪倾泻而出。她仿佛一个才降生的孩子，无力地抗拒着这深沉的世界。

林未亮知道她需要释放，静默地坐在她的旁边，等到她的哭声渐渐停止，他看到她像一只被煮熟的虾子紧紧地蜷缩成一团，带着泪痕睡着了。他抱她进了卧室，将她轻轻放在床上，为她盖上了棉被，走回客厅躺在沙发上。外面的烟花慢慢沉寂，夜色重又覆盖了这座城市，他翻来覆去，却怎么也睡不着了。

到第二日，林未亮一睁开眼睛，蒙眬中看到了麦子坐在他的对面盯着他。他又想起昨夜的事情，觉得虚幻得不像真的，偷偷地看着麦子，她还是一如既往的模样，两只修长的眼睛发出柔和的光芒，只是绝口不提昨夜之事。他们走到楼下用了早点，在学校外面准备分开，麦子把手从他的口袋里拿出来，对他说："忘记它吧。"

"什么？"

"我说忘记昨夜吧，如果可以，也请忘记我。"

林未亮疑惑地看着她，她靠过来，轻轻地在他的脸上亲了一下："谢谢你陪我一个美好的夜晚，我一辈子也不会忘记它！"

林未亮觉得她话里有话，还想再问她什么，她淡淡一笑道："姨还留了很多事情要我赶紧去做呢，我们再见吧。"

她说着头也不回地朝着育才路走去。

林未亮目送她远去，兀自感到困惑，转过头，看到了一个熟悉的身影站在了校门不远处。她风尘仆仆，手里提着行李箱，身上背着背包，眼里却闪烁着清澈的泪花。她不认识他似的死死地盯着他，看到林未亮朝她快步走过来，她转身往学校跑去。

林未亮一直跟随柳笛到女生宿舍门口，他想向她解释什么，可是当她真的站住了，想要听听他说什么，他脑子里却一片空白，什么也说不出来。柳笛更加心痛，默默地说了一句："恭喜你。"头也不回地走进了宿舍楼。林未亮回过头，只见周围人来人往，每个人都喜笑颜开，可奇怪的是，他却什么也听不见。

这件事情发生以后，他再也看不到柳笛一天到晚围在他身边欢乐的样子了，不过令他更难过的是，麦子也不知所终了。她的电话一直在通话中，去她的家里找她，也一无所获，她好像人间蒸发了一般。过了两天，实习开始了，他抱着最后一丝希望想要到教务处问问麦子的报到情况，却得到了一句回应："她已经办理了手续，转到其他地方实习了，至于转到哪里了，很抱歉，无可奉告。"

一切就是这么奇怪，好像一出戏一样。而麦子就像玻璃上的影子，来得莫名其妙，消失得无影无踪。

11

痴情者多秋

按照惯例，这所师范院校毕业实习一般安排在毕业前夕，当年年初的三四月份。实习结束后，毕业生将面临毕业论文答辩和就业。事实上，何去何从这个选择，从大四上学期开始就已经沉甸甸地压在了每个毕业生的心头。

2月底，林未亮和系里的同学一起搭乘前往李庄的班轮，到了长江南岸的小镇，两地相距不过十多里路，由水路而下又是另一番景致。林未亮立在船舷上，看着两岸青山此起彼伏连绵不断，山间云雾缭绕青翠欲滴……林未亮之前一直捉摸不透麦子对于实习的奇怪态度，这次她突然不告而别，使他恍然大悟，原来麦子早已有了打算，只是不告诉他罢了。这样一想，他顿时懊悔和惆怅起来，觉得实习也不过就这么一回事，对于两岸青山和一江水色自然也就不十分在意了。

班轮停靠在了李庄口岸。李庄古镇虽不大，却颇有特色，素有"万里长江第一古镇"的美誉，以一镇之名和重庆、成都、昆明并列为中国抗战大后方的四大文化中心，被誉为"中国文化的折射点、民族精神的涵养地"。辖区内保存着大量富有明清特色的川南民居、庙宇、殿堂等古建筑群，规模宏大，布局严谨，螺旋殿、东岳庙、张家祠等九宫十八庙更是极具考古和观赏价值。徜徉在古镇之中，青石板小巷古韵悠长，吊脚楼错落有致，使人追忆起战火纷飞的年代，梁思成、林徽因、李济等名宿在此生活的情景。

李庄中学前身为王宪群女士创办的宪群女中，几任领导以行胜于言的理念办学，李庄中学弦歌不辍，如今已发展成为一所颇有办学特色的学校，高中部、初中部分别坐落在A、B两个校区。由于实习时间只有短短两个月，各实习指导老师也担心学生在两个月内无法适应不同风格的教师，都心照不宣地安排实习生做自己的助手，帮助管理班级、批改作业、做PPT，一两天分一节课让实习生练手试教。

林未亮所在的初一（8）班的实习指导老师名叫朱琳，也是班主任。她在学生中颇有威信，学生私下都称其虎狼之师。林未亮一去，她带他到班级和学生见了面，给他布置了工作的内容，主要是试教试讲，教学辅助如制作课件、批改作业，学生管理云云。朱琳是一个头脑清晰，做事特别注重规划的人，一句话能讲清楚的事情，绝不多说。向林未亮交代了一些注意事项后，她特别要求他尽快适应身份转变，在一周内记住班上四十五名学生的名字。林未亮不敢怠慢，起初还因麦子离去而有点散漫的心思一下子烟消云散，将她说的一一牢记心里。

实习没多久，林未亮就结识了隔壁班英语实习女同学杨河，倒不是他格外去注意她，事实上，她很快就能引起每个人的注意。她总是喜欢穿一条紧身牛仔裤，配一件夹克，有时候也穿一件杏色的皮衣，扎一个摇来摇去的马尾辫；两只眼睛就像弯弯的月牙，和一个上扬的小舟般的嘴巴相呼应。她总是很投入地做每一件事，每到她上课，她的班级里总是发出阵阵欢声笑语。

与她在一个班级实习的还有一个叫杭海生的同学，是数学专业毕业的，个性与杨河截然不同。他身材魁梧高大，赤面鼓目，偏又戴着一副厚镜片，无论对谁都是一副冷若冰霜的样子。巧的是，林未亮和他分配在一个宿舍里，他第一次见到林未亮似乎就充满了敌意，打了个招呼就自己抱着一本书躺在了床上看。

林未亮见他无心说话，倒也乐得清静，一个人有时在古镇上走走，有时到江边看看，再无聊就回到宿舍做做第二天用的课件。到了第三天晚上，他正躺在床上想问题，突然听到有人对他说话。他一抬眼，就看到杭海生像只骨架宽大、来势汹汹的黑熊精站在他的床前，用一双不协调又大得惊人的眼睛瞪着他："喂，你可真够闷的，来下象棋不？"

　　他即便是发出邀请，语气听起来还是有点生硬，好像斥责人的样子。林未亮觉得他这个样子不好拒绝，便爬了起来，摆好棋盘和他厮杀起来。杭海生时而皱着眉头，时而托着下巴冥思，一盘棋不觉下了一个钟头。林未亮硬着头皮又下了一盘。第二盘结束后，林未亮找了个借口溜之大吉，等他再回来，这位仁兄转身朝着墙，已经睡着了。

　　到第二周，林未亮勉强能记住全班学生的姓名了。这周二，按照日程安排，他协助朱琳老师和部分学生进行了谈心，吃过午饭匆匆赶到了涂涂实习的学校，他们约好了见一面。一看时间还早，他索性坐在湖边的椅子上懒懒地看着这个校园。小西湖边种满了柳树，时令一到，它们纷纷展露出了一片诱人的嫩绿色，柳枝在风中依依摆动。柳树中夹杂着低矮的桃李，随着季节变暖，长出了粉红或雪白的花朵，一丛丛一簇簇倒映在镜湖的柔波中。

　　下课铃声打破了校园的宁静，学生从教学楼鱼贯而出。一袭衬衫配短裙的涂涂从允公楼走出来，朝林未亮款款而来。

　　"久等了。"

　　林未亮目不转睛地盯着她。今天是她试讲的第一堂课，她格外重视，和往常大不一样。涂涂扬扬得意地笑："尝试做不同的自己，是一件有趣的事情，不过想抽烟的时候，就不这么认为了。"

　　她挨着林未亮坐下来："口袋里装着烟，手指总能摸到它，心里想抽，又怕别人看到。人就是这么奇怪，对待自己熟悉的人，就可以放飞自我，可是当面对陌生人，尤其别人对你寄予厚望时，你就不忍心辜负他们了。这样看来，别人殷切的期望反而变成一种束缚了……站在讲台上，面对那么多的学生，一堂课下来，虽然自己都不知道自己讲了什么，却还是奇怪地指望他们能有所收获呢！"

他们把视线落在水面上，一群鱼儿在追逐漂在水面的柳枝，不时泼剌剌地跃出水面。

"你专门为了麦子过来找我？"

看到林未亮点头，涂涂开门见山，一副拒人于千里之外的模样："如果是这样，那请回吧，我什么也不能告诉你。"

"你总可以告诉我点什么，关于麦子的任何事情都好，毕竟你们是最要好的朋友。"林未亮近乎哀求道。

"还记得游玩人民公园的那个夜晚吗？我说过要告诉你一个秘密，可是现在，我又不想说了。"

林未亮眼巴巴地看着她。涂涂见他严肃的模样，许久，叹了口气说："麦子知道你一定会来找我。你知道她的遭遇，她是痛苦的。梅姨去世之后，她对这里充满了恐惧。事实上，她一直想要逃离这里，这个念头恐怕很早就有了。你还是忘记她吧，如果你希望她快乐的话。"

"我知道。"林未亮似乎又见到麦子被寂寞浸染的眼睛，迫切想要得到关于她的消息，"我只想知道她哪里去了。"

"你不能理解麦子那种根深蒂固的孤单感……"

涂涂盯着林未亮说："麦子希望别人对她好，可是却又害怕别人靠近她，这种感觉就像有一只动物，它落单了，无力回到族群里去。它既害怕人，又希望能获得人的帮助，就是这么奇怪这么矛盾。你有种奇怪的能力，可以使麦子相信你，可是也仅仅是相信你，事实上，她连自己都不信任。别人的善意虽然缓解了她的焦虑，可是却在特定的时刻，又加重了她的负担，你懂吗？"

林未亮黯然道："我知道，那种日日夜夜堆积起来的失望，已经使她无法完全放开自己，去接受这个世界和这个世界上的人了。"

"对。所以你靠得越近,麦子越恐惧。在她划定的圈子里,她把善意和恶意都挡在了外面,一个人虽然寂寞,却是最安全的。这圈子之外,当然包括你,也包括我。"

她转头看着林未亮:"相逢的意义在于彼此照亮,要不然一个人喝啤酒也很不错……我曾经以为你打开了她的心结,可是梅姨的去世,使她又重新封闭了自己。她离开你之前希望我能给她出出主意,可是你知道的,她是彷徨不定的,连她自己都不知道自己想要的是什么,我又能怎么帮她呢?所以即使知道了我也不会告诉你,这不是我的分内之事。而且我相信,麦子已经做出了选择,你就不要追问她的下落了,这样或许她会好受一点。"

涂涂觉得说这个话题很让人头痛,于是抽出一支烟点燃:"很多事情,就是这么让人头痛,既然想不明白,不如别去想。"

知道涂涂决意不会告诉他关于麦子的任何情况了,林未亮大失所望,和她告了别,又转回李庄来了。

吃了晚饭,林未亮走到校门口,准备到班级里看看,却远远看到学校的大铁门旁站了一个人。看到林未亮,她快步走了过来。林未亮没想到会在这里突然遇到柳笛,想起前段时间自己对她不闻不问,不由得面露愧疚之色。

"一切还好吗?"柳笛已站在了林未亮的面前,朝他笑道。脸上挂着淡淡的笑意,仿佛他们之间什么事也没发生过。

"来了怎么都不说一声?"

"会影响你吗?"

林未亮摇摇头。他们走到食堂,柳笛似乎没有什么胃口,吃了几口便停住看着林未亮吃。

"开年以后父亲身体一直不好,我又在忙着考研复试,都没时间理你,今天才来看你,你不会生气吧?"

她小心翼翼地说,仔细地观察着林未亮的神色。林未亮一面觉得她比之前似乎瘦了许多,一面又想着这段时间无故生了隔阂,心有愧疚，看她的眼神不自觉也露出几分怜爱了。

"太累了吗？你看起来好像瘦了一些。"

"也许是因为父亲的事情和考研叠加在一起吧。"柳笛因为他久违的关怀，心里充满了暖意。

"为什么没有在一起了？"

"什么？"

"为什么没在一起了？"

看到林未亮惊讶地看着她，柳笛兀自笑了："我知道她叫麦子，也见过她一面，别说是男孩子，女孩子看了也会喜欢她的。"

林未亮知道柳笛打听过她的情况，默然不语。

林未亮又到班级里看了看，和柳笛走到长江边上。晚风拂起柳笛的短发，轻轻地扬在风中。她的一双透亮的大眼睛，一动不动地望着天边的云霞，一会儿又跌落在了水面上。

"有什么打算？"柳笛问。

"只要不回去，到哪里都是好的，至于做什么，我想这也没什么关系吧？"

柳笛望着他，欲言又止："我打算放弃考研了。"

"为什么？"林未亮惊讶地看着她。

柳笛叹气道："你知道我一直很要强，总是想要做点什么来证明自己。事实上，父母亲一直不支持我读研。他们太了解我了，知道我想要什么。父亲的身体一直不好，母亲一个人无力应对，我此次报考的又是杭州的高校，母亲不希望我到太远的地方去。这段时间以来，我一直反反复复思考这个问题，后来我觉得他们是对的，我想要的只是弥补高考的失误，至于学习，你知道我本身并不是十分热爱它。况且我越来越觉得，追求它令我迷茫和困顿。"

"你的意思是？"

"复试通过了，不过我和研究生院联系了，声明放弃那个名额。"

"这是何必呢。"

"并不是所有好的东西都适合扛在肩上的。"柳笛的笑容逐渐消失了，变得严肃起来，"今天我特地来向你道别，父亲为我在家乡联系了一所学校，我要转到那里去实习了，也许以后我会留在那里。"

"你要走了？"林未亮突然难过了起来。柳笛看到他这个样子，知道他还在乎自己，一刹那，既开心又难过，却佯装满不在乎地道："我想，走之前无论如何也要见你一面吧！"

"如果，我是说如果……"她不知道怎么说下去，"将来你到了哪里，一定要告诉我吧，我会去看你的。"她吞吞吐吐接着说，"或者，你也可以来看我。涪陵是个好地方，我想，我爸妈也会很喜欢你的。"

林未亮顿时明了她的意思，将目光落在远山上。

"你别误会。"柳笛结结巴巴道，"我的意思是，我们是那么好的朋友，谢谢你给了我美好的回忆，我会一直记得你的。"

她还想说什么，却说不出口，此时她已然红了眼眶。

"有机会，我去看你。"

"记得你的承诺……"

见到柳笛执意要赶回去，林未亮将她送到了车站，车子驶出车站，她使劲地招手，然而终究什么也没说。柳笛走后，林未亮的生活过得一成不变，只有偶尔想起毕业一事，才会有所触动。

4月底实习就要结束了，林未亮走到学校找朱琳老师填写实习评价。步入校园，突然听到一阵喧哗声，他吃了一惊，以为有孩子在吵架。走到了教室门口，才发现本该是午休的时间，对面的学生宿舍楼却起了骚动，一群孩子围在一起，起劲地高声叫道："杨老师！杨老师……"

原来临近实习结束，这群孩子舍不得杨河老师离开，突然有同学在阳台发现了杨河老师，他一喊就把其他同学给引了出来。一大群孩子簇拥在阳台上，大声地朝着教学楼一遍一遍地高呼着杨河老师，看到林未亮出现，又大声叫起林老师来，高昂的情绪不由得让人动容。

林未亮转头发现杨河站在离自己不远处的教室外，她热泪盈眶，却不知道怎么让孩子们安静下来。这时，教学楼下面冒出了一个人，他圆滚滚的脑袋，和小小的身体搭配起来，就像一个倒立的感叹号。眼尖的孩子看到后一哄而散。看到林未亮走过来，杨河满脸感动："真是一群可爱的孩子，"她难过道，"我会永远记得他们的，也会记得你们的，林未亮。"她说，"我始终坚信我的选择是没错的！"

她回去的那天晚上，林未亮回到宿舍，看到杭海生坐立不安，又跑到他的床边邀请他下盘棋，下着下着，他心浮气躁，连下两盘都输得一塌糊涂。林未亮偷偷看他，只见他脸色遽然变化，站起来把象棋用力卷起，气冲冲地走到阳台上，将象棋甩到楼下去了："下棋就下棋，何必咄咄逼人！"他的脸色阴郁极了。从那天起，他们再没说过一句话。实习结束以后，林未亮回到了学校，因为麦子和柳笛都已经离开，能来上课的同学也一天比一天少了，林未亮就像孤家寡人一样，变得更加沉默寡言。5月，他去了一趟甘孜，参加当地的乡镇公务员招录。考完了最后一科出来，天气格外清冷，他一抬头就看到狭长的康定一部分在阳光中，一部分在晦暗中。白雪在夕阳中熠熠发光，他从未见过这样的景象，不由得站在那里看呆了。如果没有这座雪山，这样的午后仿佛更像他在闽南初中课间的时光，寻常而宁静，充满了静谧美好。

回来的路上，林未亮看着高峻的山谷中雪山融化的水流哗啦啦向东流去，狭小曲折的河道蜿蜒通向远方，突然格外地想念一个人，想起那夜的烟花，想起她眼里如烟的寂寞和形影相吊的模样，心中蓦地一阵酸楚。

12

迷惘的日子

迷惘的雨月上旬，林未亮参加了多场招录考试，但都如泥牛入海杳无音信，以至于他对自己都失去了信心。5月上旬，重庆都市报社来校招聘记者，他抱着试试看的心态报了名。面试时，用人单位的三位面试老师坐在他的对面，这场景使他有些紧张。向他发问的是右侧一位穿着雪纺裙配以琥珀色小开衫、妆容素雅的女士，因为已经连续面试了多名考生，她看起来有点疲倦，例行公事地向林未亮询问了几个问题。林未亮中规中矩地回答完毕，站起来想要退出，突然一阵眩晕，他惊讶地发现头顶的灯开始摇晃起来。紧接着，房子也跟着剧烈颠簸起来，窗子上的玻璃受到挤压，发出咯咯的声音，桌子咿咿呀呀竟然自己移动了起来。外面走廊上传来了急促的脚步声和一阵喧哗的吵闹声。

地震了！林未亮猛然意识到。三位面试老师面色大变，急急起身，准备撤到门口去。这时整栋楼的人都被唤醒了，潮水一般汇聚起来涌向大楼狭窄的出口。林未亮挤到走廊上，被人群裹挟着向前冲去，不经意回过头，看到向他发问的面试老师被人群挤倒在门边，站起来跟跟跄跄地走了几步，又被后面的人推倒，发出了一声尖叫。林未亮迟疑了片刻，逆着人流转过身挤到她身边，将她扶起来，和汹涌的人群一起撤退到外面的空地上。广场上，一众师生惊魂未定，有消息在人群中炸开了：四川汶川发生了八级以上大地震！为了保证安全，他们只能守在空地上，因为谁也不知道是否还有余震。到晚上9点多，漫天飞蛾乱撞，草丛中各种鸣叫声此起彼伏，不尽的夜色诡异阴森。微弱的手机信号断断续续，到了晚间才勉强恢复。此时，一个来自长沙的陌生号码给林未亮打来电话，接通时却静悄悄一点声音也没有，随即被挂断了。

随后柳笛打来电话，得知林未亮安全无事，显得特别高兴，叮嘱他一定要保持警惕注意余震。到了深夜，林未亮又想起长沙的那个电话，不知道为什么总觉得哪里不对劲。犹豫再三，他还是回拨了那个号码。电话接通了，电话那头传来了一位男士慵懒沙哑的声音。

"哪位？"

"请问下午是你打的电话吗？"

"你是？"长沙市岳麓区滨江路的一栋住宅楼内，一个个子不高脸庞黝黑的男子手握话筒，露出了疑惑的表情。不过听到林未亮自报家门，他很快明白了什么似的："哦，是你。"

"你认识我吗？"林未亮在电话这头一头雾水。

"应该是麦子打的吧，不过现在她睡了。"

"麦子？"林未亮诧异地问道，"请问你是……"

"嘟嘟嘟……"未等他话说完，电话就被挂断了。

整个5月就弥漫在这样一股悲伤绝望的气氛中，到6月初，又有一部分毕业生离开了学校，偌大的校园一下子安静了许多。尚未走的毕业生集中租住到了校外的民房里，因为人太多又值酷暑，所以大家纷纷把席子铺在地上做了大通铺。在这样的日子里，林未亮感受到了前所未有的压力，康定的公务员招录和成都教师招录，他都以一名之差遗憾错过。

5月底林未亮感冒持续了十多日不见好转，麦子也毫无消息，他每天百无聊赖地在学校里走走转转，自觉前途就像大雾天的江面一片迷茫。这样的状态一直持续到6月10日的下午，林未亮意外收到了麦子的一则短信：火车站接我。

下午 6 点一刻，宜宾火车站外。等到人群散得差不多了，林未亮终于看到了麦子拖着沉重的行李箱，风尘仆仆地走出了火车站。林未亮接过她的行李箱，想抓她的手时，麦子却躲开了。两人沿着车站默默走到了浊浪滚滚的江边。江流击打着岸边的乱石丛，打着滚流过不远处的大桥之下，不知疲倦地向前奔腾。这么多年，这座城市一直未变，而他们此刻虽然近在咫尺，却仿佛离彼此更远了。麦子驻足凝望，林未亮抬眼望她，只见她脸色苍白，困顿疲惫的眼眸中映出满目的江色，却看不出心中的半点涟漪。林未亮将她揽在怀中，她直挺挺地站着，任凭他抱，却毫无反应。她的口袋里不停地发出嗡嗡的手机振动声。麦子不理会它，那手机似乎不达目的不罢休，愈发振得厉害，麦子终于忍无可忍，取出来干脆利落地关机了。

　　"你知道是谁打来的吗？"

　　林未亮摇摇头。

　　"'5·12'汶川大地震，我曾经给你打过电话。"

　　林未亮蓦地想起长沙的来电和那个低沉的男声。

　　"他叫赵行健，我一直叫他赵先生。在认识你之前，我们已经认识。他是长沙一名百货批发商，五年前，女友突如其来的背叛使他深陷痛苦之中，一直无法走出来。我们在网上结识，后来我意外地收到了他的来信。他那么真诚，毫不隐瞒地告诉我关于他的一切。我给他写了回信，一来一往，相互渐渐有了期待和依赖，可是事实上我们从来没有见过面。涂涂知道他的存在，曾经劝告我，不要相信虚拟的感情，可是我知道我和赵先生的关系，我们只不过是在这个冷冰冰的世界中彼此寻求一丝温暖，并不会有未来的。"

　　林未亮难以置信地看着麦子，她是那般的虚无缥缈、遥不可及，他简直不敢相信自己的耳朵，感觉自己如同一团棉花慢慢飘浮了起来。

　　麦子接着说："遇到你以后，涂涂发现我对你动了感情，劝我早做了断，可是我却陷入了两难。赵先生提出要帮我联系实习单位，为我落实教师工作，给我解决编制。这对我来说是多么大的诱惑，也是我纠结的根源，我太渴望新的生活了！元宵节的晚上，你以为我喝醉了，其实我没有。那时我已打定了主意，要到长沙去，逃离这个地方，开始新的生活。可是我的心里却一点也不轻松，我想给你点什么，弥补你对我的爱。后来我觉得只有把最好的自己给你，才能让我稍稍心安。第二天，我就开始筹备离开……"

"所以你去了长沙？"

"是。这次回来，我除了办理毕业手续，还有更重要的一件事，尽快处理好和你的关系。请你忘记我吧。"麦子幽幽道，浑然不在意她的话语会刺伤林未亮。

他们走到育才路小区上了楼，麦子打开房门，一股浓重的霉味和灰尘的气息扑面而来，麦子愣了愣，走了进去。房子还是保留着一如既往的陈设，只有灰尘受到了突然的打扰，在灯光下飞舞。麦子放下了东西，走到了梅容的房间，在床头坐了一会儿，又走到储物间，临时搭的猫窝上面空空如也。她开始打扫起卫生。她的身体看起来很糟糕，只做了一会儿家务就气喘吁吁，扶着膝盖休息。

林未亮发现了麦子放在沙发上的那一大堆药物，都是些利复星、甲硝唑等抗菌消炎药物和当归养血丸、茜芷胶囊一类的药物，林未亮心中起了疑问。看到麦子放下了手中的拖把，走到沙发旁坐下，林未亮过去关切地看着她："到底发生了什么事？"

麦子认真地看着他："我并不爱你，我只是因为同情你，你的遭遇激发了我的母爱，逢场作戏，仅此而已。我讨厌别人和我提爱情，我需要未来的生活，不想带着悲伤。我现在只是需要一个人带着我往前走，给我需要的一切……"

"你在说谎。"

"随便你怎么理解吧，总之我们别在一起了，好吗？"麦子叹息道，"你看过马戏团的那封信？"

"是。"

"我没有其他选择……他能给我想要的东西。"

"所以你和他在一起，还为他做了人流手术？"

一说出这句话，林未亮就后悔了，麦子像不认识他似的死死盯着他，半天不说话。

麦子重新开机，电话铃声急骤响起，麦子打开免提，里面传来一个男子急促的声音："麦子，你到家了吗？为什么一直不接电话……"

麦子低声道："对不起，赵先生，手机静音，我刚到。"说完这句话，她看到林未亮面如死灰，站起身开了门又用力地关上了，脚步声渐渐消失了。麦子握住手机，无力再说一句话。过了一会儿，电话那头将通话挂断了，又打了过来，响了两声，戛然而止。麦子的手机显示电量保护，自动关机了，它终于安静下来了。

13

山城新章

连续在网吧待了两天，到第三天，林未亮从网吧走了出来，刺目的阳光照得他睁不开眼睛。他打开手机，看到麦子发来的信息：对不起，珍重。他反复地看了又看，止不住想流眼泪。走到一处路口，他停住了脚步，金色的不锈钢幕墙映出了一张落寞的脸。他怔怔地立住了。手机一直在他的口袋里振动，林未亮接通了电话，老半天才听出来她原来就是上次面试自己的重庆都市报社的那位女士。她抱歉道："对不起，林同学，这么久才给你回信，经过研究，请你下周来我社报到！"

挂断了电话，一缕柔和的光线落在了林未亮面前，他似乎才又听到街头的汽笛和鸟鸣声，看到城市的车水马龙，他现在好像一片干枯的叶子在雨中重新舒展开了。

下午，他和涂涂约好了见面，涂涂给他带来了一封信。他拆开方方正正的信封，打开折着的一张灰色信纸，一字一顿地读着。

未亮：

见字如面。鼓起勇气给你写了这一封信，对于我给你带来的伤害，不敢奢望获得你的谅解。事实上，我没有你想得那么健全，我一直在卑微地生活，即使我小心翼翼，却还是每况愈下。姨去世后，我开始整夜整夜失眠，吃她留下的安眠药，我感觉我仿佛变成了她，连面目也慢慢像她了。我害怕毕业，也害怕独自一个人面对未来。我知道我的自私深深地伤害了你。你走后的这几天，我一直想给你打电话，可是又怕让你的状况雪上加霜。你看到这封信时，我已经在火车上了，从今以后，我要试着遗忘你。不管过去如何，不管将来如何，我都希望你好好的，忘记家庭带给你的一切，忘记我带给你的一切，好好保重。

麦子

位于中国西南部，浩浩汤汤的长江与嘉陵江交汇处的这座城市，是中国四大直辖市之一，在中国地图上像一个正在左转的山地车车把手，又像一个充满野性桀骜不驯的牛头。重庆是一座立体魔幻、富有传奇色彩的城市，两江夹峙、三面临水，一年四分之三的时间被雾气笼罩。城区内水系密布、桥梁飞架，号称中国雾都、桥都、山城、东方底特律。随着经济快速发展，城区呈几何式快速扩张，北面的江北、渝北、北碚与南面的南岸、巴南、大渡口、九龙坡及西面的沙区，星卫着渝中区老城。

站在南山顶俯瞰重庆城区，白日里这座壮美的都市盘龙走凤、大气磅礴，夜晚里灯红酒绿霓虹闪烁，万家灯火与江面波光交相辉映，极尽秀美绮丽。然而此刻置身其中的林未亮却毫无心情欣赏山城美景，他正忐忑不安地坐在一辆重庆城市巴士上，前往位于江北区的都市报社大楼。到了报社，他按照要求到报社人力资源部报到，一位女孩子将他带到了六楼部长办公室。这间二十来平方米的办公室被隔成两个部分，左边是一张深褐色的长条形商务办公桌，右边是会客区，摆了一套沙发和一张折叠床，还有两盆长势喜人的绿植。穿着卡其色长裤和浅蓝色长袖打底针织衫，正低头办公的女士看到了他，脸上堆满了笑容站起来迎接他，原来所谓的魏部长就是当时招录面试林未亮的那位女考官。

"魏部长好！"林未亮赶紧鞠躬道。

魏部长走到他身边："林未亮同学，欢迎加入我们。那次在你们学校面试，你给我留下了深刻的印象，汶川大地震紧要关头，大家都急着逃生，你却还能记得救助别人，实在难能可贵！"

林未亮被魏部长夸得不好意思："这是人之常情，不算什么。"

魏部长上下打量着林未亮："怎么，最近很累吗？看上去比以前消瘦了一些。记着哇，做我们记者这一行的，光有脑力、笔力可不行，还得有眼力、脚力，哪一方面欠缺了都做不好。不过我相信你一定能胜任的。"

"谢谢魏部长。"

魏部长点点头，又向林未亮介绍了一下报社的情况。这家定位为都市报的报社是从属于重庆日报报业集团的四大报社之一，《都市报》每日对开十二版，在发行网络、发行量、阅读率、覆盖率等方面均遥遥领先于其他三家报社，成为自费订阅量最大、"三高"读者最多、最具品牌价值的城市主流大报。报社内设有总编辑部、经营管理部、广告宣传部、发行出版部、采购部、新闻部、人力资源部、档案室等部门。其中新闻部最为庞大，又分有政经组、社会组、文艺组、专刊组等七个小组，每组八至十人。

"我们决定先把你安排在新闻部社会组工作，主要负责采编核心城区的社会新闻，由一位资深的老同志专门负责带你。这段时间你先熟悉熟悉报社工作，多学多看多思考，至于新闻采编，也试着写点。你看怎么样？"

"好。"

魏部长又详细询问了林未亮食宿情况，叮嘱他若有什么困难一定要说出来。林未亮心头涌起一股暖意。

林未亮到新闻部报了到。社会新闻组组长何萍特意召集了一个短会，请林未亮做了自我介绍，又向他分别介绍了组里九名同志和分工情况。其中每两个人一组，互为 AB 角，各组根据每周例会确定的方向和重点自由采编新闻，由组长审核后报送新闻部审批。为了提升新闻质量，四组撰写的稿件进行票决毙掉其中一篇。

林未亮都一一拿笔记录了下来。随后的几天，他一直埋头在魏部长送给他的书里。从何组长拿来的一大堆报刊范文中，以唐鉴送曾国藩的赠言"不为圣贤，则为禽兽。只问耕耘，不问收获"为准则，刻苦学习钻研。一周之后，他已经基本掌握了这家单位的运行机制和规章制度，渐渐学着按照要求写一点豆腐块文章。

他的进步很快，获得了指导人黄枕书黄姐的肯定。黄姐虽然即将年满五十五周岁，却天生一张娃娃脸，说话轻声细语，做事和风细雨，深得同事喜爱。林未亮自然入乡随乡，跟着大家一起叫她黄姐了。

黄姐早年从江北肉联厂转岗到报社当记者，她用心自学虚心请教，对待工作一丝不苟，精益求精到近乎苛刻，慢慢地从一个半路出家的门外汉变成了新闻报道的行家里手。据说有一次她得知三峡库区一位移民不肯配合当地政府的安排，搬出了政府为他安排的安置房里，非要住在一座高山上的山洞里与世隔绝。为了准确报道这则消息，她和当地的乡镇干部实地走访。那个山洞位于悬崖峭壁之上，当地人都很难爬上去，他们把两架梯子绑在一起，做了一架加长梯子，搭在山洞上冒着生命危险摇摇晃晃地爬上去。采访结束下来时一脚踩空，为了保护相机，她摔断了一只手臂。最终也正是那篇报道斩获了国内知名的新闻奖项，她由此获得了"拼命三姐"的绰号。

报社领导考虑到她的情况，决定招录一名记者配合她的工作，也算是培养接班人，林未亮就是在这样的机缘巧合下被选中了。不过他显然低估了黄姐对工作的严格要求。有一次黄姐布置了一个专题新闻稿给他，要求他报道城区内城中村的改造情况，林未亮经过深思熟虑洋洋洒洒写下数千言，第二天一大早，就将稿件交给了她。谁知次日午后，黄姐将稿件返给林未亮时，稿件被改得面目全非。

"文笔很好，但钻得不深，看得不透，给人的感觉就像蜻蜓点水。"她严厉地批评林未亮道，"我们写一篇报道，就要对读者负责，也要对新闻事实负责，注意一定不能给读者留下问号。对于不明了的东西，哪怕是旁枝末节，我们也一定要了解清楚，否则就算不上一篇合格的报道，更谈不上优秀的报道了。你的稿件还停留在表面上，对于党和政府的方针政策和拆迁户的心态没有吃透、摸准……"

自此之后，林未亮对任何稿件都不敢再掉以轻心了。

林未亮租住在报社大楼旁的一个单身公寓里，每个月三百元的房租倒是便宜，但屋内真可谓四壁萧然。老旧的房间里仅摆了张一躺上去就吱吱呀呀像随时要散架的竹床，昏暗的客厅里摆着一套不知什么年代的木质桌椅，米黄色的地胶上沉淀了一层厚厚的油污，窗子玻璃处开裂出细细的纹路。储物柜的门东倒西歪，藏污纳垢的厨房到处是以前租客遗留下来的瓶瓶罐罐，时不时还有老鼠从管道滑下，钻到柜子里面去。

每次一下班回去，面对着冷冰冰的墙壁，林未亮总感觉自己好像又回到了囚笼里面。父母亲磨合了一辈子，还是没办法安静地在一起生活一天。为了远离他们，林未亮只能选择躲得远远的，以至于流落在异地他乡，一个人饱尝生活的艰辛。毕业以来，在这里仿佛与世隔绝，连个说话的人都没有，林未亮越发感觉寂寞，这种感觉一到夜里就开始发酵，钻进他的骨子和血液里，遍布房间各个角落，弥散在无边无际的夜色中。林未亮难免情不自禁地又想起川南的那段叫人无法忘怀的时光，想起元宵夜里的麦子，想起要强又对他好得无以复加的柳笛，想起可爱率真的杨河，甚至还想起了那个奇奇怪怪的杭海生。麦子的电话再也打不通了，涂涂和谢啸去了成都。对此他一直搞不懂：柳笛不是说谢啸并不爱涂涂，为什么涂涂非要和他在一起？

这几日，黄姐又给林未亮布置了一篇专题新闻稿，要求他写一篇报道，对改革开放以来江北区的变化进行专题展示。林未亮决定聚焦老车站外的一条公路这几十年的变化，集中展现改革开放以来江北方方面面的情况和取得的成就。为了完成这篇新闻报道，他不厌其烦地翻阅江北区改革开放以来的年鉴和各种图片档案资料，一次一次实地走访老车站附近，采访当地的商铺、小贩和居民，向他们详细了解历史变迁情况。等他终于完成了素材的收集，回到办公室正打算动笔时，黄姐突然过来，邀请他晚上一起用餐。

聚会时，黄姐殷勤地向林未亮介绍了同席的两个女孩子，其中穿着一身小香风蝴蝶结拼接粗花呢连衣裙的女孩叫曹晴容，是上海某高校的财经专业高才生，在海外深造两年，近期返渝。一身长袖碎花连衣裙的女孩是她的闺蜜，叫张小园，在某国有公司担任法律顾问。黄姐又向她们介绍了林未亮，张小园热情地向林未亮打了招呼，曹晴容似有心事，微蹙着眉头，礼貌性地对林未亮报以微笑。

天空中渐渐飘起雨点，斜斜地落在了街头。晚上7点钟左右，步行街的灯光次第亮起，玉石店门头照亮了周边一片天地，蛋糕店橱窗里天鹅造型的巨型奶油蛋糕慢慢转动，特步店内传来《周大侠》鼓点密集的音乐，富有周氏特色的唱腔让这条街多了几分律动。打扮入时的女郎和西装革履的男士步履匆匆穿过斑马线，奔赴不同的地方。中途柳笛给林未亮打来了电话，因为情况特殊，他只说了在外面吃饭，随即挂断了电话。晚饭过后，黄姐坚持自己先走，让几个年轻人再玩一会儿。张小园心领神会，提议去唱歌。曹晴容面露难色急于回去，张小园上前挽住她的手臂非得和她一路。黄姐道别后，林未亮和张小园、曹晴容找了一家附近新开的KTV，开了一个小包间。曹晴容坚持不喝酒，拗不过张小园，勉强喝了几杯，就坐在角落里自顾自玩起了手机，中途借口说要出去接个电话，人却始终没再进来，张小园出去找她，回来时却满脸歉意。

"晴容身体有点不舒服，先回去了。"

两人从KTV走出来时，外面还在下着蒙蒙细雨，张小园坚持不让林未亮送，和他告了别，一个人沿着步行街走回去。林未亮低头看手机上柳笛打来两个未接电话，想要回她又怕三言两语说不清楚，心想索性等回去了再说。他大步穿过马路，前行了数百米，看到报社灰白色的楼房从凌乱的房屋中露出了圆顶。当走到报社大楼门口，前方一个黑乎乎的影子引起了林未亮的警觉，那人一动不动，在细雨中撑着一把伞，故意挡住了大半张脸，鬼鬼祟祟的行为不由得令林未亮起了疑心。他拐进了巷子里，那个诡异的身影如影随形跟着拐进了巷子里。他一停，那人也跟着陡然停了下来。林未亮觉得惊异，出其不意转过身去，那个人猝不及防，窘迫地站在了原地，只是赶紧把头低下来。巷子里光线暗淡，什么也看不清。看林未亮疑虑重重半天不动，那个身影反而主动朝他这边走过来了。那人的手里拖着一个什么东西，滚动的轱辘轧过沥青路面发出声音，与静寂的夜晚显得格格不入。

林未亮心下狐疑，那个黑影已经迫近了他。

"不许动！"她用低沉的嗓音对他说道。这个声音是如此熟悉，以至于林未亮突然陷入了恍惚之中。巨大的黑色伞面微微升起，露出了一双微笑的眼睛。

"柳笛！"林未亮大感诧异，即使在黑夜中，他也能一眼认出柳笛来。此刻她静静地站在他的面前，左手擎着一把大大的雨伞，右手拖着一个大号拉杆箱，身上背着一个塞得满满当当的背包。她秀气的脸庞上明显带着疲惫，却强撑着，笑意盈盈地看着林未亮："怎么，都不帮我一把？"

林未亮赶紧接过她的伞和拉杆箱。走回去的路上，路灯把他们的身影拉得很长……

"你怎么每次都这么神出鬼没的？"

"为什么说每次？"

"上次在李庄中学你也是这样子。"

"哦，是啊，我喜欢。"

"你不希望我来？"

见林未亮沉默，柳笛脸上浮现出几分失落的神色，又走过一段路，她终于鼓起勇气，吞吞吐吐道："未亮！过去的四年，我们总是在一起，分开了我才觉得自己有多么不习惯……工作以来，我总是情不自禁地想起你，猜测你在做什么，和谁在一起。我每天都在等你的电话，期待你的信息，连上课都会忍不住看手机，生怕漏掉了你的电话和短信。"柳笛失望道："你总是漫不经心地想起我，然后给我打一个电话或者发一条短信……"

林未亮虽然一直知道柳笛对自己有好感，可他却一直有意回避着她的感情，双方一直保持着微妙的关系。今夜见柳笛毫不掩饰自己的感情，坦白自己的内心，又想起过去她对他的种种好，林未亮胸口涌起一股暖流。

"知道你到了重庆，我一直在犹豫，思虑再三，终于决定辞去工作。你知道的，我父母亲当然很失望，之前他们一直以为我对不能继续读研耿耿于怀，所以对留在家乡工作心有不甘，不过知道我心意已决也不好勉强我。我告诉他们我想来重庆投靠一个挚友，他继承了父亲的一家大公司，人手不够，邀我加盟。"

"可是结果那个人身无分文，是个穷光蛋，是吗？"

"是啊，"柳笛说，"不过，这并不是重点。"

几缕发丝落在她的面前，使她多了几分俏皮可爱。

林未亮提议去吃点东西，柳笛并不愿意去，他们走回宿舍，林未亮自己在客厅用椅子搭了个简易的床，把床让给柳笛。到半夜，林未亮蒙蒙眬眬醒过来，看到柳笛不知何时搬了一把椅子在他旁边，侧躺在椅子上，身上盖着一床棉被，正沉沉地睡着。她宁愿挨着他，也不愿意到床上去。

刘海挡住了柳笛细长的眉毛，下面是小巧而高挺的鼻梁，抿着孩子般可爱的小嘴。这一刻的她和今夜的时光一样，是那么温柔多情。他不由得生出了几分怜惜，爬起来想要把她抱到床上去休息。

走到床边的时候，一双手臂紧紧地箍住了林未亮的脖子，一双水汪汪的大眼睛一眨一眨，挑衅地瞅着他。接着，她又闭上了眼睛，发出了急促的呼吸声，淡淡的雀斑可爱性感地落在她的双目之间，一枚叶子状性感的小嘴唇娇艳欲滴，任性多情。在那一刻，她和那夜的麦子是那么像，林未亮产生了错觉，恍惚以为她就是麦子，再也忍不住意乱情迷，低头轻轻吻住她的唇，欲望就像大雨将至的天空，压迫着他。

柳笛闭着一双眼睛，就像一只误入了神秘之境的小鹿，面对着未知的世界，发出了一阵紧似一阵的急迫喘息声。

林未亮浑身燥热难当，正要退去她的衣裳，又生生地停住了，他的脑子突然清醒了过来，傻傻地看着柳笛，又帮她把衣服拢上，转身睡在她的旁边。柳笛一动不动，一双含着泪的眼睛盯着天花板。许久没有声响，她转过身去，发现林未亮双眼紧闭，她不知道他是装睡，还是真的睡着了。她默默在他的旁边躺着，不知过了多久，她也沉沉睡去了。

清晨的阳光照得林未亮脸发痒，他一睁开眼睛，它们四散逃开，在窗明几净的屋内乱撞，欢乐地跳动。他爬起来到处找不到柳笛，正在奇怪她去了哪里，突然听到柳笛在叫他。林未亮走出去，看到柳笛提着大包小包，打开门走进来，笑着问他："昨晚睡得还好吗？"

"还行。"

"那就好。"柳笛似乎忘记了昨夜的小插曲，忙着清理厨房的东西，把新买的五香粉、花椒、辣椒等一干调味品放到了厨柜上，"你忙你的吧，别管我。"

林未亮未免有点愧疚，正想说什么，黄姐打来了电话。他一接通，就听到她兴奋的声音问道："怎么样，昨晚还行吧？"

林未亮实话告诉她，昨天他们喝到一半，曹晴容借口接电话出去以后就再没回来。

黄姐颇失望道:"你知道她是谁吗?! 她就是魏部长的女儿,才从上海回来呢。只是这丫头一直心气很高,回重庆也是迫不得已,一直不愿意接受她母亲的安排。你如果觉得合适,这事包在黄姐身上!"

　　林未亮这才领悟过来,原来黄姐是有意在撮合他和曹晴容,为他介绍女朋友。

　　"算了吧,黄姐,"林未亮赶紧说,"我才工作,不想这么早谈恋爱。"

　　挂断了电话,林未亮看到柳笛怔怔地站在厨房外,就像个受了委屈的孩子楚楚可怜。

　　忽而她莫名又笑了:"放着部长女婿不当,多傻啊!"

14

巴山夜雨

柳笛来了以后，将林未亮的生活打理得井井有条。魏部长深知女儿个性，又见林未亮有了女朋友，自然也绝口不提此事了。林未亮做的那期改革开放的专题报道受到了市、区领导的批示肯定，获得了报社的嘉奖。渐渐地他的工作量越来越大，加班越来越多，因为宿舍没有电脑，他不得不一直跑到办公室去写作，柳笛每次都要等到他回来。哪怕再晚，只要他不回来，她就迟迟不睡。

屋外黑云压城，山雨欲来风满楼。林未亮站在报社大楼，想起柳笛今天特意叮嘱他早点回去，遂加快进度把手上的工作完成了。回去的路上，正好赶上暴风雨，他猝不及防，躲到一处酒店屋檐下，抬头就看到柳笛小小的身影出现在大雨之中，为他送来了伞。回到公寓里，两人已然湿透了。林未亮换洗了衣服出来，看到屋子的灯莫名其妙被关了，柳笛欢喜地坐在桌子边，面前的桌子上点着一支蜡烛，摆着一桌丰盛的晚餐和一个银灰色的大盒子。

"生日快乐！"她莞尔一笑。林未亮这才想起原来今天是自己的生日，不由得十分感动。吹灭了蜡烛之后，柳笛非得要他亲手打开那个盒子。林未亮打开盒子，发现里面是一台最新款的红色戴尔笔记本电脑。

柳笛欣喜地望着他："喜欢吗？这样你就再也不用天天半夜三更往办公室跑了！"

"可是……你哪来的钱啊？"

"这你就不要管啦。"

林未亮的眼睛潮湿了，转过身紧紧地抱住了她，柳笛仰起了头，一张粉唇渴望地置于他的唇下。林未亮轻轻覆上她的唇。柳笛浑身热得发烫，林未亮抱着她，控制不住的思绪，就像决堤的江洪，肆意涌流在干旱的大地之上。

是夜风雨潇潇，电闪雷鸣，等到下半夜暴风雨变本加厉，山呼海啸。这栋年久失修的老楼让人产生了几分担忧，果不其然，没过多久，不堪重负的窗子发出了阵阵响声，随后发出一声清脆的爆裂声，似乎有什么东西碎了。林未亮爬起来一看，才发现出租屋左下角那块受损的玻璃已被风雨击碎，疾风骤雨猛灌进屋子里，掀起了窗帘，把纸张吹落得到处都是。他们赶紧找来了一块板子，又用两根铁丝把它绑在窗子上，忙活了一阵，勉强抵挡住了风雨。回到床上，听着外面的风雨声，林未亮再也睡不着了。他以为柳笛已经睡着，这个时候，她突然翻了一个身，把头紧紧地贴在他胸口上，不知过了多久，又松开了。林未亮低头一看，柳笛脸上带着淡淡的笑意，已安然入睡。

林未亮注意到床头柜上放着那个她平时记账用的笔记本，拿过来看，只见上面事无巨细、密密麻麻、工工整整地记录着一天的所有开支，小至一把蒜苗，大到添置的家具。他忽然注意到了收入一栏，上面赫然写着：今日出手了父亲送给我的生日礼物——铂金戒指，为林先生购置了戴尔笔记本电脑一部，虽然很不舍，却觉得很值得。

林未亮喉头一紧，低头看着熟睡中的柳笛，眼睛变得红红的。

第二天，林未亮早早地去玻璃行请师傅割了几块玻璃。因为担心破旧的窗帘上滋生细菌，柳笛把它卸下来洗了之后就收起来了，又在每一张玻璃上贴上色彩缤纷的窗花，在破损的墙壁上贴了几幅自己画的画。经过一番细致的装扮，这个简陋的屋子终于不再那么单调乏味了。收拾整齐的厨房安装上了纱窗，老鼠再也进不来了，整个屋子焕然一新。

光阴似箭，又过了三个多月。麦子仍然毫无消息，事实上，林未亮也在渐渐遗忘她，只是偶尔会在心里想起她。每次一想起她到了长沙，如今和所谓的赵先生在一起，他就心如刀绞。可是又觉得这样对柳笛很不公平，矛盾之心细微之情只能自己慢慢体会了。

11月中旬，柳笛回了老家涪陵一趟，回来后一直闷闷不乐。这一天和无数个平常的日子一样，城市里傍晚下班的职员依然行色匆匆、轨道交通穿楼而过、江雾缥缥缈缈。林未亮下班回到公寓，看到柳笛做好了饭，一反常态地坐在沙发上玩手机，对他不理不睬。他走进屋子，看到房间里重新换了摆设，所有物品整整齐齐地各就各位。她每天雷打不动地等他回家吃饭，今天突然有点反常，令林未亮有点诧异。他坐到柳笛身边，想要抱住她，她一下子躲开了："饭菜凉了，赶紧吃吧。"

林未亮一边吃饭，一边偷偷看她，见她一脸消沉。

"想上班了吗？"

"是。"柳笛黯然道，"一个人待着实在太无聊了，再说终日依附于你，让我觉得自己实在是太没用了。"

晚上睡觉时，林未亮听见她辗转反侧的声音。良久，柳笛转过身来看林未亮，发现他的眼睛紧闭着，以为他已经睡着了，叹口气坐了起来。林未亮偷偷眯着眼睛看她，只见柳笛走到了书桌前，从柜子里翻出了一本书，心不在焉地翻了几页，又合上了，随后站起来开门走到外面去了。

林未亮偷偷爬起来，走到书桌前，看到她还在翻看考研英语书，不由得心中一动，悄悄地走出房间，看到柳笛站在阳台上，出神地望着远处报社大楼的圆顶，那上面的灯带发出昏暗的光。林未亮走了过去，柳笛浑然未觉，他悄无声息地抱住她，柳笛吓了一跳，使劲地想要挣脱他。

"你放开我！"她大声叫道。

林未亮不得不放开她，讶异地望着她。

柳笛难过地蹲下了身子，"你是不是觉得我像只可怜虫？"她眼泪汪汪道。

"没有啊，我倒觉得有几分可爱呢！"林未亮笑着逗她，她的眼泪却一直簌簌往下落。

林未亮被她触动了："我知道一天到晚待在这里委屈你了。我能明白那种感受，你为我放弃了工作，又离开了父母，一个人默默忍受孤独寂寞……"

柳笛抬起了挂满泪痕的脸："你知道我在意的不是这些……"

"那？"

"我难过的是，你至今心里还装着她……"

"你是说麦子？"

"是。"

"为什么突然这么说？"

"你心里明明还装着她！你觉得亏欠她，所以对她念念不忘……"

林未亮惊讶地看着柳笛，片刻之间想起了什么，他走到房间里，打开了自己的背包，果然看到麦子写给自己的信不翼而飞。他又走出去，柳笛从口袋里掏出了麦子的那封信。

"你们俩情深意重，我倒成了一个笑话。"柳笛哭得梨花带雨。

林未亮趁她不备抢过来，猛然把信点燃了，柳笛扑过来阻止他，"我没叫你烧掉它啊。"她痛心道。

争夺中，那封被烧去了一角的信飞到露台外，飞扬在风中，使劲地翻滚着，随风呼啸着，烧得越加热烈，不一会儿渐渐熄灭了，沉没到黑暗中去了。这晚风呼号着，他们沉默着。历历往事又在林未亮的脑海浮现。他在那一瞬间，仿佛又看到了哭泣的麦子、呼啸的火车和手术台，仿佛又听到了她的欢笑、她的哭泣，不由得心揪在一起，狠狠地痛了起来。柳笛见他难过的样子，心生不忍道："对不起……"

林未亮默默地抱住了她，柳笛从他的怀里抬起头来看他："明天，明天我就去找工作，好吗？"

她从来没有看到林未亮这样冷峻的脸，可是眼中又分明带着忧伤，她暗自垂下了眼眉，不再说话。

14
巴山夜雨

15

麦子的行囊

贵阳至安顺的公路上，一辆大巴车正在疾驰，坐在大巴车第三排的是一个扎着马尾辫的女孩，她穿着一件拼色中长款双排扣修身风衣，窗外的景致一直不停地在她的眸子里闪过。毕业以后，麦子并未再去长沙。过去的一年，发生了太多事，使她心力交瘁。既然辜负了他，自然不想一而再地让他失望，让他活在痛苦之中。事实上，她也不愿意再回过头去看那段曲折忧伤的时光，希望时间像沙子一般覆盖住伤痕。至于有没有效果，那也只有她自己心知肚明了。她换了手机号码，除了还与涂涂有联系之外，她已然抹去了自己在大部分人心中的印记。

早春的黔南风光如此绚丽多姿，仿佛打翻的调色盘。喀斯特地貌景观独具特色，群峰竞秀，千姿百态，山谷深沉，鸟鸣更幽。山地之间的梯田和小路开满了烂漫的樱花和金灿灿的油菜花，小河从容地流淌在大地之上，绿油油的茶树林上空偶尔掠过一群鸟儿。

周边的世界还笼罩在云雾之中，东边的太阳从群山之中迸射出万丈光芒，使人分不清到底是清晨还是午后。抵达安顺后，麦子换乘了到紫云的客车，马不停蹄地出发，她必须在下午上班之前赶到紫云县城报到，并参加第二天县里的西部志愿者动员大会。

她显然低估了路途的艰辛，一路从成都而来，先是搭乘火车，又换乘两班汽车，舟车劳顿，现在她感觉到有点疲倦，斜靠在车窗上睡着了。一个小时后，汽车抵达了紫云县城。这座不大的县城坐落在秀丽的群山之中，像一个席地幕天的古人，千百年一成不变。麦子被一阵汽笛声吵醒，睁开眼睛看到眼前车流如织，低矮的房屋和高楼错落有致，莺飞草长，柳浪闻莺，一派黔南城镇风光。她下了车，用力呼吸着清新的空气，两岸嘈杂的声音传入她的耳内，这里和川南、成都一样生机勃勃，却又增添了点更加古老的气息。她沿着街道往前走，留心观察着每个人脸上的表情，他们从容不迫，神情淡然。

麦子赶到县委组织部报了到，办理了入职手续，又找了一家旅馆住下。次日一早，麦子来到县委的会议室，看到里面坐着七八个提前到来的志愿者。旁边的一个女孩子悄悄移到她的身边，向麦子伸出友好的手："你好，同学，我叫徐扬，你呢？"

主席台上坐着县领导和组织部、人事局的负责人。会议开始后，他们分别介绍了紫云县和西部志愿者的工作开展情况，宣读了西部志愿者的分配方案。麦子和徐扬、胡原被分到同一个乡。胡原来自山西太原，是一个爽朗的大男孩。

他们结伴来到了紫云西南这座小镇，乡里为他们配备了常用的生活用品，又详细地介绍了乡情和注意事项。下午三四点钟左右，外面一片嘈杂，乡政府大院来了三个人，乡里的联系员连忙引大家相见。其中那位身体硬朗、个性爽朗，身上带着一股烟草气息的中年男人就是麦子帮扶村的郑有光郑支书，麦子赶紧过去和他握了握手。他三下五除二把她的行李绑在重庆牌摩托车后货架上，等到麦子跳到了后座上，他轰一脚油门发动了摩托车，驶出了乡政府。过了一会儿，摩托车呼啸在狭长的乡村道路上，很快又盘旋在山路上。山路上偶尔可见一两个村民牵着枣红色或灰色的马，驮运着瓜果蔬菜或者农具、化肥等物件，缓缓地爬坡。

风声呼啸而过，空气中传来阵阵花草的芬芳和泥土的气息。松风丛林，茶花栎木相攀相扶，苍郁灵秀，自然生趣。风吹乱了麦子的头发，她躲在郑支书的背后，歪头眯眼看着退去的树影，突然觉得这一刻永远静止该多好，那样就可以一直向着没有目的地的远方而行。

山路十八弯，半个小时后，摩托车稳稳地停在了半山腰的一栋白房子前面。这栋三层楼的小白房就是去年才新修建的村委会大楼。村委会专门为麦子腾出一个房间作为宿舍，至于卫生间则公用二楼的浴室和卫生间，虽然设施不是十分完善，但也远远超出了麦子的预期。

麦子帮扶的村在半山腰，分成前后两个自然村，周边被观音山和石寨山环绕，自成一派，俨然陶公笔下的世外桃源。村子里一共有二百户七百余人，三分之一的青壮年都到广东、浙江、福建和贵阳一带打工讨生活，村子里只剩下一些老弱妇孺。麦子在村里专门负责建立完善全村三十余户贫困户的档案和落实政府的帮扶政策。一段时间后，麦子很快熟悉了工作，除了做好帮扶贫困工作，又协助郑支书建立台账，完善制度，使村里各项工作慢慢步入正轨，井井有条。

郑支书有两个孩子：谷谷是个男孩子，十二岁，刚上六年级，常常自诩是个男子汉；稻稻是个女孩子，才五岁，还没到学龄，最爱跟着哥哥爬高下低，像个跟屁虫一样缠着哥哥，高兴了哭鼻子，不高兴也哭鼻子。郑支书一心扑在工作中，他的老婆芳姐又忙着干农活，根本无暇也无力辅导孩子功课，两个孩子喜欢跑到村委会找麦子玩。麦子辅导谷谷功课，陪稻稻玩游戏，郑支书夫妇对此自然感激不尽。

鲜艳的杜鹃花开了，点缀得村头野外姹紫嫣红、争奇斗艳。这段时间春寒料峭，多日来天气一直阴沉沉的，大片的乌云遮住了阳光，使整个村庄沉浸在昏暗之中。直到这一日的午后，大风扶摇而起，吹得树枝乱摇、砂石乱飞。天空中隐隐传来了低沉的雷声，声音越来越近、越来越大，突然在村庄上空爆裂开来，像要撕裂天地一般。闪电在幽深的云层中滚动游走，照得黑黑的云层云诡波谲。

就在天地昏暗无光之际，倾盆大雨铺天盖地而来，疾风骤雨笼罩着半山腰处的村庄，似要把青山封印成一片汪洋。

晚上7点多钟，大雨毫无减弱的迹象，麦子心神不宁地坐在房间里看了一会儿书，看到窗内开始渗进雨水，打湿了桌子，赶紧去拿了一块帕子堵在窗子下面。正当麦子忙着堵雨时，门外传来了咚咚咚的敲门声，麦子以为自己听错了，毕竟现在整栋楼里只有她一个人，又有谁会在这个时候敲门呢？

"咚咚咚！"敲门声又响起来了，声音也更大了。麦子走过去打开门，郑支书穿着一件军绿色的雨衣和黑色的长筒雨靴，抱着一床用胶纸包裹得严严实实的棉被，湿淋淋地站在门外。

"郑支书，您怎么来了？"

郑支书道："这山里的天气跟孩子一样，说变就变。你初来乍到，又没有多带棉被，晚上这么冷，怎么受得了？你芳姐给你准备了一床棉被，叫我给你送过来！"

他把棉被递给麦子，笑道："放心，棉被是年前新做的，没有人用过。"

郑支书转身噔噔噔下了楼，麦子正要关门，一低头注意到了一只铁青色的蟾蜍蹲在房门口，瞪着金鱼一样鼓鼓的眼睛望着她，宽大可爱的下巴像个不停鼓气的气球。它的身上也是湿漉漉的，很显然是跟着郑支书一路而来，很可能是从郑支书的身上跳下来的。

"呱呱呱。"它竟然不请自进，一蹦一跳，叫着跳进屋里来了。眼前的一幕像童话一样，真是有趣极了，麦子将它捉了起来放在手上，这个小家伙一点也不介意，匍匐在她的手里，又跳转了身子面对面望着她。麦子转身走到窗子边，把它放在窗台上。楼下，郑支书刚刚发动摩托车，转身驶进了密密的雨帘之中。这只可爱的蟾蜍趁着麦子发呆之际，两腿一蹬，跳到了房屋旁的山坡上，又跳到了丛林里不辞而别了。

风雨呼啸，掩盖住了动物和昆虫微弱的叫声，肆意地弹唱着春天的乐章。一夜风雨交加。等到麦子从睡梦中醒来，听见窗外传来一阵鸟鸣，她起来拉开窗帘，被强烈的阳光照得睁不开眼睛。等她能适应光线了，惊讶地看到山坡上到处落满杜鹃和桃李的残红，枝头上的花朵带着晶莹的露珠更加清新，稀疏有致。

大雨过后，随即又迎来艳阳天。今日一早，碧空万里，金光一般耀眼的太阳光洒在大地上。山冈之上纤尘不染，连风都懒洋洋的，静止不动。

上午 10 点钟，村子里来了两辆车，在前的是一辆军绿色的猎豹越野车，后面的是一辆黑色的帕萨特轿车。帕萨特上下来了两个人，一位是五十多岁领导模样的男士，只剩了几根稀疏的头发顽强地趴在光光的大脑门上，大脸盘上是一双葡萄般浮肿的眼睛。另外一位是捯饬得整整齐齐一副精干模样的女士，他们分别是管理扶贫工作的副县长徐成和扶贫局长向华。

猎豹越野车上下来了一老一少两个人，老的约莫五六十岁的样子，少的二十岁出头，他们是乡扶贫办主任刘岩春及扶贫办工作人员叶嘉。徐县长此行的目的，就是专门走访贫困户，了解区、乡、村三级落实帮扶措施的情况。

叶嘉和麦子跟在几位领导后面，麦子总是觉得叶嘉似曾相识，偷偷打量着他，只见他侧脸轮廓分明，额前的头发微卷柔软。叶嘉偷偷问她："你也是今年才来的吗？"麦子点点头。

一行人走访了村里的五六户贫困户，详细了解了情况。回到村委会办公室后，徐县长一行又检查了扶贫档案，看到各项工作进行得有条不紊，特别高兴，专门回头对向华局长和刘岩春主任夸奖了麦子好几句，叶嘉也向麦子投来了赞许的目光。临走时，麦子和郑支书将他们送上车，叶嘉上车前又回过头来看了麦子一眼。"再见。"他低声说。

"再见。"麦子也这样对他说。

天气转暖，天高地迥，梯田里的稻谷长势喜人，一眼望过去一片绿油油，桃李树花开之后正在挂果。村前村后不时传来了一阵又一阵鸟雀欢快的叫声，穹庐般的天空中常常飘着雪一般洁白的大云朵，悠悠地飘在天空中。蜿蜒的小溪格外清亮，调皮的螃蟹和晶莹剔透的虾子躲藏在洞穴和石头下，有时候也藏在成片的水草里，翻开一片，虾蟹立刻惊慌失措地在水里逃窜。

麦子已经完全适应了农村的环境。谷谷、稻稻的学习成绩也有了很大的进步，郑支书心里乐开了花。附近的村民都很喜欢这个细心的姑娘，经常给麦子送一点自制的香肠腊肉和野果子。

这一天，麦子刚填完一组报表，抬头就看到郑支书喜气洋洋地走进来，请她一起到家里吃饭。吃饭之时，郑支书笑呵呵地告诉她，原来乡政府已经通知让她明天到乡上报到，有新的工作安排了。麦子听了闷闷不乐，她和大家好不容易都熟识了，突然要离开这里，心里一百个不情愿。

郑支书知道她的心思，乐呵呵地劝道："现在乡里正好缺人，你可要好好表现哩，干得好直接转成干部，以后咱们村里去乡上也倍儿有面子呢！"

麦子迟疑道："转不转干部我倒不在意，我离开了村子，这儿的工作怎么办呢？"

"这你就不用管啦，乡里自有安排的。"郑支书笑道，"倒是你记得多回来看看，谷谷稻稻会想你的。"

两个孩子跑过来拉着她的手，稻稻已经哭得稀里哗啦，麦子赶紧把他们拥在怀里。

这个夜晚，麦子失眠了，她怅然若失，知道自己从此以后可能再也不会有机会在这栋三层楼小白房里工作了，她又想起了那个风雨肆虐的夜晚和大肚子的蟾蜍。

16

猫儿潭的传说

　　乡政府紧挨着公路，另外一侧一片竹林拔地而起，一片葱茏，青翠欲滴。乡政府办公楼是一个"回"字形的建筑，中间是一块空旷的水泥院坝，用于停放车辆和开展活动。根据安排，麦子被分在了扶贫办，之前扶贫办只有两人，就是主任刘岩春和工作人员叶嘉，不过现在叶嘉已经被调到了党政办，成了党政办的科长。而麦子受到刘主任的举荐，从三名志愿者中脱颖而出，成为第一个被选调到乡里工作的志愿者，接替叶嘉的工作。

　　麦子的办公室在位于南侧的办公区，旁边就是扶贫办刘主任的办公室。刘主任还有两年就要退休了，他的大儿子已经毕业成家，小儿子还在读小学。刘主任最大的乐趣就是研究彩票，虽然从没中过大奖，可是却很享受这样的过程，乐此不疲地一心扑在其中。

　　麦子来了以后，叶嘉总喜欢跑到办公室来向刘主任汇报工作，不过很明显醉翁之意不在酒，从刘主任办公室出来他又顺便拐到了麦子的办公室。他的个性很温和，又长着一双深情款款的眼睛，轮廓分明的五官和卷曲的头发看起来颇有中亚人的特点。他母亲是乡上的一名小学老师，父亲是一名村支书，父母对他冀望颇深。叶嘉通过公务员招录成了乡里的干部，他父母亲当然很满意，暗许他能步步高升、前程远大。而叶嘉却不喜欢这种按部就班、规规矩矩的工作，不过他的个性向来不够杀伐决断，总一味地迁就别人，令自己徒增苦恼。空闲时摆弄吉他，成了他释放压力的方式。

看到麦子调到了乡里，叶嘉有意无意地往她的办公室跑。他们有时候聊聊看过的书、去过的地方，麦子有时候也会向他请教扶贫的一些政策。

喜欢来麦子办公室的还有两个人，一个是党政办的主任张启，他是一个过于开朗的人，以自诩熟知官场规则著称，总是喜欢把主要领导挂在嘴边，说起话来眉飞色舞、头头是道，做起事情来却像患有便秘，拖拖拉拉，一塌糊涂。他的过人之处，恰好也是他的不足之处，嗜酒如命，喝到深处就原形毕露。也正因为如此，领导总是心有余悸，不敢十分信任他，几次错失提拔机会，多年来一直在科级的岗位滴溜溜打转。

另外一个是社保所的贾丽云。她显然对于化妆有着极深的偏见或者误会。所谓化妆，是在脸上细致地绘画和装饰，而她显然理解成了涂鸦。两条画得又浓又粗的眉毛弯弯曲曲像正在蠕动的蚯蚓一般，随着说话的表情忸怩作态。一对大眼睛里，眼白占了多半。一张红艳艳的大嘴巴夺人眼球。脖子上文着一朵绛紫色的彼岸花，因为肥胖而扭曲了原有的线条。她身上浓烈的劣质香水味与狐臭味夹杂在一起，发出一股难闻的呛人味道，而她本人却不自知，总是带着谜一般的自恋自以为是地活在孤芳自赏之中。

贾丽云是土生土长的本地人，母亲是某企业下岗职工，父亲是当地一个老屠夫，使他扬名的不是刀快而是酒欢，不考虑后果的烂酒，结果被割掉了喉管。不过上天并不喜欢他廉价的忏悔和不真诚的人生态度，区区四个月不到就令他丢了性命。据说她舅舅还是县水利局的领导，贾丽云大学毕业以后成为一名农技人员，现在又转到了社保所，正在寻求转为公务员。

麦子一来，她就热情地抱过来一大堆零食，非要送给麦子。逮着空闲她就走到麦子的办公室，目不转睛地盯着麦子工作，问一大堆关于麦子的事情。关于她的家乡，关于她的父母，关于她的专业，似乎这就是她打发时间的最好方式。不过她似乎并不怎么喜欢叶嘉，一看到叶嘉来了扭头就走，或者说不了两句话，就陷入了冷场。叶嘉不在时，她喜欢偷偷取笑叶嘉："瞧，那个卷毛，像一床棉被，对于有强迫症的我真的是受不了，就想拿一把剪刀把它们都剪光了。真不敢想象，以后谁嫁给他了，是不是也会生出一头卷发的洋娃娃啊？"她夸张地大笑起来。

这里和川南似乎处处相同又处处不同，这样的日子云卷云舒波澜不惊。麦子虽然有时会想起校园里的生活，可是发现校园时光已经渐行渐远，再也不会有那样的美好了。她偶尔会给涂涂打电话，听她抱怨谢啸的一些坏毛病，可是抱怨归抱怨，她还是一如既往地跟着他游历四方。

这一天，麦子开会回来，跨进乡政府大院，远远地看到办公室里一个小小的身影一闪而过，等她走进办公室，发现办公桌的瓶子里多出了一捧红艳艳的杜鹃花。最近一段时间，办公桌的花瓶里总是莫名其妙地多出几枝花，麦子开始渐渐留意起这个事情。这次她有心想要弄明白怎么回事，紧紧尾随这个影子，追到楼梯口身影就消失了。麦子知道他就藏在附近，和他打起持久战来。过了一会儿，对方果然沉不住气了，从楼梯处偷偷冒出了半张脏兮兮的脸。麦子立刻认出了她，大声叫道："好啊，我抓住你了！"

知道自己暴露了，一个蓬头垢面的短发孩子垂头丧气地从楼梯口走了出来。这个孩子叫安康，名字虽然比较男性化，却是个货真价实的女孩子，正在上五年级，家就住在乡政府东边不远处的佛陀山。她家里还有一个老父亲，说老其实也不老，四十来岁模样，由于贫病交加，身体弱不禁风，常年只能在家种点粮食放放牛羊，一直没能娶上媳妇。后来有人给他说了一个昭通的媳妇，结婚没有两年，对方不堪生活的贫苦，找了个机会逃之夭夭，从此杳无音信。安康父亲没有时间管安康，也不愿意管她，安康慢慢养成了懒散的习惯。每天的傍晚时分和周末，她总是喜欢到乡政府来，藏在角落里偷偷打量大家。现在她可怜兮兮地站在麦子的面前，就像一只打破了瓶子的委屈的花猫。

"怎么回事啊，安康？"

安康抓着衣角，埋头不说话。

"为什么偷偷送花，怕我知道吗？"麦子蹲下来摸摸她的脸，"要知道麦子姐特别喜欢你送的花呢！"

"可是我答应了别人不能说的。"安康为难道。

"没事，我一定不告诉他。"

"真的吗？"

麦子郑重地点点头："绝不骗人。"

安康吞吞吐吐道："是……叶嘉哥哥。"

"叶嘉？"

"是啊。麦子姐姐，你答应了要替我保密的。"

"好吧，我答应你保密。"

安康咧开嘴笑了，露出两颗又白又大像兔牙一般的大门牙。不过她的笑容马上僵住了，因为叶嘉不知什么时候已站在了她的前面，大声叫道："好啊，安康，你竟然出卖我！"

话虽这么说，可是并无责怪她的语气，安康扮了个鬼脸溜之大吉。

之后一段时间，安康似乎喜欢上了麦子这个大姐姐，总是偷偷给她送来一些山里的水果和花朵。一有时间，她也总是喜欢缠着麦子问一些奇怪的问题，比如中国有多少个省，贵州省有多大，有多少条路可以走出省去，怎么分辨贵州人、陕西人、四川人还有云南人，等等。

会场上，叶嘉坐在麦子旁边，他似乎很厌倦这种无止境的会议，一直盯着窗外看。外面淅淅沥沥地下着雨，乡政府大院种着几棵玉兰花和芭蕉树，还有许多的茶花享受着雨水的滋养。当中放着一口深褐色的大水缸，用以蓄水和灌溉花草。雨点滴答落到水缸里，发出了清脆的响声。叶嘉在一个深色的牛皮封面笔记本里写了几句话又陷入沉思。麦子对他所写的东西产生了兴趣，问："能让我看看你的本子吗？"

他把本子推了过来，麦子拿过来一看，发现上面画了一些六线谱，线谱上有序地写着一些数字和表示方向的符号。

"你在作曲？"

"唔……"

"为什么是六线谱？"

"这是吉他的曲谱。"

"哦，我一点也看不懂。"

"如果你感兴趣，我可以教你。"

他用修长的手指指着长长的线段，低声道："你看这六线谱的六条线分别对应吉他的六根弦，从上到下分别是一到六弦，在六线谱上写数字，数字在哪条线上就表示在哪根弦上弹，谱上方有一个小方格，写着和弦名称。"

"和弦是什么？"

"和弦是你左手要按的，X 在哪条线上就表示要弹哪根弦。"

"你这样说倒是很明了，我懂了一点。"

"其实六线谱和其他符号是一样的，只要你读懂规则就很简单，说白了，它是一套规则和钥匙，不了解它的人当然觉得就像无字天书一样。"

"在你心目中，音乐是什么样子的？"叶嘉问麦子。

"音乐？"麦子想了想说，"可能就是一首好听的歌，或者一段动人的旋律，一个动听的音符吧？"

叶嘉说："以前我总觉得音乐是很梦幻的东西，就像孤独寂寞或者欢喜一样，谁也说不清楚它。但现在我发现错了，音乐就是一件精美绝伦的艺术品。它是有生命的，也是会呼吸的。它有形态，像水一样流动，像山一样矗立，像月亮一样缥缈。它也有颜色，像阳光一样耀眼，像花朵一样鲜艳，像流水一样澄澈。它还有温度，像热烈的火山，像冰冷的冰川，像情人的怀抱。总之，它藏在每个人的心中，表现出截然不同的面貌。"

叶嘉平时看着那么安静，只有在谈起音乐时，眸子里才发出强烈的光芒。他以一双多情的眼睛温柔地注视着麦子，仿佛希望能够进入她的心底，知晓她深藏在内心的秘密。

他把手指按在玻璃窗上，微微开了一条缝隙，金黄色的光芒在他的指间闪耀。他回过头笑了："此时的光线就是一首最好的曲子。"

时光就像一个淘气的孩子，来时偷偷摸摸，悄悄从门外探了一个脑袋进来，又悄无声息地伸了一只脚进来，慢慢地半个身子都露出来了，走时却义无反顾，决不回头。麦子已经渐渐能适应这种千篇一律的生活。叶嘉经常来找麦子，带着她熟悉本地的风土人情，使她乏味的生活多了一丝乐趣。不过说来也怪，也是在这段时间，她突然有了奇怪的感觉，总是感觉被人盯梢，而且这种感觉越来越强烈。似乎是一个人，又似乎不止一个人，至于这个盯着她的人到底是谁，麦子也不清楚，只是强烈地预感到他的存在。

5月的一个周末，阳光明媚，又有微风拂面而过，摇得小草和树叶哗哗作响。麦子突然听见有人在楼下叫她的名字，她探出头去，看到叶嘉和安康在窗台下使劲地对她招手："这么好的天气，去走走吧？"

麦子走到楼下去，看到安康拿着锅碗瓢盆，头上还戴着一顶米黄色大竹编帽，在阳光中看起来像一个滑稽的动漫人物。叶嘉的手里也拿着大包小包，背上还背着吉他，露出了可爱的小酒窝，女孩子见了不免沦陷在他的深情里。叶嘉说："我们今天要去一个好地方，快走吧！"

他们沿着主干道一直往前走到尽头，又从一条小路蜿蜒而上，绕过一座小庙和戏台，又踏上了窄窄的田畔，小心翼翼地沿着一条小河往上走。

麦子好奇地看着蓬勃生长的庄稼和田堤下芒草丛生的河岸。河水潺潺流动，发出呜咽声，偶尔遇到了石头阻挡，就迂回向两边流去，发出咕嘟咕嘟的声音。芒草丛中有很多小动物，争先恐后地发出各种和鸣声。

安康又蹦又跳，兴高采烈地走在最前面，她的怀里放着那个她心爱的万花筒，只是她从来舍不得让别人看一眼。叶嘉走在中间，麦子走在最后面。叶嘉几次想让麦子走在中间，麦子不愿意，他频频回过头关切地望着麦子，反复提醒她："注意，这里塌陷了。""注意，这里有荆棘。""这里有块圆石，有点滑。"……

麦子小心翼翼地跟在他的后面，他们走过了田地，走到了一块长着青苔的巨大山石下面，叶嘉先跳了上去，麦子怎么也爬不上去，叶嘉伸了手过来抓住她的手。他的手全然不像一个男孩子的手，好似没有骨头，又柔软又细腻。爬到石头上，麦子看到山下豁然出现了一汪墨绿的水潭，周边密布着天然的乌青石。这汪深潭的不远处还有一个稍小的水潭，两个水潭遥相呼应，就像一双碧绿的猫眼睛，只是大小不一罢了。

叶嘉介绍道："没错，我们就叫它猫儿潭。至于这座山呢，你看看，山上有两块石头，像不像鱼的眼睛？"

麦子抬头一看，果然看到两块山石矗在树林之中，像一对圆滚滚的鱼眼睛，再加上赤黄的沙砾，俨然一条鱼儿挂在山坡上。而猫儿潭的两只眼睛则贪婪地看着山顶的鱼儿，让人顿时觉得妙不可言。

叶嘉说："小时候，我爷爷是个扶乩的鸾生，对于堪舆颇有见地，说这里山势如惊蛇，屈曲徐斜，有凶险之相，一再告诫我们不准到这里来。据说解放前，这里曾经发掘了一座古墓，快挖到底的时候，洞子里突然出现了两盏灯，它金灿灿地越来越明亮，还会发出丁零零的响声。大家正在疑惑之时，洞里突然跳出了一只脖子上戴着铃铛的诡异黑猫，愤愤地朝着掘墓人怪叫了两声倏忽消失在树林中。掘墓之人据说都被诅咒了，不得善终，从此以后再没有人见过它的样子。不过后来有人在傍晚老是听到这只怪猫的叫声，它的声音有点像羊叫，又尖又长。据说听到它的声音的人都会猛然出现幻觉，悲从中来，情难自禁地想要往潭里跳。而这只野猫也就成了一个恐怖的传说，传说是墓主含冤而亡，下葬时将一只野猫意外葬入其中，鬼气怨气被猫吸收，千年不灭。至于这只猫是什么时候的，有人说是唐朝的，有人说是宋朝的，反正是很早很早以前，谁也说不清楚了……"

"后来呢？"

"有人不信邪，偏要设法捕捉这只不知什么朝代的黑猫。就到处安装陷阱，结果有一天有个老鼠夹捉住了它，可是等到大家赶到现场，却只看到了一个锈迹斑斑的铃铛，所谓的黑猫不知去向。大家就把这个铃铛丢进了湖里，从此以后，再也没有人听见铃铛的声响了，人们靠近这里也再没出现过幻觉。你说玄不玄？"

叶嘉看到麦子脸上露出了奇怪的表情，猛然意识到她可能不喜欢这个话题，赶紧不说了。

走到潭边，叶嘉从袋子里拿出铁支架和木炭，又把一应的物品准备好。安康走到水边搬开几块大石头，抓住了两只铁青背的大螃蟹。它们小小的眼睛滴溜溜地跟着人转，一会儿又藏到了壳里。安康飞快地把它们丢进了桶里，又丢了一些小石头在里面，桶里面的螃蟹一看到有人看它们，就张牙舞爪地举起大钳子，耀武扬威。

麦子看到清冽的水里漂着柔柔的水草，一些晶莹剔透的小虾子在水里跳来跳去，忍不住捧在手中，它们用力地在她的手里拍动着，跳跃起来。

安康走过来抓了一只透明的河虾，用手指捏起来放在嘴里津津有味地嚼了起来。麦子学着她的样子捉了一只虾子放到嘴里，轻轻咬了一口，一股清甜的味道直抵心尖。

叶嘉架好了钓鱼竿，鱼饵诱来了几只贪吃的鱼儿，它们毫无防备，一口咬住了鱼钩。不一会儿工夫他们收获颇丰。叶嘉乐呵呵地把鱼去了内脏和鱼鳞，在下游洗干净，用竹扦子穿过，又撒上了油盐，在火上来回翻烤着，烤鱼发出了嗞嗞的响声，飘来了诱人的香味。

叶嘉发现麦子盯着他看，惊讶道："有什么不对劲吗？"

"很少见男孩子有酒窝。"

"小时候，我就是因为比其他男孩子多了两个小酒窝，很多人都以为我是女的，父母亲也故意把我打扮成女孩子，让我穿长裙子，留长发和刘海，很多人看到我就叫我嘉嘉妹妹。当时我差点羞愧得想钻到地下去，因为这个我还自卑了好长一段时间。后来在我的强烈抗议下，父母亲终于不再为我那样打扮了。"

"叔和姨对你特别好吧？"

"唔。父亲还好，母亲的控制欲特别强，从读书到工作，全都要按照她的意愿来，让我伤透了脑筋。高考时母亲希望我报行政管理专业，我报了海洋科学，想着有朝一日可以做自己想做的事。毕业那年，在他们的强烈抗议下，我走投无路，只好又回来了。"

叶嘉叹道："我讨厌被控制，也讨厌这种枯燥乏味的生活，可是我却无法摆脱母亲。她的安全感来自对家人的操纵，每次一有人违逆她，她就歇斯底里地大吼大叫，真是让人无法忍受。我有时候感觉自己从头到尾就是一个胆小鬼，真是够可悲的。"他的嘴角露出自嘲的微笑。

叶嘉给麦子和安康都递了一条烤鱼，麦子轻轻咬了一口，香味扑鼻，口齿留香。安康一边吃着烤鱼，一边坐在麦子旁边不停地问她："麦子姐，他们都说北京上海有很多高楼，它们到底多高呢，会比这座山还高吗？还有，他们说大城市的地下还挖隧道，难道上面的人不会掉下去吗？"

"麦子姐姐，贵州和陕西有多远，中间隔着几个省，来回的路上会有陷阱和野兽吗？"她的问题引得麦子笑了起来，叶嘉却沉默了。

三人酒足饭饱之后，坐在石头上休息，天空映在了眸子里。叶嘉很想爬过去告诉麦子，这个样子的她很美，可他知道自己怎么也不敢过去的，无奈地叹了口气。自从麦子到了乡政府以后，叶嘉发现自己的生活已经完全改变了，他不知道为什么，只能既怀有期望，又带有隐忧了。

　　麦子看他取过来吉他，坐在石头上，试着调试琴弦，黄铜琴弦发出了悦耳柔和的声音。

　　叶嘉说："有时候，我的创作会很浮躁，我就整夜整夜地泡在浴缸里，用热热的水一直不停地冲淋自己的身体，然后将体感传递给内心。也正是因为这样，我常根据梦境和感觉写词作曲。"

　　叶嘉弹起了吉他，光线渐渐地暗淡下去，而他的身上仿佛披着一层柔光。他连续地拨弹着弦，精灵一样的音符从吉他的弦上跳出来，跳到他的肩膀上，跳到他的头发上，跳到他的眼睛里，然后又跳到了树枝和花朵上，跳到了麦子的脚上，跳到了她的膝盖上，调皮地在她的视线里蹦蹦跳跳。她的心里渐渐地升起暖意，想起了过往的时光。有那么一刻，她如痴如醉，仿佛跌入了童话的世界。她静静地看着，又听见他温柔的声音似乎在对她说：做自己的主人，贴近自己的灵魂。她的胸腔中似有万千柔情和万千感动，在这一刻全部融化在这个世界中。

　　就在此时，音乐声停了，麦子仍沉浸其中，身后是绚丽的云霞，叶嘉回过头看着她。

　　四周影影绰绰，树影婆娑，天空中归巢的鸟儿发出叽叽喳喳的叫声。山林里，水潭边，到处响起可爱的动物和昆虫的叫声，此起彼伏。平静的潭水像一面镜子，随着天空的变化，悄悄地变幻着颜色，偶尔有鱼儿打破镜面，发出拍打水面的声音，一圈一圈的涟漪次第散开。随着晚霞消散，夜色渐浓，散布在天空中的星星闪闪烁烁，发出微弱的光芒。等到夜色降临，它们变得越发明亮，调皮地眨着眼睛，好奇地看着山林里的一切。荡漾在群星之中的半弯月牙儿，好似一叶扁舟随风轻摇。

他们默不作声，任凭晚风拂动额前发丝，交响乐般奏鸣的虫鸣鸟叫灌满他们的耳朵，闪闪发光的星子发出璀璨的光芒，像小草或露水一样融入这晚风里。麦子想起了小时候，她和梅姨坐在家门口的夏夜，天空低垂，两翼和尾部爆闪的飞机从星海银河中经过，留下了浅白色的痕迹。满天繁星近在咫尺，仿佛伸手就可以摘到，她高兴地大叫着，姨示意她声音小一点，避免惊动了天上仙人。

她依稀又看到了那个穿着单衣，在院子里扑萤火虫的小女孩。她有一个玻璃瓶，里面装满萤火虫，它们发出金黄色的光芒。她闭上眼睛不忍睁开，好像此刻就身处其中。

17

墨 夜

　　夜幕笼罩四野，虽然有麦子和叶嘉陪伴，安康开始不安起来，急着要回去。晚上9点多钟，他们三人摸着山路回去。到了乡政府，麦子和叶嘉、安康准备分别回家，麦子突然想起了什么事，又把安康叫住了，她自己噔噔噔地爬到楼上去，很快又下来，把一样东西递给安康。

　　安康打开一看，发现晶蓝色的锦盒里整整齐齐地对折着两幅印刷精美的中国地图和世界地图。她难以置信地看着麦子，麦子笑道："你不是一直想要一幅中国地图吗？这是我到市里开会专门给你带回来的，怎么样，喜欢吗？"

　　"喜欢喜欢！"安康高兴得跳了起来，想打开看又怕弄脏了，又小心翼翼地把它放好了，"麦子姐姐，那我回去啦！"

　　麦子看着她蹦蹦跳跳的身影离开了乡政府，转身回到了自己的宿舍，在公共卫生间洗了澡，又回到宿舍。她突然莫名地觉得心惊肉跳，感觉今夜静谧得不同寻常，无形之中似乎有一双隐藏在黑夜里的眼睛居心叵测地盯着她。她强烈地预感到有什么事要发生，却不知道这种感觉的根源在哪里。麦子细细检查了门窗，确认没有异样，坐到书桌前准备看书。

　　这当口，屋外传来了奇怪的声响，噔噔噔，沉闷又有规律。恐怖的是，这种声音渐渐地传上了楼梯，朝她这边过来了。麦子警觉起来，又想起下午叶嘉说的猫儿潭，怀疑自己是不是也出现了幻觉。

声音在她的门外戛然而止，那么真切，以至于她再也不怀疑这是自己的幻觉了，她十分肯定门外有人，或者其他什么东西。这种感觉很奇怪，当危险迫近一个人，面临危险的人能敏锐地感受到它的压迫。麦子冷汗如瀑，这段时间以来，她的心脏经常莫名其妙地一阵狂跳，又或者莫名其妙地跳得很慢很慢，使她怀疑自己是不是随时可能死去，整个人变得焦虑了。她站在房门后，心里在和外面的那个黑影对峙着。就在这个节骨眼上，黑暗中猛然传来了一阵孩子诡异的哭声，悲伤忧郁，令听者汗毛倒立。窗外传来了沙沙的声音，麦子惊恐地看到窗玻璃上映出了一个怪影，一双阴森森的爪子贴在玻璃上，随着它的移动，玻璃上出现了一道触目惊心的血手印！

麦子打开房门冲到了过道上。趴在窗口的白色影子猝不及防，从窗子边飞快弹开，箭一般地射向楼梯口，快速冲下楼去。麦子紧追不舍，追到一楼，那个白色的影子消失了，周遭又陷入了深沉的黑暗中。麦子注意到铁门外射进来一片光影，随后进来一个小小的影子，正要拿刀刺过去，就听到安康的声音说："麦子姐姐，是我！"

安康出现在了麦子前面，安康平时最怕黑，今晚怎么突然敢一个人来找她了？麦子惊讶地看着她道："安康，你怎么在这里？"

安康支支吾吾："麦子姐姐，地图我有点看不懂……"

"那你看到刚才的白影是谁了吗？"

安康流露出不自然的表情："没……没……"

麦子和安康边说边上楼去，麦子走到窗台旁，看到了那个血手印，心有余悸。

安康说："以前这条街上有个疯女人，她总是喜欢学孩子的叫声吓人，可是她早就死了……"

"你为什么要说她死了啊！"麦子不寒而栗。

报了警之后，片区警察过来拍了照片，其中的一个老民警提醒她们："这个人别有居心，有备而来，你看，他是戴着手套作案的。"

他们靠近一看，发现血手印上果然毫无指纹，不由得面色凝重。楼道上并未安装监控，半夜三更，即使有人装神弄鬼，一时也无从查起，派出所的人做了笔录取了证，又对麦子劝慰了几句，就回去了。

麦子坚决不要安康留下来陪她，安康也走了，麦子感觉到无边无际的黑暗又将她包围了。她觉得那个人肯定不会死心，说不定还会再回来，寻思着出其不意攻其不备，突然拉开门冲到过道上。只见整个楼层一片暗淡，唯有远处的过道上幽幽亮着一盏灯。麦子松了口气，正要转回房间去，又觉得似乎有哪里不对劲。她往露台外一望，差点没惊叫出声，楼下赫然站着一个阴森森的白色影子，在朝她张望。正在她六神无主时，有人在楼下打开手电筒，照亮了她的阳台，一个声音传过来："麦子姐姐，你赶紧睡吧，今晚上我在这里守着，看到底是怎么回事。"

"哦，是安康。"麦子松了口气，"你回去吧。我不害怕了。"麦子大声对她说。

"真的不怕吗，麦子姐姐？"安康仰起头问她。

麦子郑重地点点头。

安康看她一副勇敢无畏的样子，犹豫了一阵说："那好吧。"

麦子看着她回去的背影，心里传来一阵绞痛，她头晕目眩，扶着栏杆想要休息一下，可绞痛愈演愈烈，她的脑子里一片空白，整个人就像一个泄了气的气球，软绵绵的没有一点力气。

安康走了几步又转过头，看到过道上的麦子像一棵风中被拔起的小树，悄无声息地向后倒下去。她顿觉大事不妙，快步上楼，看到麦子痛苦地捂着胸口，眼睛紧闭着倒在地上。

随着安康的大叫，附近陆续亮起了灯，大家急急忙忙将麦子送到了乡卫生院。当天晚上，乡卫生院又把麦子转移到了紫云县人民医院。到第二天上午，医生照例来检查了一些情况，对她道："你有先天性心脏病，情况很糟糕，确定不做手术吗？"

看到麦子摇摇头，医生转身走出了病房，叶嘉坐在一旁忧心忡忡地看着她。叶嘉走后，麦子望着外面的天空，她想起用心良苦的姨，不由得心头又开始痛起来了。

第二天，叶嘉一整天都没有出现。麦子正在床上发呆，听见门口传来了叩门声。她抬头，看到门口出现了一个五十多岁的中年女人。因为瘦，所以看起来皮肤有点枯黄，一张羊脸，尖鼻梁上架着一副眼镜，下面是一对三角眼，目光中充满敌意。不知道为什么，麦子又奇怪地想起了那双无时无刻监视她的眼睛，顿时不寒而栗。得知她是叶嘉的母亲，麦子更疑惑了。叶嘉的母亲也猜出了她的心思，虽然她刻意装出善意的样子，可是麦子却始终感觉到来自对方的一股无形的力量在压迫着她。她显然细致了解过麦子的情况，对她的家庭和背景了然于胸，令麦子心里更加不安。

"阿姨有事吗？"

"哦，这几天叶嘉魂不守舍，很反常。"

"阿姨，您别误会……"

"我没误会……"

她坐在那里一会儿说叶嘉的父亲怎么样老实，做了一辈子的"村官"，当牛做马，却身无分文；一会儿说叶嘉小时候算过命，都说他是个女孩投错了胎生成了男孩子，个性始终缺点阳刚；一会儿又说紫云是个小地方，她对儿子的要求太严格，导致他闷闷不乐，可是她又有什么办法。

麦子使出浑身解数想让她相信自己和叶嘉并没有任何别的关系。她半信半疑，眼神似乎有了变化，好像在揣度麦子的话语的可信度。她离开以后，房间又陷入了一片寂静之中。麦子似乎渐渐能明白叶嘉的苦衷了，他的母亲多疑而且有着极强的控制欲，总是无时无刻想着把家人牢牢掌控在手里，以至于自己和家人都疲惫不堪。不过，麦子又隐隐生出了疑惑和隐忧，她觉得叶嘉母亲的出现，并没有使她完全放下戒备，似乎某个阴暗之处，还藏着什么不可告人的事情。

麦子闭上眼睛休息，她从来没有像今天这样，那么想念川南，她又回忆起了那个满天烟花的夜晚，那片高大的芒草丛，三江口自由自在飞翔的鸟儿，翠屏山下城市的轮廓。

18

不如离别

　　出院以后，麦子一心扑在工作上，贾丽云专门送来了一大袋坚果，令麦子很感动。叶嘉一直想要和麦子谈谈，麦子却始终不冷不热，使他苦恼不已。正在叶嘉百思不得其解之际，他被选派到市扶贫办挂职锻炼半年，他也有心想借此机会排解一下忧愁，两天之后匆匆出行。

　　日子就这样悄无声息地滑过，黔东南小城的角落里，似乎四季都如水一般平静，如果你不细心观察枝上的叶子和丛中小花的话。窗玻璃上的血手印已经被洗去，那个半夜出现的诡异身影也不再出现了，那一夜的情景在麦子的记忆里就像一场梦一样。

　　奇怪的是，麦子总是无缘无故丢东西，她开始怀疑起自己的记性了，可是她明明记得就放在那里啊，怎么一转眼就不见了？因为这些怪事，麦子变得疑神疑鬼，情绪变得很差。她下班之前反复地查看办公桌，晚上睡觉之前一遍一遍地检查门窗，慢慢地被自己的行为绑架，许多年前那些不好的情绪就像一颗颗种子，以出其不意的速度开始发芽，并疯狂生长。她越想要去抑制它们，它们越是嘲笑她，搅得她焦头烂额、坐立难安。

　　最近乡里获得了一个指标，准备向市政府报送一名扶贫工作先进个人，乡党委经过开会研究，初步确定准备报送麦子。郑支书到乡里开会，顺便来麦子办公室看看她，得知了这个消息，特别为她高兴，第二周还给她送来了一些山核桃。偏偏在这段时间，传出了一些谣言，说麦子和郑支书走得太近，她在当扶贫专干的时候，吃住在郑支书家。麦子始料不及。为了避嫌，郑支书也不敢来找她了。

后来，这种风言风语传得沸沸扬扬，一时间在乡政府闹得满城风雨，乡党委决定取消麦子的全市扶贫工作先进个人推荐名额，最终呈报上去的是贾丽云。麦子本身对这些东西不在意，所以也并不放在心上。暮岁之初，张启到县里开会，因为参加朋友聚会，公车私用出事被免职，从此之后看到谁都是一脸羞愧。正好这段时间叶嘉结束挂职回来了，乡党委会研究将其提拔为党政办主持工作的副主任，贾丽云作为重点培养对象，也调整到扶贫办，准备寻找机会转正，麦子则被调整到了繁忙却居于边缘的社保所。

麦子虽然并不在意是否能转正，但这段时间以来发生的一系列事情让她忧心忡忡。今日一上午，她的心脏莫名怦怦乱跳，总觉得心神不宁。日上三竿，这种感觉稍微缓和了一点，她以为是自己过于神经质了。这时突然听到乡政府大院一阵喧闹，她走出去一看，发现是安康的父亲到乡政府找人来了。原来一上午安康没去学校上课，学校以为她有事没来得及请假，联系之后才发现她竟然没在家里。安康的父亲考虑到她经常来乡政府，赶紧来看看，得知她并没有出现在这里，大家开始着急起来；又转回安康家一看，发现她常穿的衣服，连日用品一起不见了，显然安康一开始就有所准备。脸皱巴巴的安康父亲一回想，惊道："糟啦！安康肯定是离家出走了！"

考虑到当地交通不便，仅有一条省道与外界相连，大家一合计，报了警之后，立刻沿着这条省道一路寻找。一直找到残阳西下，仍毫无进展。大家料想这个孩子早有准备，她又向来精怪，一定提防着被人找到，说不定就走乡间小路到县城了。于是，大家又开始沿着乡镇一路寻找。

麦子和叶嘉还有两名村干部苦寻无果，原路返回的时候，叶嘉突然问麦子："你知道安康为什么叫安康吗？"

"难道不是因为她的父母希望她一生平安健康？"麦子惊讶地望着他道。

"也许有这一层用意，但更重要的是，因为她是陕西安康人！"

"你的意思是？"

"安康并不是叔叔的女儿，她是一个孤儿。"叶嘉黯然道。

麦子满脸讶异，她怎么也没法把乐观的安康和孤儿联想在一起。但是想起安康一直反复询问陕西的情况，又想起自己送给她的那幅地图，麦子顿时什么都明白了，脸色惨白。

叶嘉叹道："安康的父亲根本就没有生育能力，后来虽然花钱买了个老婆，但第二年这个女人就逃走了。有一对陕西安康来的夫妻，生下了安康以后无力抚养，就把她丢在了紫云，后来她被现在的父亲收养了。"

"生下安康的那对夫妻，现在到哪里去了？"

叶嘉摇摇头说："谁知道呢！据说那对夫妻原来生育了四个孩子，其中两个早早夭折，剩下安康和一个妹妹。本来日子都已经捉襟见肘了，又遇到了粮荒，生活难以为继，他们不得不考虑送出去一个。当年选择抛弃安康，实在是迫于无奈。当时的两个孩子中，只有安康的身体好一点，看着机灵一点，如果留在家里，长不好不说，很可能还会夭折，送出去也许还能获得一线生机。而且她的妹妹是个智障儿，如果把妹妹送出去那就是百死一生。无奈之下，他们到处寻访，后来到了紫云，得知安康的父亲没有老婆也没有孩子，又是一个老实人，就偷偷将安康丢在他家门口。果然安康的父亲看到安康后没舍得送走，给她取名安康，留在家里当自己的女儿养了，还供她读了书。"

"被遗弃的时候，安康多多少少已经能记得一些事情了，当天她的生父母告诉她要带她到外地走访亲戚，一直把她带到了紫云。到了傍晚她却突然找不到他们了。她的哭声引来了养父，从此以后，她再也没有见到过亲生父母。从那时开始，安康特别害怕天黑，每天晚上都要开着灯才能入睡，多年来养成习惯了。"

麦子没料到安康还有这么一段曲折的经历，一时仿佛置身于很多年前，看到一个赢弱的孩子，她的父母亲突然销声匿迹，她孤身处在陌生的城市中，一双大眼睛恐惧地望着眼前的一切。城市的灯光像萤火虫，遮不住黑暗中潜藏的危险，她不由自主地发抖。

他们说话时，乡政府的一名工作人员匆匆朝麦子和叶嘉迎面走过来，大叫道："大家别找了，安康找到了！安康找到了……"

他上气不接下气，气喘吁吁道："刚才交警大队确认，安康在出紫云的国道上被一辆无牌照的货三轮给撞了，现在紧急送到紫云人民医院去了！"

"啊！"麦子和叶嘉大吃一惊，两人一路急急忙忙赶到了县城人民医院。医院七楼病房外，医生和护士步履匆匆，快步从长廊走过，患者家属神色凝重地缩在一角，茫然地望着天花板。重症病房内各种仪器闪烁着，发出了急促的尖叫声。穿着一身洗得发白的卡其色工装、几近秃顶的父亲焦急地守在安康病床边，不住地叹气。

安康额头和下巴上有两处不大的伤痕，凝固的血液把额头上的头发粘在了一起。她脸色惨白地躺在床上，好像睡着了一般。想到昨天看到她时，她还蹦蹦跳跳，牵着自己的手说想要听故事，现在却躺在这里不省人事，麦子心痛不已。

"叔叔，安康还没醒过来吗？"麦子焦急地问道。

安康父亲通红的眼睛里噙着泪，摇摇头难过道："一直没苏醒，情况很不好。"

"医生怎么说？"

"医生说虽然身体看起来好像没多大事，但是五脏六腑受伤严重，特别是颅内出血面积较大，因为靠近中枢神经，可能有生命危险。而且……"

安康父亲哽咽道："她的腿已经完全被撞断了，即使能救回来，以后也会永远失去一条腿……"

听他这么一说，叶嘉和麦子心情异常沉重。

连续昏迷了三天，安康终于醒过来了。麦子和叶嘉赶紧去看她，她的脸色就像刮了一层泥子粉，嘴唇发白，毫无血色。看到麦子和叶嘉过来，安康特别高兴，挣扎着想要坐起来，却显得力不从心。

"麦子姐姐，我的头好痛。"安康皱眉道。

"我都不知道自己已经睡三天了，"她勉强露出了笑容，"感觉好像做了一场噩梦，但什么都不记得了……"

麦子和叶嘉自然不想引起她的伤心事，安慰她好好养病，等好了以后再一起去猫儿潭。

"那夜好美，星星洒满了天空，月亮像漂浮在一片海洋之中，我第一次感觉到不再那么害怕黑夜……"安康的眼神中星光流转，充满了对过去的追忆和对未来的期望。她已经在病房里待了三天三夜，只能面对着苍白的病房墙壁，开始想念外面的世界。日升日落，花谢花开，还有颜色斑斓的毛毛虫，一树不被人发觉的酸酸甜甜的野果，在茶树里下蛋的飞鸟。

"我会好起来的吗？麦子姐姐。"她扑闪着一双大大的却微微布着血丝的眼睛问。看到麦子点点头，她自己却陷入了沉思。"可是为什么，"她哀叹道，"我的左脚一点感觉也没有了……"

"不要担心，安康，你会好起来的！"

"麦子姐姐，这个……送给你吧。"安康吃力地从床铺里摸出一个东西，麦子接过来一看，发现是一个精致的铜质雕花万花筒。因为经历了一定的年月，已经被磨得发亮了。麦子拿起手中的铜质万花筒，放到眼前闭着一只眼睛仔细看，里面出现了像雪花一样晶莹剔透的花朵，将它稍微转动一下，又出现了一颗红色的五角星，随着不停的转动，图案不断发生变化，出现了一朵朵对称的鲜艳花朵。

"麦子姐姐，这是爸爸妈妈给我留下的唯一的东西，我……想他们了……"安康在麦子的怀里痛哭流涕。

“会再见面的。”麦子安慰安康，紧紧地拥抱着她，像抱着另外一个自己。安康的身体还很虚弱，麦子知道她需要休息了，不得不和她说晚安，准备回去。

　　“麦子姐姐……”

　　安康突然在背后叫她，麦子回过头，看到安康挣扎着想要靠在墙壁上，麦子赶紧过去扶起了她。她的嘴唇发干皲裂，正用力地支撑着自己不至于滑下去，因为格外吃力，头上冒出了一颗颗豆大的汗珠：“麦子姐姐，你还……记得……那个血掌印吗？”

　　麦子点点头，她想起了那夜惊慌的安康，她一定看到了什么，只是她迫于压力不敢说。

　　安康点点头：“麦子姐姐，你，你要小心贾丽云。”

　　在安康断断续续的话语中，麦子终于知道了，原来那天晚上，他们从湖边回来，麦子将地图送给了安康，安康回去以后对地图的标注始终心存困惑，强忍恐惧半夜来找麦子。临近乡政府，突然发现一个影子在麦子的房间外徘徊，麦子追着那个人下来的时候，安康看到那个人躲在了铁门的柱子旁，可是她不敢说。事后，贾丽云也找到了她，威胁她不许说出来。

　　麦子紧锁眉头，她想起了那个白色的鬼影和玻璃上的血迹，那双无处不在的眼睛，还有她总是无缘无故丢失的文件夹，她顿时什么都明白了，一瞬间脸色变得惨白。

　　过了几天，得知安康被截去了一条腿，麦子心痛不已，她竟然有点畏惧去看安康了，因为不忍见她美好的梦想从此化作泡影，连那人生也成为水中月了。

　　这几天，刘主任发现麦子的精神状态和气色不是很好，就善意地提醒麦子要保重身体。麦子从他的办公室出来，正好在门口撞见了鬼鬼祟祟的贾丽云。第二日恰好贾丽云搬办公室，她们直到大中午才终于把东西基本清理完。麦子最后一趟到贾丽云原来的办公室，地上一片狼藉，到处堆满了损坏的文件夹和废弃的盒子。她正打算把废纸装入袋中，无意中发现里面压着一个小小的墨水盒，瓶子没有盖紧，红色的墨迹染在了她的手指上。她用力地扒拉开那些废纸，看到了一个黑色的小盒子。她拿起来仔细察看，突然听到背后有异响，光影被遮挡，屋子暗了许多。

麦子回过头去，贾丽云不知何时已站在了她的身后，她饿虎扑食一般，一把抢过麦子手中的黑盒子。就在此时，盒子突然发出了一声令人毛骨悚然的孩子哭声。即使在光天化日之下，这样诡异的声音也令人不寒而栗。贾丽云的脸色变得像鬼一样难看，转瞬又变得狰狞了起来。

元旦，叶嘉和贾丽云定亲的消息传得沸沸扬扬，尽人皆知了。临近春节，这座小城因为外出务工的人员纷纷归来，又变得热闹了起来，紫云的山上飘起了小雪，清冷之中孕育着新的希望。

叶嘉一直想找麦子，和她解释什么，麦子始终避而不见，所有人都知道的事，只有叶嘉还被蒙在鼓里。他的优柔寡断，使他在面对专制的母亲时，像个孩子一样无力。麦子已经打定了离开的念头，即使乡里一直挽留，她还是没有再签第二年的服务合同。上完最后一天班，麦子像往常那样，收拾好了办公桌，又为阳台上的花浇了水。麦子去向刘主任告别，看到他两鬓新生的白发，整个人一下子苍老了许多，不由得心中感到难过。

次日清晨，当第一缕阳光洒在这个还在沉睡的小镇时，麦子早早起床，最后回头看一眼自己的宿舍，它一如她来时的样子。院子外的树上，有只画眉拼命地叫着。街道上的人家里，传来了公鸡打鸣的声音。麦子下了楼，看到院子里站了一个人，他显然早就等候在这里。叶嘉勉强挤出一丝微笑："非走不可吗？"

麦子点点头。

他们走出院子，叶嘉突然叹道："真羡慕你啊……"

他们走到乡政府外面的街道上，麦子又回过头看着这栋大楼，它安安静静地坐落在那里。一年的时光转瞬即逝，过去的一切仍然历历在目。她又想起了那些让她开心和痛苦的日子，想起了风雨如晦之中的小白房，想起了害怕黑夜的安康，想起了那个神秘的猫儿潭，想起了令她如痴如醉的吉他弹唱和满天的繁星，不由得生出了不舍。

班车驶出车站，麦子看到叶嘉像木头人一样，站在道路旁，露出了奇怪的微笑。他是一个可怜的孩子，被母亲和世俗禁锢在一个小小的世界里，只留下一扇小小的窗子使他可以张望外面的风景。过去是在一个人的监视下生活，现在变成了两个人。他第一次那么强烈地想要做自己，结果证明他还只是个孩子，输得一败涂地。

车子驶出了那个只有一纵一横两条主干道的"十"字形小镇，麦子感觉到自己的灵魂轻飘飘的，似乎有什么东西丢在了那里。

19

梅姨的日记

　　山峦起伏的大地之上，火车呼啸着行进在贵阳到昆明的山岭之间。第七节车厢内，穿着灰色风衣的麦子靠窗坐着，她的斜对面坐着一个正在哺乳的母亲，将行李堆满了脚下的空地。几个月大的婴儿一边喝奶，一边用黑眼睛看着麦子，灵动的眼睛又大又圆，湖水一样清澈。

　　火车抵达昆明后，麦子无意浪费时间，直奔西山区闹市街头。临近春节的昆明，城市街道上的人并不多，到处弥漫着春天的气息，悄然盛开的花朵和树木上的嫩芽无不提醒着人们春天已然到来。

　　鳞次栉比的高楼，纵横交错的道路，共同构成了这座繁华的南国之城。麦子走到市中心三市街与金碧路交会处，看到了两座矗立的牌坊，它们雕梁画栋，传说中美轮美奂的"金碧交辉"的奇观据说六十年才能见到一次，令人神驰心往。此刻它们静静地屹立在城市高楼之间，麦子停下脚步望着它们。天空中日色暗淡，风云翻滚，行人行色匆匆地从她身边经过。不知过了多久，麦子感觉到脸上落下了两三滴水珠，她抬头看看天空，大雨就这样没有任何预兆地铺天盖地而来。她想要穿过马路到对面的银行屋檐下躲雨，跑了几步便停下了，傻傻地站在马路这边。车子呼啸而过，行人各自往不同的方向走去，扎堆的黑色伞面严肃深沉，似低垂的苍穹。在这一瞬间，整个世界寂然无声。此刻万籁俱寂，麦子唯独听见了自己的心跳，她的灵魂仿若在风雨中飘摇。

等到她过了马路，走到一个转角处，雨小了许多。麦子转过路口，突然发现不远处的树枝上，透过金黄的阳光。麦子回过头，看到天空的另一边还飘着细细的雨丝，东边日出西边雨，眼前的这一幕虚实相生，如梦似幻。

就在接下来的这一个月里，麦子去了很多地方。麦子坐在上海的地铁一号线，从起点到终点，又从终点到起点，仔细地观察着每一个人。在广州的街头上，她漫无目的地沿着城市主干道前进，看到一个八十多岁的老父亲为六十多岁同样已白发苍苍的儿子买来鸡翅，却因为都已咬不动而露出尴尬的笑容。在西北的一个村寨，她看到一只灰色的老母鸡，用双翅护着身下的小鸡崽，拼尽全力和一只流浪狗周旋，逼得恶犬落荒而逃。

此后，麦子回到了川南，躺在了人民医院的病床上。她的先天性心脏病愈来愈严重，使得她不得不重新考虑手术的问题。手术前一天，她正躺在病床上发呆，突然听到一个沧桑的声音对她说："小姑娘，多大啦？"

麦子转过头，看到邻床一个八十多岁的老太太，满脸慈爱，笑意盈盈地看着她。她的脸只有巴掌那么大，有着一对淡淡的眉毛和被皱纹挤压的凤眼。

"二十四，婆婆。"

老人的儿子给她削了一个苹果，老太太自己却不吃，将苹果向麦子这边递过来。看到麦子不肯接受，老太太坚决不肯把手收回去："吃一点吧，苹果对心脏好。"她说。

麦子不忍拂了她的好意，把苹果接了过来，轻轻咬了一口。

老人露出了欣慰的笑容："咱俩一个生肖。"

原来老太太姓黄，生了六个孩子，其中两个女儿、四个儿子，如今开枝散叶，已经成为一个四世同堂的大家族了。她是一个很乐观健谈的老人，虽然年事已高，却心眼明亮，总是能一眼看透别人的心思。麦子对老人，始终有种莫名的亲切感，使她愿意毫无保留地向老人述说。

晚上睡觉时，老人特别兴奋，但谈着谈着突然安静了下来。麦子偷偷地回过头，看到她微微闭着眼睛，已经睡着了，连一点鼻息声都没有。"真是个可爱又奇怪的老人。"麦子心里想。

不过没多久，老人的冠心病出现了各种并发症，因为难受，她的话也越来越少了。这天一大早她突然呼吸困难，被护士推进了急救室，迟迟都没回来。到了下午，麦子看着空荡荡的床位，想起了慈祥的老人，止不住心如刀割。她正想着，病房外走进来两个护士，把她推出了病房。麦子看到一排一排的楼道灯，发出幽幽的光。她仿佛置身冰窖之中，浑身冰冷。在手术台上折腾了三个小时后，她从手术室被推出来。医生在她的左侧锁骨下做了静脉穿刺，用一根电极导线插进右心房、右心室，使心脏在起搏器的作用下跳动，起搏器埋在了麦子的胸腔里。医生和护士在她的病房里进进出出，她一点也听不见他们的脚步声，更看不清他们的脸，她觉得他们俯下身子和她说话，就像透过瓶口在看着里面的动物。

过了很久，麻药慢慢失去效果，真切的疼痛在她身上失控地游走。因为痛，活着才那么真实。这让麦子感觉到身子为己所有，她也第一次感受到来自心脏的蓬勃活力。麦子回过头看着老太太的病床，上面还保留着老人走时的样子，强烈的失落感和无助感牢牢地扼住了麦子的喉咙，使她发不出一点声音。

麦子侧过身望着窗外的天空，月亮似乎离她越来越近，突然模模糊糊地晃动起来，月牙儿竟然开始冒出了金黄色的火焰，噼噼啪啪地燃烧了起来。月亮着火了！麦子心下一惊，恐惧地睁开眼睛，发现是怪梦一场。她挣扎着坐起来，起身从包里拿出梅姨的日记本，一页一页地翻看。过去的时光千疮百孔，使她越发觉得孤单，浑身如筛糠般颤抖起来。

1986年4月25日　　星期五　　晴

听说四川成都有一位老中医，治疗不孕不育特别有办法，我们专程到成都来找他，辗转了几个地方，终于找到了那个不起眼的小诊所。这位老人家戴着厚厚的老花镜，完全听不清楚我们在说什么，我们需要很大声才能让他明白我们的意思，看他这样子让我很担心。他简单问了一下我们的情况，一直打包票说找到他我们算找对人了，这件事情就包在他身上了。他拿了好几服中药，孙良怕不够，又叫他多开了几服药，毕竟从宜宾到成都来一趟不容易。出诊所以后，孙良把草药背在背上，我看到他的背影感觉好陌生，好像自己和他本身就是不相识的两个人。阳光特别好，可是我的耳朵好像出了问题，孙良转过来和我说话，我什么都听不见。他好像一块铁石一样，我不知道我到底怎么了。

1986年4月26日　　星期六　　阴

孙良说既然来了成都，就要在成都到处走走。我们去了武侯祠，又转了转成都的街头，锦里人很多，我却始终提不起劲。孙良见我不开心，也有点闷闷不乐。昨晚他告诉我，哪怕我们真的是命里注定没有孩子，他也不会在意，这让我更难过了。他其实还算是很好的男人，我真的不想拖累他。即使他真的不在乎，他又怎么面对两个老人，别人又怎么看他？一想起这些事情，我就觉得心里特别压抑。算了，不想了，但愿这次的成都之行会多少有点收获吧。

1986年4月27日　　星期日　　阴

回到宜宾的晚上，孙良赶紧去熬药，整个屋子到处弥漫着一股浓浓的草药味，各种各样叫不出名字的草根和小动物的尸体一直在锅里翻滚。我在过滤药汤的时候，不经意间看到一个不知道名字的昆虫的肚子，这让我反胃了好久。可是我还是硬着头皮，把它们都喝了下去。结婚这几年来，我天天喝这些东西，导致我现在一闻到它们的味道就难受。鬼知道这样的日子还要继续多久?

1986年4月29日　　星期二　　小雨

这几天一直在拉肚子,我怀疑是成都拿的那些药不干净,可是我不敢说,更不能不喝。孙良说我脸色很不好,可是他只知道我脸色不好,他不知道我的心里也不好。我整个人就像一块木头,不知道活着是为什么,又要熬到什么时候。一家人一天到晚都盯着我的肚子,可是我安安静静的肚皮,似乎永远不会有变化。他妈妈总是说,一个女人如果不能传宗接代,那她还能叫女人吗?我想也是的。

1986年5月1日　　星期四　　阴天

昨天晚上一直失眠,孙良在旁边老打呼噜,他真是顶老实的一个人,当年我留下的牙痕还在他的手上,他现在一定后悔了吧?那么多女人都会生孩子,可是他偏偏找了我。这几年,把他和我都折磨够了,我想他也累了吧?我今天起来时眼睛都睁不开,照镜子的时候看到自己的眼睛肿了起来,可能因为草药吃多了,让我看起来气色很差,连我自己都讨厌自己的样子了!

1986年5月2日　　星期五　　阴

小麦快成熟了,又是收获的季节。我们这几年却一直奔波在寻医问药、求神拜佛的路上,理发店的生意也是三天打鱼两天晒网,别人收获的季节,又与我们有什么关系?最近老想起路上遇到的那些人:有一对夫妻,多年来一直没有生育孩子,到处检查也没有结果,无望后领养了一个孩子,结果下半年妻子却怀孕了。还有一对夫妻,因为不能生育,他们分分合合很多次,到最后双方都绝望了,结果离婚以后的第二年,妻子怀孕了,丈夫也有了孩子,这又是怎么回事?还有我们去峨眉山遇到的那对夫妻,他们一年

365天，天天都在求神拜佛，祈祷能有一儿半女。有一天她梦见天降金蛋，她以为是个大喜之兆，结果后来大病一场，差点丢了性命。每次想起他们的事情，都让我觉得很疲倦，听天由命吧！这世界真不是我们能说了算的。

1986年5月5日　　星期一　　晴

今天店里来了一个人，她谈起她们小区来了一个奇怪的女人，约莫三十来岁，瘦瘦高高的个子，长得并不丑，可是看着却有点恐怖。她的眼睛很黄，黑眼圈很重，喜欢斜着眼睛看人。她租住在我们对面的房子里，走街串户收破烂，行为很古怪，不喜欢跟人打交道，却特别喜欢孩子，兜里总是放着一把糖，看到孩子就给他们一颗糖，孩子们也特别喜欢她。大家都不知道她是从哪里来的，不免有点担心。后来听说她是个单亲妈妈，因为她的房间里总是传来孩子的哭声，难道是一个被男人抛弃的可怜女人？不过因为她拒绝和人沟通，大家只好对她敬而远之。听到客人这么说，我也觉得很奇怪，这究竟是怎样一个女人，我总觉得事情并没有那么简单。

1986年5月7日　　星期三　　晴

今天的天气特别好，店里生意却特别差，可能因为天气好，大家都跑去晒太阳了吧？我想起很多年前，我还没结婚那阵子，也喜欢一个人跑到翠屏山上，看山下的风光，还有波涛汹涌的金沙江。我已经记不起自己有多少年没有去过那个山顶了，似乎结了婚以后，只剩下无休止的工作，还有那个让人讨厌的问题了。世界那么大，我却一直躲着阳光，像老鼠一样活在角落里。

1986年5月8日　　星期四　　晴

今天一大早刚开门，就突然听见外面一阵吵闹，大家都往外面跑，我觉得奇怪，也跟过去看。这才发现巷子口围了很多人，我从人群中挤进去，看到两三只流浪狗对着一个废纸堆狂吠。大家指指点点，过了一会儿，我看到那只癞皮狗从纸堆里拖出了什么东西，人群发出了一阵尖叫，我靠前一看，吃了一惊，原来流浪狗咬着的竟然是一个活生生的孩子！这个可怜的孩子才几个月大，裹着一条脏兮兮的毛毯，脸上到处都是伤痕，一只流浪狗把她甩到了一边，另外两只流浪狗又扑了上去。我看到这一幕，心扑通扑通地跳，再也忍不住了，捡来了一根木头，冲上去对着流浪狗一顿乱打，它们全都跑开了，隔得远远地对着我狂叫。我过去抱起那个孩子，发现她的嘴里塞着一块白色帕子，我把帕子取下来。这个孩子就用一双大大的眼睛盯着我，一声不响，过了一会儿，她竟然露出了微笑。就是这一笑，使我既心酸又感动，我不知道为什么，冥冥之中，我们似乎被什么东西绑在了一起。

1986年5月9日　　星期五　　阴

　　把这个孩子抱回来以后，因为没有奶粉，她只能吃点米稀，这几天一直拉稀，情况很不好。无奈之下，我托人买了两罐奶粉，结果这一下子让家里炸开了锅，两个老人怨气冲天，长吁短叹。孙良虽然没说什么，不过我知道他也头痛，我恳求他让这个孩子留下来，要不然等情况好一点了再送出去。他叹了一口气，什么也没说。看到这个孩子，我就觉得心痛，他们说她是那个拾荒的怪女人丢弃的，都在传言她未婚先育，自身难保，所以把孩子丢弃了，这下所有的疑问都有了答案。如果真的是这样，这个女人应该被世人唾弃，为了逃避责任，竟然把孩子丢弃在了街头。每次想到这里，人性的残忍，让我感到心酸！有的人想要一个孩子，却一生求而不得，有的人却将之视为累赘，丢弃街头。而一个人的生命，生来已经注定，不要说富贵与否，就是能否存活，也都要仰仗老天爷的怜悯。

1986 年 5 月 11 日　　星期日　　阴

今天孩子已经慢慢能够吃点东西了，气色也好了许多，把她洗干净了发现是个很漂亮的孩子。只是不知道为什么，嘴唇显得有点发紫。今天孙良陪我到诊所去给孩子检查了身体，结果医生检查之后，说孩子嘴唇发绀，应该是有先天性心脏病。我们又到医院去检查了，确认了是这个问题。回来的路上，我终于明白这个孩子为什么被抛弃了，我感觉心里沉甸甸的，一路上和孙良都没有说一句话。我每次一看到怀里的这个孩子，她就睁着大眼睛看着我，并露出甜甜的微笑。她是一个安静的孩子，她的眼神那么纯粹，一点也不知晓这个世界发生了什么，也不知道自己即将面临什么样的命运。

1986 年 5 月 13 日　　星期二　　阴

一直不说话的孙良压力也很大，两个老人故意指桑骂槐，他一方面担心我难过，一方面又不愿意顶撞老人，只能自己陷入痛苦之中。可是我一点也不后悔把这个孩子救回来，我觉得每个人遇到什么，都是老天爷的意思，而怎么做全凭良心了。我这几天一直在纠结到底该怎么办，要把孩子送出去吗？可是既然连亲生父母都抛弃她，那么又怎么能保证捡到她的人不会再次丢弃她？她会不会因此而丢掉性命？今天孙良来找我，委婉地告诉我说想帮孩子找个人家，我竟然莫名其妙地对他发了脾气。

1986 年 5 月 15 日　　星期四　　雨

昨天晚上想了一整夜，我终于打定了主意，不管别人怎么想、怎么看我，我都要养这个孩子。我不能活在别人的眼光里，我虽然不能给孩子优渥的生活，可是如果连我都抛弃这个孩子，那她肯定没有活路了！今天外面下着大雨，我跟孙良和两个老人都说了我的想法，孙良头都低到地上去了，两位老人大吼大叫，用各种难听的话骂我。这些我都能预料到，所以倒也没什么。晚上，孙良到厨房来找我，他的神情很落魄，可是却告诉我，不管我做什么，他都支持我。我听他这么一说，眼泪没忍住，一直往下掉。我说："我们会有自己的孩子的，除了这个孩子之外。"他说："那我们给这个孩子取个名字吧？"我想起外面的麦子快要收割，我说："就叫她麦子吧。"孙良用力地点点头。我回去看那个孩子，我对她说：不管这个世界今后发生什么，麦子，从今以后，你就是我们的孩子了，这个家再小，也是你的家了。她好像听懂了，手舞足蹈的，使我一阵感动和欣喜。

麦子把日记本合上，抬眼望着窗外，眼眶已经湿润了。

20

奇怪的来信

　　林未亮的父亲林扬就像一潭太阳照不进去的深水，无论阴天或者晴天，始终晦暗幽寂，随时可以吞噬一切。他永远认识不到自己的错误，也始终不了解自己的行为对家人造成的伤害，总是无限地缩小自己的错误而放大别人的问题，活在自以为是的自大自负之中。前一段时间，父亲以第三者要到法院告他重婚为由，多次对母亲拳脚相加，扬言若不同意离婚就玉石俱焚、同归于尽。考虑到父亲已经失去理智，林未亮非常担心母亲，所以终日郁结于心。

　　从某种方面上说，闽南人相对传统也较保守，离婚于一个女人而言不仅是娘家和自己的脸面问题，说是天大的事情也不为过。林未亮的母亲见事情闹到这种地步，心乱如麻终日垂泪，早已做好了鱼死网破的打算。只是回头见到儿子又为其牵挂，日渐消瘦，怕孩子想不开，痛苦之下别无他法，只好委屈自己同意离婚。

　　林父一看事情有了转机，趁热打铁，同意净身出户，留在农村的房子和田地则归林母所有。在法院的主持调解下达成离婚协议。林父自然心满意足，林母却似乎天塌了一样，终日以泪洗面。林未亮对母亲的痛苦感同身受，生出几分愧疚来。

　　谁知没过多久，形势急转而下。林父和第三者反反复复闹矛盾，没过多久又形同水火，最终也以离婚告终。第三者回江西老家后旋即有了新欢，结交了一名小学老师并张罗起了婚嫁。林父愤愤不平，到当地大闹了一场，不过因为师出无名，当然不会有什么结果，搞得第三者的新婚对象最终心灰意冷，生怕再被他缠上，快刀斩乱麻和第三者断了关系。事已至此，第三者也已经死心了，留下了她和林父的孩子远走高飞，至此分道扬镳了。

此后林扬诸事不顺，经手的项目均以失败告终，亏空了半生积蓄。他终于意识到属于他的时代已经结束，自己已然到了山穷水尽、日暮途穷的地步，不得不谋划起退路来了。2010年初夏，他全然不顾离婚时房屋已经调解归林母所有的事实，毅然将私生子带回惠北的农村，惹得村里人议论纷纷，这无疑使林母的境况雪上加霜，可是以她懦弱的性格和单薄的身体，她自然束手无策，只能暗自垂泪。

林未亮对父亲的用意自然心知肚明，他执意将私生子带回村子里，无非就是想让这个孩子获得合法的身份，在走投无路之时获得安身之所。父亲的所作所为给林未亮心里堵了一块大石头，所谓的家已然笼罩在阴霾之下。

彼时，黄枕书的儿子从美国印第安纳大学博士毕业后定居美国，成了黄枕书的牵挂。考虑到她很快就要退休了，报社有意不再给她安排工作，她来了几次无事可干，终于决定请假动身到美国去，见见外面的世界。

而林未亮在5月份新提了政经新闻小组组长，已能独当一面，进入了中层干部行列。不过，报社虽然看着还发展得不错，营业收入也创了新高，但林未亮始终觉得报社媒体已经出现了后劲不足、日薄西山的苗头了，目前的辉煌灿烂似乎更像回光返照。据说市委宣传部正在考虑整合几大报社，对于《都市报》的未来，林未亮很是担忧。而柳笛正在备战教师招录，希望摆脱代课老师的身份，毕竟一个编制的差别并不小，而这又关乎收入、身份等一系列切身利益。两个人下班之后，各自忙着自己的事情，交流少了许多。

这一日午后，太阳从鳞次栉比的高楼中射出万道光芒，将一大片蓝色的玻璃染成了金黄。林未亮看到自己的信箱里多了一封信，这封信在他桌上堆满对公信函的信箱中静静地躺着。他以为是读者的来信，拿起来看时，发现信封上只写了致重庆某某报社某某部林未亮收。这字迹格外眼熟，是麦子！林未亮急忙打开，上面写着：

林未亮：

　　展信开颜。

　　两年未见，别来无恙？毕业匆匆一别，心中始终有愧，不忍打扰你的生活。近日与涂涂联系，得知你供职山城都市报社，有佳人相伴，甚感欣慰。我最近深陷烦恼之中，迫不得已给你来信，并不想再谈感情的事情，也希望不至于对你的生活造成困扰。若有的话，请你不要回复我，否则我心中也会十分不安。

　　姨去世时留下一个铁盒子。姨知道我有先天性心脏病，她自己也是个孤儿，她知道一旦把我再次丢弃，很可能会使我的生命不复存在。她设想了最坏的结局，在反复地权衡之后，最终决定收养我。安装心脏支架的手术需要很大一笔钱，她不敢指望别人能够大发慈悲救助我，所以只能用自己的微薄之力，省吃俭用，一点一滴地存下这笔钱。

　　铁盒子里还有一个日记本。姨有记日记的习惯，她在日记中详细记录了和我相关的一些情况，以防某天她记不住那些事情了或有意外，我的身世彻底沉入大海。也正是因为看了日记，我终于明白了她的一些做法和苦衷。除了日记本之外，盒子里面还有一张白帕子，是当年塞在我的嘴巴里的。当年他们把我丢弃在一个街头的废品堆里，至于为什么要弃在废品堆里，可能因为生怕别人发现我而令自己无法脱身，而把白色帕子塞在我嘴里则是担心我发出声音。这一切显然经过深思熟虑，决然不像一个母亲会对自己亲生女儿做出的事情！

　　看到日记之后，你可以想象我是多么绝望和痛苦，我在想我的亲生父母可能是魔鬼，不然何至于这样对待自己的亲生女儿，这样疯狂地想要扼杀一个小生命！我对自己过去的幻想感到可笑和无知，也对姨怀有深深的内疚。她见到了当时的情景，对抛弃我的人深恶痛绝，而又无法告诉我真相，只能是在我生出寻亲念头的时候斩断我的想法；也正是因为这样，使我误会了她。

　　麦子细细地记录了贵州安顺紫云的经历，讲述了那个叫叶嘉的男孩子，他们如此相似却又截然不同。他是那么柔弱，总是寄希望于别人帮助他脱离生活的泥淖。她被裹挟进复杂的人事，感到焦虑。

　　我终于发现一个人的内心若是不安定，不管到了哪里都是在流浪。我的先天性心脏病和焦虑症已经越来越严重，我感觉到单凭自己的力量已经无法战胜它。我的失眠越来越严重，脑子不受控制地疯狂想一些莫名其妙又令人恐惧的东西。它们像幻灯片一样，不停地变换着颜色在我脑子里蹦蹦跳跳，大吼大叫。有时候是密密麻麻的鱼头，有时候是铺天盖地人的嘴巴和眼睛，有时候是流淌着鲜血的刀枪剑戟。我迷迷糊糊地睡着，总是听到有奇怪的声音在我耳边叫，那声音刺痛耳膜。今年年初，我放弃了续签服务合同，游历了一直想去的一些地方，经见了很多人和事，这使我渐渐明白了一些事情。前几个月我终于用姨留给我的那笔钱做了心脏支架手术。经过了手术，我终于敢于面对自己生命的死结。我在痛苦中又燃起了微小的希望，渴望能够彻底了解关于自己生命的一切。

　　我想面对人性的恶，想明白生命的密码，获得与自己谈判的机会。几经周折我终于找到了那个奇怪的女拾荒者的信息，正是因为自己的坚持，事情获得了转机。我反复地揣摩，可以确信这个女人并没有骗我，江北的这里确实曾经存在过这么一个小诊所。可是这么多年了，它还存在吗？它的名字是什么，它的负责人又是谁？他们是否还健在？这一切都无从得知，我从重庆回来以后，求助了很多人，一无所获。听涂涂说你在江北当记者，或许你有办法，我只好厚着脸皮来请求你了。如果方便，我希望能见你一面。

　　顺颂安康。

麦子

21

结庐山城

林未亮转回出租屋中，柳笛已备好了饭菜。吃饭时，柳笛开口道："刚刚房东来了一趟，说要涨房租。去年房租是四千，今年一下子要涨到八千。再说这房子年久失修，屋内陈设老化破损，怎么一下子涨这么多？房子虽然离你的单位近，但是房东狮子大开口，即使能降低一点，也还是没什么大区别。再说今年即使降低一点，明年还是要再抬高的，与其这样，不如早做打算，另外租个房子，免得和这种人多打交道。"

"可是这么突然，去哪里找房子？"林未亮犯难了。

柳笛说："明天不是周末嘛，你单位上的事情先放一放，我们到附近了解一下。房子当然不怕没有的，就是搬家成问题。"

两个人说定了重新租房子，次日就开始到处物色房子。看了一上午都不满意，不是房子太大要合租，就是房租太贵划不来，要不就是小区的人鱼龙混杂。正在失望之际，他们在网上发现了一则招租广告，在距离林未亮单位不到两公里的地铁站附近的一个小区，有一套两居室的小套房出租。虽然价格有点贵，但是房租并不递增，而且房东常年在国外，省去了许多麻烦。

双方一拍即合，次日上午，房东委托了代理人，双方约定在那房子里签了租赁合同，又清点了房屋的设施情况。到下午，他们返回原来租住的地方，准备将之前已大致收拾好的物品送到新房子那里。

　　他们必须赶在今天之前安顿下来，不然明天又是繁忙的一天，自然抽不出更多的时间来处理这些琐事。林未亮到附近的人力市场找了一辆货三轮，谈好了搬运的价格。柳笛忙前忙后收拾东西。过了一会儿，听到楼下传来了几声喇叭声。她走到阳台探头出去，看到楼下停了一辆枣红色的货三轮，驾驶室一侧林未亮跳了下来。他飞快跑到楼上，开始大包小包往楼下搬东西。柳笛则到了楼下，用心地把物品按照轻重分好，细致地摆好在车斗里。忙了约莫半个小时，终于把行李满满当当地装了一车子。因为担心东西掉落，他们两个人都站在车斗后面小心翼翼地扶着。

　　三轮车发动了，慢慢地驶出小区，抖动着行驶在道路之上。长江之上水汽弥漫，在道路和大桥上升腾，就像一个开水沸腾的大锅。夕阳垂挂在巍楼巨厦之中，透过浓雾发出微弱的光芒，这种效果就像近视的人摘掉了眼镜远远地看金黄色的路灯，一片雾蒙蒙的。林未亮和柳笛站在车斗上，看着眼前的街景……柳笛的头发被风吹乱，遮挡了她的眼睛，她嘴角微扬，恬静而微笑地看着眼前千家炊烟，万家灯火："第一次从这样的角度看这座城市，也第一次这样从容地看这座城市，它们就像海市蜃楼一般，浪漫得不像话。"

　　彼时，长江穿城而过，夕阳和霓虹争辉，轮船和汽车的鸣声错杂在喧嚣的城市之中。这个世界人来人往，熙熙攘攘，连那盘旋在城市上空的鸟儿都不例外，在江上叽叽喳喳叫着，翻转时身姿华丽。

　　晚上9点多钟，林未亮和柳笛终于把新屋布置完毕，这个不大的屋子里里外外都被打扫了一遍，焕然一新。柳笛忙完最后一件事情，站在阳台上看着不远处夜色铺展、灯光璀璨的滨江路，浑然未觉林未亮站在了自己身旁。

27
结庐山城

"在想什么？"

柳笛低叹一声："租住在别人的房子里，除了要付房租之外，最怕的就是像我们今天这样大张旗鼓地搬家了吧！真希望能有一个自己的家，可以把心安顿在那里。"她把头靠在林未亮的肩膀上，林未亮伸出一只手捉住了她的一只手。

林未亮以为柳笛只是因为搬家突然动了这样的念头，后来才发现她把这事已提上日程了。她开始在网上了解这座城市的各个楼盘。林未亮自觉愧疚：他们工作两年不到，并不高的薪酬除了支付房租和生活开支之外，所剩无几，怎么够支付房款？即使是首付，也捉襟见肘，再说还有漫长几十年的按揭，又如何承受得起？父亲自然不会资助他的，他的恩惠从来都是口惠而实不至。

林未亮以为时间会使柳笛打消念头，不过很快他就发现柳笛的想法更加强烈，这使林未亮不得不认真对待了。

柳笛的想法是购买二手房，一来有机会快速入住，二来价格也比新房要稍低一点，二手房存量大，可以挑选的空间更大。她周末约了人去看一套 2007 年建成的房子，非得拉着林未亮一起。小区位于江畔的新开发地段，周边的配套设施在逐步完善。柳笛看中的这套房子是个六十八平方米的精装小户型，两室一厅一厨一卫。麻雀虽小五脏俱全。房子卖价虽然略高于周边，不过总体还算可以接受。按照首付不低于三成的要求，这套总价五十余万元的房子首付当在十五万元左右。但房主是一个看上去流里流气的年轻人，这不免让林未亮感到不踏实。再说首付十五万的要求，按照他们目前的情况，七凑八凑勉强能凑十万元，剩下的缺口又该怎么补上？

柳笛未曾发觉他的苦恼，兴致勃勃地到处打听了解，详细查看小区的情况，似乎势在必得。回去以后，又反复和房主沟通，查询了解购房的手续和注意事项。晚上躺在床上，柳笛盘算起他们的每一笔钱时，她的表情突然僵住了，眉头微锁："哦，还有不小的缺口呢！不过这真的是一套极好的房子呢。我总觉得再也遇不到这样的房子了，它虽然小，却很适合我们现在的状况呢。我们先找身边的朋友借一点怎么样？"

听他这么一说，林未亮有点为难，他是一个脸皮很薄的人，找朋友借钱这样的事情，他无论如何也开不了口。

柳笛见他窘困的模样，笑着说："没关系，我来开口吧。再说实在不行，我们给一分的利息，这样总不至于占朋友便宜了吧？"

"一分的利息？"

"是啊，"柳笛认真道，"再不买，你看这房价噌噌地一个劲往上涨，我们就真买不起了。"

次日，柳笛打电话向几个朋友说了情况，对方当然乐意把钱借给她周转，不过却死活不要她的利息。柳笛心里却打定了主意，等到期了，不管她们要不要利息，总要把本息一起算的。不过忙活了一阵子，她发现了一个致命的问题：原来她在查证中发现，那个所谓的房主压根就不是房主，而是一个倒腾房子的"串串"，他欺瞒买卖双方，将卖价提高了三万元，想空手套白狼吃差价。而真正的房主在多处吃官司，房屋过户存在极大的风险隐患。听她这么一说，林未亮倒吸一口冷气，幸而柳笛做事细致，反复求证，否则一旦入坑未来几年可就被套牢了。

"是我操之过急了。"柳笛叹道。她的想法发生了变化，转而把注意力放到了期房上，一有时间就到处了解新开发的楼盘，每天拿着纸笔写写画画，详细盘算着首付和按揭、手续税费等各种情况，时而欢欣鼓舞，时而垂头丧气，陷入了一种奇怪的烦恼之中。

今天，柳笛兴冲冲地拉着林未亮去实地看了一个新开发的楼盘，其中一栋楼背山面水，主体结构已经建成，另外三栋正在预备施工。还没有装电梯，柳笛还是固执地和售楼处的小姐爬到了九楼。眼前居高临下，视野开阔，湖光山色，城市风光尽入眼底。房子是个小户型，不过因为新修建，设计理念新颖，整套房屋看起来布局合理，采光极佳。售楼小姐异常热情，反反复复为他们计算房屋的首付和各种费用，这些完全在柳笛的预料之中。

他们经过慎重考虑觉得可以签合同了。不过，就在成交的前夜，购房再生枝节。坐在电脑前的柳笛突然面色凝重，连声叫林未亮快看。林未亮走过去，柳笛指给他看当地知名论坛的一则帖子，帖子上反映那个小区的开发商由于债务缠身，正在欺骗购房者购房，而实际上房子却很可能无法办理相关手续。他们大吃一惊，第二天又去了售楼部，问起这个情况，售房小姐言辞闪烁，遮遮掩掩，这样更使他们生疑。从工地上回来，柳笛回过头久久地看着那栋独楼，恍然大悟，对林未亮大声道："未亮！你看这栋楼修建了这么多年，总共四栋只修好了一栋，很明显是开发商资金出了问题。我们之前认为这房子背山面水，风景和风水都很好，其实恰恰相反，你看它孤零零地立在一个小山包前，面前的湖面又很狭窄，像个小水沟，从前面看过去，这栋楼就像立在水凼前的一个小坟堆！怪不得之前总是觉得哪里不对劲。网上也一直有人在说寓意不好，当然买的人更少了。"

她倒吸一口凉气："为了说服我们买房子，开发商一再让步，提出的各类条件都那么优惠，为的就是催促我们快点完成交易，果然背后的水很深啊！"

林未亮听她这么说，再看那个房子，只觉得那栋楼荒凉地立在山前，说不出的阴森晦暗，也暗自佩服柳笛眼光犀利。两人果断决定放弃这套房子。第二周，果不其然就看到社区里到处贴着通告，原来那个楼盘的开发商已经申请破产清算，正在进入诉讼程序，提醒购房者尽快进行债权申报，避免合法权益受到侵害。

连续两次购房差点入坑，使柳笛心头发凉，从此再看房子，就变得更加理性了。4月底他们再次选定了一套中意的房子，房子各方面都好，就是首付款比之前预期的涨了三万元。这关键的三万元成了横在他们面前的拦路虎，林未亮不敢向亲友开口借钱，又自觉有几分愧对于柳笛，终日紧锁眉头。

不过这天晚上，柳笛却掩饰不住内心的喜悦，原来她已经凑齐了三万元。见到林未亮惊讶的表情，柳笛欢喜道："这你就别管了，反正首付款是够了。"

第二天两人到售楼部签了购房合同。完善了各类手续后，走出售楼部，柳笛顿觉浑身轻松，阳光照在她的脸上，她眯着眼睛看着眼前的一切。她埋头生活，简食薄饮，两耳不闻窗外事，已经很久没有这样静下心来好好看看身边的世界，听听美妙的声音了。

22

拿什么拯救你

随后的一段时间，柳笛常往新楼盘工地上跑，对于小区建设的进展了然于胸，预估开发商可以按时交付。傍晚时分，林未亮回到出租房，看到鞋柜旁与往常有点不一样，多了两双鞋子，他探头从玄关看进去，客厅里坐着两位老人，正和柳笛聊着什么。看到林未亮回来，柳笛赶紧过来把他拉在一旁，悄悄地对他说："我爸妈他们没说一声就跑来找我，你不会介意吧？"

"叔叔和阿姨来啦！"林未亮走到了客厅和两位老人打招呼，他万万没有想到老人会在这个时候突然出现，毫无心理准备，不由得心生几分忐忑。他们都已经站起来，笑眯眯地盯着林未亮。柳笛的父母亲个子都很高，这一点柳笛显然并没有遗传他们的基因。

柳笛的父亲柳清文身材清瘦，一双深沉的眼睛似乎能洞悉人心，透着柔和的光芒，浑身散发出书香气息。她的母亲赵静芳则微微发胖，即使已经年过半百，依稀还能看出往日的风采，微胖白皙的脸上干干净净，一双弯弯的眼睛总是带着鼓励的笑意，毫无老态与憔悴之感。

两位老人对自己的突然出现也显得有点歉意。柳父并不善言辞，只是在别人说话时，静静地听着，不时赞同地点点头。柳母眼睛一刻不停地盯着林未亮，看得出来对林未亮的印象很不错，不过林未亮总觉得她的眼神里还带了一点其他含义。柳母细细地问了林未亮的情况，得知他的父母不和，叹了口气道："父母亲自有他们的生活，你就不要过于担心了，把你的生活过好，才能让你父母亲放心。"

柳笛忙着把饭菜端上了桌子，因为特别高兴，柳父破天荒地喝了一点白酒，脸变得红扑扑的，坐了一会儿自觉醉意难支，就到房间里休息了。

第二天，林未亮和柳笛专门请了假，陪同两位老人到解放碑和朝天门走了走。到第三天，两位老人唯恐对他们工作造成影响，执意要在下午返程。林未亮拗不过他们，匆匆为他们买了车票，下午三四点钟，几人坐在候车大厅等着上车。柳笛见时间还早，特意跑到车站外面的商场去为他们买了路上吃的东西。

候车室内，柳母正在闭目养神，柳父突然叹气道："柳笛从小就像个男孩子，心气很高，一直想着读研读博进一步深造。我的身体不好，又怕她到了外地去不回来。柳笛知道我们的想法，回到老家当了一名老师，我们知道她是不甘愿的。后来她辞职，也是我们预料之中的事。只是我们最近才知道，原来是为了和你在一起。之前我们一直担心她上当受骗，现在看到你了，我们也就放心了。对于你们我们没有别的要求，只希望你们能够真诚相待，相互搀扶着走一辈子。"

林未亮没想到柳父说得这般沉重，连忙劝慰他柳笛其实早已经对之前的事情释怀了，这并不全是因为父母的缘故，还有一部分是因为他。他和柳笛一定不会让两位老人失望的。

柳父道："小时候，柳笛的个性倒不是这样要强，只是后来她的哥哥出了意外以后，她就像变了一个人似的，可能是因为受到这件事情的刺激吧。"

"柳笛的哥哥？"林未亮疑惑道。

柳父说："柳笛没有对你提起过吗？"

"这倒没有，"林未亮问，"叔叔指的哥哥出意外是什么意思？"

柳父叹气道："柳笛和她哥哥只差了三岁，哥哥特别聪明伶俐，柳笛特别喜欢哥哥。也许是命中注定吧，我儿子九岁那年从秋千上栽下来，头撞到了一块大石头上，治好了以后，就跟变了个人似的，从此疯疯癫癫，经常被人取笑。十岁那年，他掉到了茅坑里溺亡了。柳笛接受不了哥哥的死，一直对此耿耿于怀，从那以后就像变了一个人似的。"

　　林未亮从未听柳笛提及此事，暗自惊讶。看柳父脸色沉重，林未亮不想再提他的伤心事，就把话题引到了别处。柳父话中有话，颇有深意，希望他们能尽快修成正果。林未亮正不知怎么回应时，柳笛提了一大袋东西从车站外走了进来。

　　送走两位老人，他们匆匆吃了晚饭。9点多钟柳笛从卫生间冲凉出来，看到林未亮坐在床上一副心事重重的样子。她正想告诉他什么，发现他用一种很陌生的眼神看着她。柳笛从来没有见过林未亮这样的眼神，好像他根本就不认识她，又好像错看了一个人似的，微微带有失望。

　　她突然觉得沮丧，一种无力感油然而生。这么多年她苦苦追随他，为他付出了自己所有的心血，却突然被他以这样陌生的眼神审视，她感觉到心里凉透了。一瞬间，她对于生活、对于未来的所有热情都被浇灭了。她用吹风机吹了头发，默默无言地躺在床上翻着书。

　　她听到林未亮说："那三万元是找叔叔和阿姨拿的吧？"

　　柳笛回头看到林未亮的眼神格外冷漠，一副责怪的模样，一时的委屈和难过涌上心头。毕竟为了两人能有一个小窝，她想尽了一切办法，迫不得已的情况下才向父母求助的。也正是因为这个原因，她不得不向父母亲坦白她和林未亮的关系。只是她没想到，父母亲得知真相后，大喜过望，为了见未来的女婿一面，匆匆忙忙就来了。她没有想到这件事情对林未亮触动这么大，使他脆弱的自尊心受到了伤害，她只能默默地点头，不再说话。

　　林未亮说："你还有一个哥哥，为什么从来都不对我提起？"

柳笛这才知道原来林未亮另有所指，顿觉内心翻江倒海，再也忍不住心上的苦楚，扭过身子躺下，滚烫的眼泪落在枕头上，浸湿了一大片。

林未亮还怪她不该为了买房，擅自去找父母亲拿钱，这和他的做事原则严重背离，又得知她隐瞒了自己亲哥哥事情，一时间生出了许多疑虑。林未亮怀疑柳笛还有很多事情隐瞒着自己，心里烦乱，也不劝慰她，索然无趣地翻了一会书，关了灯准备睡觉。

不知过了多久，他听见细碎的声音，睁眼发现柳笛坐在床头，眼里含着泪俯视着他，那微细的雀斑随着岁月的流逝和忧愁增多而加重了。林未亮不知道她为什么突然这么伤心，坐起来想把她抱在怀里，她却躲开了。过了一会儿，他听到柳笛叹气道："买房子我是擅作主张，找父母借了钱，可是我并不想让老人施舍我们什么，我也给父母写了借条，我们一有钱了就还给他们。我以为这样子不会伤及你的自尊心，只是没想你对这件事情这么敏感，无意伤害了你，请你原谅。"

柳笛幽幽道："至于我为什么不向你提及亲哥哥，我本来希望你永远都不要知道，那是我一辈子的伤口，过了这么多年，它一直在那里，永远都好不了了。"

林未亮讶异地看着她，柳笛继续说："你是不是曾经一直觉得奇怪，为什么我这么死心塌地地要跟随着你？"

林未亮点点头。

柳笛沉默许久道："那是因为我在你身上寄托了我对哥哥的爱！或许也是由于这个原因，你莫名其妙地逃避我对你的爱，以前总是有意无意在疏远我……"

"是的。"原来柳笛一直都知道他对她的这种复杂的情感，眼下她说出来了，林未亮也只好承认了。

柳笛眼中含泪："你知道吗？你和哥哥是那么相似，连眼睛眉毛都是那么神似！父母亲看到你以后，也暗暗吃了一惊。哥哥去

22

拿什么拯救你

161

世时，不过才十岁，如果他没有出现意外，长大以后也该是你这个模样吧？"

她哀叹道："可是你永远不会知道其中的隐情！我为什么对哥哥的死耿耿于怀，就连父母亲也完全不知情……哥哥小时候长得特别漂亮，大家都说他特别有福相，天庭饱满，人中深阔，微微卷曲的头发，一双修长的眼睛透露着和善的光芒，眉间还有一颗红痣，以至于很多人都说他是菩萨之子。他小时候很有慧根，领悟力强，记性特别好，读唐诗更是过目不忘，言语间常令人惊叹。爸爸妈妈把他当作掌上宝，精心呵护，好到令我都嫉妒。我特别崇拜哥哥，总是喜欢跟在他的后面，屁颠屁颠学着他走路、说话，模仿他的一举一动。可是……"

柳笛神色沉痛哀婉，林未亮自然知道事情不妙。"这种情况突然一夜之间发生了翻天覆地的变化。1992年，哥哥九岁，突然从高高的秋千上一头栽下来，头撞在了一块尖尖的石头上。从此以后，哥哥就跟变了个人似的，眼中的灵气再也不见了，说话和做事疯疯癫癫。爸爸妈妈带他去看了很多医生，根本无济于事……后来哥哥辍学了，因为他完全听不懂老师在讲什么，同学也嘲笑他。回来以后，街坊邻居的孩子们纷纷捉弄他，往他身上泼脏水，向他的头上扔菜叶子，把虫子放在他的面前，叫他匍匐在地上学小鸡啄虫。有时候还故意剪碎他的衣服，把他推到臭水沟里去。每次我见到他们这样捉弄哥哥就气不打一处来，冲上去和他们扭打在一起，可是傻哥哥什么也不懂，他还乐呵呵地在旁边拍着手掌哈哈大笑。

我的心里为哥哥打抱不平，变得很痛苦……1993年，那年的天气早早转暖，三月的桃花已大片大片盛开，好像给山冈戴上了绮丽的花冠。我们家后面有一片山坡，种满了一人多高的桃李树，盛开的粉色花朵映红了整片天空。我和邻居的孩子们一整天地疯玩，大家东躲西藏，在桃林里不知疲倦地玩捉迷藏。哥哥特别高兴，嘴里发出呜呜的叫声，像条尾巴一样到处跟着我们的屁股转，可是大家压根不搭理他。我躲在角落里，看到他佝偻着后背，眉目歪斜，嘴角流涎，欢天喜地地跑来跑去。四周寂静无声，他转了几圈一无所获，呆呆站住了，迷茫地掉头往东边跑去了。我顿时紧张了起来，因为我知道那里有一个邻居家用木头围起来的茅厕。我提心吊胆看着他走到茅厕边，想跑过去拉开他，可是我的身子就像被定住了一样，怎么样也动弹不得。"

柳笛痛苦摇头道："我眼睁睁看着他把脚踩在了铺在茅坑上面的黑色木头上，他以为它们是稳固的。可是事实正相反，它们经过风吹日晒，变得像饼干一样松脆！他一踩上去，它们立刻就发出了一声脆响，断成了几截，傻哥哥扑通一声掉进了茅坑里。我看到他使劲挣扎。被惊吓到的我躲在阴暗的角落里，不知道该怎么办。哥哥挣扎得越来越厉害，我却在那一刹那想起了他过去被人欺负的场景，我觉得他与其活在别人的嘲笑中……或许消失也并不是件特别糟糕的事情。于是……

"我放任了悲剧的发生，躲在角落里一声不吭，慢慢地看着哥哥行动放缓，眼睛开始变得绝望，然后渐渐地安静了下来，好像什么也没有发生过。大人们姗姗来迟，把他捞出来，他浑身臭气熏天，双手还保留着僵硬的向上挣扎的姿势。这一幕深深地刻在我的脑海里，我的眼泪就像断了线的珠子不停地往下掉。从此以后，我总是能梦见哥哥，他从茅坑里伸出一双手，绝望地想要抓住什么，想要对我说什么……"

她浑身战栗，悲伤地哭泣："事实上，我就是害死哥哥的那个人！"

林未亮难以置信地望着她。柳笛浑身怕冷似的剧烈抖动起来："哥哥死后，被草草埋葬在村子外的槐树林。我强忍着心中的恐惧，跟着爸爸妈妈一起把他送到山上去。他的坟堆上冒出的一棵荆棘把我的手挂住了，我怎么也挣不开，被划出了深深的伤痕。我哇哇大哭，回去以后高烧不退，大病了一场。我梦到哥哥从粪坑里伸出一只手，抓住我的手臂，我大喊大叫，胡言乱语，吓得母亲在观音菩萨前长跪不起。自那以后，这段往事就成了我的心病，一辈子的噩梦，永远也不会有释怀的那天了⋯⋯"

柳笛痛苦地抽泣，眼神中的恐惧如干烈的火苗熊熊燃烧，她举起手，林未亮赫然看到她的左手食指上有一道浅浅的伤痕。林未亮于心不忍，想要拥抱她，她别过了身子去："遇到你以后，我总是莫名其妙地觉得你就是哥哥复生，因为你们的样子和笑容是那么相似！一看到你，我心中就会生出愧疚，我想把欠哥哥的东西都补给他，这样或许就可以让我好过一点了。或许也正是因为这样，我义无反顾地一再追随着你，不离不弃。而且你知道我是一个特别要强的人，哥哥去世后，父母亲迅速地衰老了。我特别怕父母亲知道事情真相，我想弥补自己的过错，想要给他们最好的生活，我努力奋斗，一刻不敢懈怠，可是最终还是逃不开命运⋯⋯"

她的肩膀不停颤抖着，眼睛承载着太多痛苦，蜷着身子，就像一只蜷缩着身体的刺猬。林未亮想要安慰她，却一句话也说不出来，他扶着她的肩膀，感到冰冷的命运正在以冷漠的眼神俯视着他们。

不知何时天已亮了。林未亮睁开眼睛，发现身边空空如也。他好像做了一场梦一样，昨夜是那么不真实，可是他的脑袋却格外沉重，提醒着他一切并不是那么简单。他起身走到客厅，又察看了厨房，哪里都没见到柳笛的身影。这时，他注意到桌子上压着的一张信纸，他拿起来，看到上面的留言：

林先生：

对于过去发生的事，我感到抱歉。现在我心乱如麻，我想我需要一点时间来调整自己，你不要找我，也不要找我爸妈，他们什么都不知道。我一切都好，你不必担心，我昨日已辞去了代课老师的职务，教师考试的结果也还有一段时间才会出来。我想自己一个人静静，合适的时候我会自己回来，如果你还希望我回来的话。

柳笛

林未亮反反复复地看着那封信，每个字都像一个小精灵一样，不受拘束地随意组合和跳动。他抬头望向窗外，阳光很和煦，只有摇动的树枝的影子才能看到它的踪迹。这个世界正在发生着什么，谁也不知道。

林未亮致电学校，果如柳笛所言，她已经向学校提交了辞呈。他又问了她屈指可数的几个朋友，他们自然一问三不知，林未亮不想过多地解释什么。她常去的几个地方，也看不到她的踪迹。她只带走了几件衣服，像水蒸气一般从人世间蒸发了。

林未亮心烦意乱，从报社走出来，到了江边，一来为了散散心，二来希望能够搜寻到柳笛的踪迹。他走到江边的街头时，远远地看到人群里站了一个人，他觉得那个背影那么熟悉，快步跟上去。可是等到他赶到那人身边，却发现是一个毫不相关的陌生人，他不由得叹了口气。就在他往回走之际，却不经意看到前方出现了一个人，穿着一条白色的连衣裙，背着一个灰褐色的背包，微风拂过她的刘海，露出了一双修长的眼睛。

林未亮惊讶地看到，麦子就站在自己的面前，就像一道不期而至的阳光，温暖地照亮了她所站立的那个地方。

这个世界，这么大又这么小。

一个人的述说

江北闹市区转角的金文咖啡屋维纳斯卡座中，服务生送上来两杯龙井茶，晶莹剔透的杯子里饱满的秀芽正在缓缓下沉，逐渐舒展开青绿色的叶片。它们落在麦子的瞳仁里，她的眼眉间藏着说不出的惆怅意绪："做完手术以后，我总觉得自己的身体每况愈下，我觉得自己的时间不多了，更加迫切地想要知道自己身世的真相。于是跟着姨日记中的描述，找到姨当年捡到我的地方……"

林未亮望着麦子，只见她眉山相隔千里，眸中烟波起伏，好像风起时，又像雨停后的远山碧湖，他也随之无数的念头在心上聚聚散散，听着麦子一个人的述说——

它在宜宾上江北育才路分出来的一条街巷里，楼房白墙在风雨的侵蚀之下早泛黄了。临时搭建的小贩摊点错乱地摆放着，还有三轮车锁在广告牌下，卷帘门上被人用白色的油漆胡乱喷着办证开锁的号码。流浪猫流浪狗在街头专盯着人看。我穿过街巷，走进一个老旧小区里，爬到了四楼，想了想还是忐忑不安地举起了手叩响了门。房间里窸窸窣窣，有人在走动，还有人用猫眼打量着我，然后门被打开了。一个中年男人从屋里面探出了头，疑惑地看着我："请问你是？"

我向他说明了来意。

"可是父亲已经去世多年了啊。"屋主人犹豫了一下，还是把我迎进屋去。我告诉他，二十四年前姨在这附近捡到一个弃婴，那个孩子就是我。当时姨的日记里说这里住着一个拾荒者，她可能和我身世有关，所以我想过来了解一下。

男子抱歉道："父亲在 2006 年就去世了，我是父亲的幺儿杨泽光。二十几年前，父亲把这里租给了别人，我成家以后父亲把这套房子给了我，具体情况我并不了解。"

当我问及他父亲生前有没有向他提到过这个事情，杨泽光摇摇头。我大失所望，准备向他们告辞，杨泽光好像想起了什么，急忙道："你先等等，父亲生前有做笔记和账目的习惯。他去世后，遗留下了两箱杂物，我们迟迟没打理，箱子还一直放在房间里。我们可以试着找找看，如果里面有关于租户的信息当然更好了！"

听他这么一说，我重燃起了希望。杨泽光进入房间，从床底下拖出了两只旧得连枣色漆皮都快要掉光的樟木箱子。他打开了箱子，里面密密麻麻地装满了书和其他杂物。杨泽光找来一张油纸铺在地上，弯下身子细心地把箱子里的东西翻出来轻轻摆放在上面。左边是行军壶、搪瓷杯子、老花眼镜、指南针、自制牛皮带及其他各种小物件，右边是学习素描及雕刻的翻得卷边的教材。第一个箱子翻完，一无所获，杨泽光又开始把东西重新码放好。他又打开了第二个箱子，这个箱子原本被打湿了，霉气比前一个箱子更重，里面除了老人自己画的一些花鸟虫鱼的素描习作之外，还有各种各样的笔记本，满是被虫子啃噬的痕迹，很多纸张都粘连在一起。我们终于在箱子的角落里找到了一个破损的红色塑料皮的笔记本，我拿过来翻开第一页，模模糊糊地看到上面写着"杨凤阳"三个字，下面细致地记录着其 1983 年至 1987 年的收支情况。因为用的浅色笔写字的缘故，又加上虫咬水泡，字迹早已模糊不清，辨认起来很困难。我抱着渺茫的希望，翻到了后面几页，终于看到其中一页潦草地记录着 1986 年房屋的出租情况，除了租金和出租日期之外，还记录着出租人的名字和地址。我突然想起姨的日记，捡到我的时间恰好就在这个时间段，顿时一阵狂喜。仔细辨认之下，租赁人似乎写着"陈叔水"三个字，地址好像是重庆市江北区的某某村社，我赶紧记下。

和他们告别后，我来到街道上，太阳已经升高，照在了那条无人问津又开满小花的巷子。这么多年，我第一次感觉到自己正在下沉，好像漫天的烟尘被雨打落，一逗到底的句子就要结尾了。我似乎看到这条弯弯曲曲的巷子，一直通向未来，我也是第一次如此靠近自己身世的真相，既欣喜又彷徨。随后不久，我踏上了开往重庆的火车，在此之前，我反反复复地在网上查阅有关重庆的资料，发现老人登记的地址早已不复存在。当年的那个社区早已被并入其他社区，成了仍在坚守的城中村之一。一位叫龚飞燕的社区工作人员听我说明来意之后，不住地摇头："我在这个社区工作了二十几年，从没听说这个人。这个社区居住了近三万人，姓陈的太多了，恐怕不好找。况且他登记的地址，不一定就是居住地址，即便是居住地，过了这么多年，恐怕也早搬走了吧。你要不再核实一下？"

就在我失望之际，她一直盯着我提供的名字，好像发现了点什么，疑惑道："这个名字是准确的吗？"

我告诉她是从一个受损严重的记账本上抄下来的，本身上面的字迹就很模糊，只能初步判断是这几个字。她仰头想了半天道："我记得很早以前，这里是住了一户陈姓的人家。一大家子七口人居住在不足六十平方米的老房子里，一对老人有两男一女。老大好像叫陈伯先，结了婚又生了孩子。老二陈仲鸿定居广东，只有逢年过节回来看看老人。尾巴的是个女孩子，叫陈叔永，从小就很叛逆，从读书起就不学好，整天和社会上的地痞鬼混，抽烟喝酒，惹是生非，后来听说被学校开除了。"

"陈叔永？"

"是啊。"

我心中思量着，她会不会就是我要找的陈叔水？我开始仔细回忆那个记账本，上面的部分字迹被水浸泡之后，已经变得很模糊，很可能上面写的就是"永"，而我却错以为是个"水"字，两个名字仅一点之差，很可能就是同一个人。当我问及陈叔永现在还住在这里吗。龚飞燕的头摇得像拨浪鼓："大家都不待见她，她就到外面去了，从此以后就再没见到过她，听说父母亲去世都没回来看一眼。据说后来因为吸毒，被抓起来强制戒毒，出来以后又在火车站做扒手，二次进宫，至于现在在哪里，鬼知道……"

我虽然之前已做了最坏的打算，却唯独没想到自己的生母很可能就是一个不法之徒。听了这话，我就像被人泼了一盆冷水。

龚飞燕说："没听说过陈叔永结婚，更没听说她还有孩子啊！你们两个身材倒有几分相似，可是她提眉吊眼，一双死鱼眼，样子全然不同啊。"

我无心再细问情况，道了谢转身要走，龚飞燕却在背后叫道："这样吧，我带你去见一个人，她或许知道有关陈叔永的消息！"

她带着我出了办公室，在社区里穿梭。那个社区住了近三万人，分成东西两片，社区内学校、幼儿园、菜市场一应俱全。靠西的一面正对着政府部门，形成了广告门市一条街。靠东的地方与其他社区隔街相望，聚集着茶楼和酒店。北边是城市的人工湖，南边则是城市的繁华地段，各种业态的商业包罗万象，应有尽有。我们兜兜转转来到了 B12 栋院子，院子里摆着几张长条形的石桌石凳，一些老人在玩纸牌。我们沿着设置在楼外侧的楼梯往上爬，到了三楼发现别有洞天，是一个种满花草的院子。我们穿过院子又爬了两层楼，停在了 5 楼 2 号房屋门前。按了老半天门铃，门终于打开了，一位拄着拐杖的老婆婆出现在我们面前。老人年事已高，一双老花眼患有眼疾，只要有一点风，就不住地流泪。

龚飞燕告诉我，她就是陈叔永的奶奶，今年九十一岁了，有白内障，不但看不清东西，耳朵也慢慢聋了。陈叔永小时候就是她带大的，最听她的话。陈叔永的父母亲去世以后，她就由长孙供养，每个月还有政府的一点高龄补助。当我们提及陈叔永，老人长叹了一口气，起身颤颤巍巍地从背后的抽屉里翻出了一张汇款单："她从监狱出来了。几个月前给我汇了一笔钱，到现在我都还没去取，我半截身子都入土了，要钱有什么用呢？"

龚飞燕问她道："婆婆，陈叔永结了婚吗，有孩子吗？"

老人道："婚都没结，哪来的孩子！要是结婚倒还好了，还有个人管着她，也不至于这般乱来啊。"

见她咳得喘不过气来，龚飞燕赶紧过去帮她抚背，大声告诉她："婆婆，我们会帮她的。"

老人攥着她的手，连声道谢，眼睛又开始流泪了。

几天以后，我找到了汇款单上的地址。那是一个坐落在泸州市江阳区城市最北边的移民小区。我试着给陈叔永打了几次电话，对方听我说明来意，就像见了鬼一样，避之唯恐不及地把电话挂断了，之后我就再也打不通她的电话了。连续去了两次，都没有遇到人。到第三次去，我看到前面走着一个人，她的神态很奇怪，每走两步就停下来大口喘气。我靠近她，正想向她询问陈叔永的消息，她的脸色顿时变了，用力把我推开，跑上楼梯快速锁上铁门。我突然醒悟过来，原来她就是陈叔永！不过任凭我怎么敲门，屋内人就是不理睬。我找到物管说明来意，希望能得到他们的帮助，谁知物管一听到陈叔永就气不打一处来。原来陈叔永去年出狱以后，一直租住在这里，靠收破烂为生。长期把收过来的废铜烂铁和纸箱纸板堆在楼道上，惹得周围的邻居怨声载道。按照约定，租户要缴纳物管费和水电费，她也长期拖欠，物管几次上门都拒不开门，多来几次就破口大骂，把垃圾往物业人员身上丢。

真是个不厚道的怪人！我心里想，她既然铁了心不想见我，我苦苦相求当然没用，只能另外想办法了。有一天傍晚，我吃过了晚饭，从住宿的酒店向菜市场的那个小区走，想再去碰碰运气。走到半路，眼见得天色很不好，天上又飘起了雨，我想要折转回去。没走几步，雨越下越大，只好猫在公交亭想等雨小一点再走。这时，我看到倾盆大雨之中，有一个人艰难地踩着三轮车朝我而来，因为是上坡路，加上风雨打湿了她的头发，使她的眼睛无法睁开。地上的雨水裹住了车轮，她挺起身子，希望用身体的力量带动车子，格外吃力却徒劳无功。她不得不停下来，想要用油纸遮挡住车斗里的新收的废纸，免得它们被雨水打湿，可是偏偏刮来一阵大风，把油纸卷得飞了起来。她把车子勉强停好，急匆匆地跑去追油纸，每次快要追上，它又飘起来，她的样子看起来格外狼狈。她好不容易把油纸捡回来，又用绳子把车斗固定住。这时雨点疯狂打在屋顶和树枝以及路面上，发出噼噼啪啪的巨响。

这个女人在风雨中向前竭力倾着身子，散乱的头发被打乱，遮住了她锥子一般的脸庞。她用力地想要把车子踩到坡上去，可是因为之前已耗费了大部分体力，这下反而使不上劲了，车子开始一步步地向后倒退。我见她身处困境，独木难支，有心想要过去帮她一把，就快步走到她的车子后面，开始用力地向前推，她完全没有料到有人会出手相助，回过头想要向我说谢谢。这时，一张萧索的脸清楚地映入我的眼帘，她同时也看清了我的模样。

"是你？！"我们都吓了一跳，大声叫了起来。

陈叔永慌慌张张跳下了三轮车，跌跌撞撞想要逃跑，我心里一急，紧跟了上去。我们在雨中一前一后追赶，眼见得我快要追上，陈叔永再也跑不动，气喘吁吁地扶着膝盖停了下来，被我挡住了去路。

"你为什么不敢见我？"我大声问她。

因为长期吸毒，陈叔永的脸色很差，宽宽的前额，尖尖的下巴，颧骨高高突出，样子就像一个变形的苦瓜。她的一双眼睛像一潭死水，只怕把石头砸入其中也毫无波澜。她惊慌失措地再度想要躲避我，这使我更加确信她做了见不得人的事。我紧紧地抓住了她的手臂，她知道这下再也躲不过去了，扑通一声跪在了我面前，把身子伏在地上，怎么拉也不起来。

23
一个人的欲说

"求求你放过我吧，我什么都不知道。"她苦苦向我哀求，雨水打湿了她的头发，顺着她的脸颊不住地向下流。

"还记得二十四年前那个被你抛弃的孩子吗？"我大声问她。

"陈叔永惊恐地望着我，希望从我的眼里搜寻点什么，她点点头，又茫然地摇头。

"那不是你的孩子吧？"

陈叔永哀叹道："你别问了，我什么都记不得了……"

我情难自禁，愤怒道："我知道你才从监狱出来，如果你不说，我就报警说你拐卖儿童，这样你又会被送回监狱去，再别想出来了！"

陈叔永听我这么说，浑身颤抖得厉害，一下子瘫坐在了水里。

"告诉我真相，我可以考虑不追究你的责任。"

听我这么一说，陈叔永抬起了头，眼里重燃起希望："你……说话算数？"

"当然。"

陈叔永满脸悔意，过了许久，才大声道："二十四年前，我因为吸毒和赌博，在走投无路的情况下，铤而走险，打算偷孩子去卖。我到处游荡，直到有一天走到渝中的一个诊所前，我发现门口的摇篮里有一个嗷嗷待哺的孩子，老医生正忙着给病人把脉诊治，我转来转去，趁他们不注意，把孩子抱起来就跑。因为怕人发现，我连夜乘坐火车到了成都，后来又辗转到了绵阳、泸州、宜宾，以拾荒为幌子，想要找个人家出手。可是后来我才发现，偷来的孩子是个女婴，而且还有先天性心脏病，不但没有人愿意给钱抱养，就是送给人家都不要，我实在没办法了，就把她丢在了马路上。又怕人家注意不到，我故意留了很多纸皮和瓶瓶罐罐，把孩子放在里面，因为我知道，这样才会吸引别人的注意，毕竟那么大一堆废品卖了可以得一笔小钱……"

"那你为什么还要往孩子嘴里塞帕子？"我冷冷地问她。

陈叔永辩解道:"不塞帕子,孩子一叫,我还走得成?"

我厌恶地看着她:"不是只有这个孩子吧?"

陈叔永尖叫道:"就这一个,你相信我!"

她面有惭色道:"后来我回到了重庆,因为盗窃进了监狱,出来以后,我没有一技之长,反复几次'进宫',到现在我悔悟了,发誓再也不做过去那种人了。求求你,放过我吧。"

她说完,长跪在地上,如小鸡啄米般叩头,看我呆若木鸡,她像离弦之箭一样弹射而出,冲进了雨帘里……"

麦子哀叹道:"就在那一刻,我心中多年的枷锁被打开,刹那间,涌起一股对自己孜孜不倦追求而最终获得真相的感动,还有一股腾腾向上的新生希望。我无心追她,像个生了根的木桩一样,怔怔地立在茫茫风雨中,任凭泪水和雨水模糊了我的视线。"

古法百草堂

　　麦子痛心道："我也是那时才知道原来她根本就不是我的生母，而是一个可耻的人贩子！她把我从一个诊所偷出来，想要卖个好价钱，可是后来她发现我是个先天性心脏病患儿，在无法脱手的情况下，她选择了抛弃我。得知真相的那一刻，我的心结终于得以解开，我欣慰于我的亲生父母并非魔鬼，我并没有被这个世界抛弃。我多么渴望姨能够知道这一切，或许她也就不会那么绝望了……"

　　林未亮拿起帕子仔细察看，陷入沉思。这是陈叔永丢弃麦子时，塞在她嘴里的帕子，后来被梅容保存了下来。纯棉的白色帕子已然泛黄，皱巴巴的，它是少数几个可能证明麦子身世的物件，被精心保存着。麦子向陈叔永求证了这块帕子来自她被偷走的那个中医诊所。至于它到底承载着什么，就不得而知了。麦子曾试图找出其中的蛛丝马迹，可是却一无所获。陈叔永说她抱走孩子的那个诊所的大概位置就在今天的重庆渝中、江北的江滨一带，至于具体的方位，陈叔永也说不清楚。而偌大的一片地方，想要找出一个二十多年前的中医诊所，无异于大海捞针，难度自然可想而知。

　　林未亮注意到帕子有隐隐约约的图案，他对着光线细细察看和辨认，只见一大一小两个圆圈交接，下面依稀可见几个脱落的字印，模模糊糊写着"法百"两字，疑惑道："这会不会是一个葫芦的图案？"

"我之前也怀疑这是一个葫芦，考虑到它很可能来自中医诊所，那么所画的是葫芦，可能性很大。"麦子说道。从古至今，因为葫芦轻便，古代中医常用它来盛装药物，葫芦也由此成为古代中医的一种职业标志，"悬壶济世"因此成为中医治病救人的代名词。

林未亮想起了什么似的，拉着麦子匆匆下了楼，打了一辆车，急忙向朝天门而去。出租车疾驰在山城蜿蜒曲折的道路上，去往烟雾笼罩的渝中半岛。长江与嘉陵江在经过崇山峻岭的漫长跋涉之后，终于在山城的朝天门处交汇，并孕育出了多面的渝中半岛。它可谓重庆的母城，三千年江州府、八百年重庆城、几十年解放碑，浓缩了重庆的精华，具有深厚的人文底蕴。从高处看，渝中半岛就像一个怪兽伸到两江交汇处的巨大爪子，又像一柄稍微弯曲的锋利匕首。进入新时代，这里新老交替、古今交融，发生了翻天覆地的变化，有两条长街交叉形成的著名"十字金街"解放碑和独具特色的洪崖洞，还有巴渝文化、抗战历史、红岩精神交织的重庆最美街道——中山四路。辖区内高楼林立摩登时尚，各种元素一应俱全，滨江路外长江与嘉陵江滔滔不绝地滚滚东去，日夜不息。

麦子双眉紧蹙，眼睛望着滔滔江水若有所思。林未亮回头看到她一副既紧张又失落的样子："此前我曾经配合报社，聚焦山城的百年老店，做了一期专题报道。这其中就有我们今天要去的这家中医诊所，你给我看的那张帕子，我总觉得这个标记似曾相识。思索之下，才想起就在那期专题报道中那家中医诊所，它的门头就有这样一个标记，那个诊所很可能就是我们要找的诊所！"

麦子害怕车轮驶到目的地，却又渴望它快快到达目的地。十几

24
古法百草堂

分钟之后，出租车停在了朝天门批发市场外的一条主干道上。说是主干道，不如说是一条老化堵塞不堪重负的老路。老朝天门的鞋服批发市场到处都是拖着大包小包在路上行走的商贩。作为西南重镇的老牌批发市场，生活中的吃穿住行所需，林林总总都可以在这里找到批发点，小到针头线脑、五金配件，大到貂裘皮草、家具，从这里流转向川滇黔渝等西南各省，繁华程度可见一斑。

今日和往常一样，市场上到处人声鼎沸、人满为患，从四面八方而来的人会集到此处，又像蒲公英的种子一样飞散到各地去。不同于解放碑的高楼林立，这片历史已久的老街区有着浓浓的市井烟火气息，楼层错落散乱。如果不是本地人，很难走出这么一片迷宫般的建筑森林。林未亮拉着麦子拐过街巷，来到一条老旧的街道，没走多远，他们就看到街头的房子门外都写了一个歪歪斜斜的"拆"字，有的图省事，干脆直接画了一个圆，打了一个触目惊心的叉号，好多老楼只剩断壁残垣。小店里大多已人去楼空，仅有每隔几米的地方摆出了烟酒和饮料摊子，截取过路的人流。

当他们走到这条小路与另外一个街巷相接的地方，林未亮停住了脚步。这是一家方方正正大小可能不足三十平方米的店铺，门上挂着一把锈迹斑斑的铁锁。透过门窗的缝隙，可以看到店内一片昏暗，古朴的漆木桌椅整整齐齐地摆放着。靠墙的位置摆着几张常见的中药柜子，前面是一张深褐色的太师椅，背后贴着一幅斗方，上书：观鱼知道性，养鹤悟禅心。太师椅前是一张厚重的实木问诊台，上面摆着银白色的陶瓷杯子和一副掉了一条腿的眼镜。一股中草药味道夹杂着灰尘的气息，随着时间发酵弥漫开来。门内仿佛另外一个世界，隐没在尘世之中。门外阳光透过树梢在墙上落下斑驳光影，随着时间消长，仿佛连成了大朵大朵的海棠。

一块长条形的门匾上画着一个憨态可掬的大葫芦，几个遒劲的大字"古法百草堂"落上了灰尘。因为年久失修，这几个古铜字黯淡无华，古法的"法"字也掉了两点，与这家被荒弃的诊所一般显得破败凋敝。门侧贴着一张告示，上面写着：街道改造，本店无限期停业。感谢您的关照，给您带来不便，敬请谅解。有事电联：邵女士，电话：×××××××。

短短一年，缘何这里变化如此之大？林未亮疑惑地看着眼前的一切，他拨通了电话，对方了解了用意之后，沉默了一会儿才道："父亲半年前已经去世了。"

"邵伯伯去世了？"林未亮想起一年前见到的那位老人家，他当时满面红光，精神状态很不错，想不到短短一年未见，就得到他去世的消息，倍感意外。

"是啊，父亲年初意外摔了一跤之后，身体状况急转直下，只两三个月时间就去世了。"

电话那头声音哽咽。

"可以见你一面吗？"林未亮小心翼翼地问道，毕竟他们还有很多谜团，必须面对面才能有机会深入了解。对方犹豫了一下，答应了见面。半个小时后，他们看到一位穿着深色法式连衣裙的女士匆匆忙忙从马路对面走过来，眉眼间颇有已经去世的邵元清老人的神韵。林未亮又想起那个脸庞清瘦、目光炯炯有神的老人，顿时觉得时光何其无情，眨眼之间，已物是人非。

提及父母，邵杏芳女士神色黯然："父亲和母亲四十多岁时，老来得子生了我，之前我定居香港。父亲在世时，对母亲百般疼爱，以至于他突然去世，母亲接受不了，身体每况愈下，而且她的自理能力本来就很差，前半生被父亲宠得什么都不会。我专门为她请了保姆，可是她的大小姐脾气谁也受不了，第二个月保姆就辞职不干了。我只好辞掉香港的工作，回重庆从头开始了。"

林未亮向她介绍了麦子，她张大了嘴巴，惊讶地望着她："你……真的就是当年那个小女孩吗？"

麦子点点头。邵杏芳仔细地盯着她，陷入了回忆之中："我模模糊糊地记得有个你，事后父母亲也多次提起你，但两位老人一直觉得对你有愧，这成了他们解不开的心结。"

看到麦子迫切想要知道答案，邵杏芳摇摇头，遗憾道："具体细节，我也不是很清楚，毕竟1986年我才六岁，听说父母亲收养了一个新出生的婴儿，可是没过多久，这个孩子就丢了，从此再无音信了。"

麦子本来以为真相已经近在眼前，听到她提及"收养"二字，未曾料到事情这么蹊跷离奇，自己的寻亲之路山重水复，迟迟无法抵达真相，她黯然神伤。邵杏芳知道她心中难过，就说："我母亲还在家中，既然来了，不如你们和老人家见一面，你顺便也可以找老人家了解一下身世。她一直对你念念不忘，如果知道你现在长这么大了，一定会很高兴。"

一路上，邵杏芳听麦子介绍了过往经历，也觉得难以置信，不住地感慨。他们进了一个小区，宽阔的绿地上到处桃红柳绿，高的是银杏树和朴树，矮的是龙桂花和月季，成片花园洋房白色的仿大理石墙面和灰色的屋顶端庄典雅，与风姿绰约的花木相映成趣。这里面的房子电梯入户，他们进了B9栋，一进门就是一大片入户花园。进入了屋里，前后又有面积不小的露台，种着各式的花草。1单元3号房窗明几净，一个佝偻着背、白发苍苍的老人正在露台上，拿着小铲子给一株月季花松土。她的手抖得厉害，又加上动作不利索，把泥巴翻得到处都是。她脸上露出了焦急的神色，有心想要把地面打理干净，结果未承想，拖把拖过之后反而显得更加脏乱，屋里的客厅留下了长长的泥巴印迹。

邵杏芳露出一丝苦笑，虽然她一直叫母亲不要劳作，静坐休养，老人却觉得闲着无聊，总想做点什么，可是之前从来没有做过这些，手脚又不灵便显得很笨拙。

老人抬起头，看到女儿带了两个陌生人进来，其中一个女孩子穿着白色衬衫和灰色的牛仔裤。老人并未见过她，却觉得她有些面熟，思索之下脑海里又毫无丁点记忆，不由得怔立在阳台上，看着他们。

邵杏芳走到母亲身边，把她手中的小铲子拿过来放到一边，兴奋地对母亲道："阿妈，你先别忙了，你猜猜她是谁？"

老人精神状态不是很好，恍恍惚惚地望着麦子，浑浊的眼睛一片迷蒙，不解地望着女儿摇摇头。

邵杏芳说："阿妈！你和阿爸念了她一辈子，现在真的站到了面前，你又认不出来啦？"

老人看看女儿，又看看麦子，半晌，神情才渐渐出现了变化。她恍惚记起了什么，又觉得难以置信，每一条皱纹都在颤动，干涸的眼睛里渐渐泛起了一丝光芒，似乎暴风雨之后天边呈现的第一道光。她抬起了颤颤巍巍的手，想要摸摸眼前的麦子。

麦子紧紧握住老人的手，说："姨，你还记得二十多年前你们收养后又丢失的那个孩子吗？"

"啊？"老人受了惊吓一样，浑身触电一般不住地痉挛，死死地盯着麦子，"你……你是……"

邵杏芳赶紧扶着母亲："阿妈，她就是当年你们捡回来又被偷走的那个小女孩哇！"

老人仿佛被下了咒语一般，枯槁的双手紧紧地抓住了麦子，一遍又一遍仔仔细细地看着她的脸庞，努力地将她的眉眼与自己记忆中的那个小女婴联系在一起。她想说些什么，张开了嘴巴却一句话也说不出，一滴浊泪落在了麦子的手背上。她似乎又想起了二十年多前的那段令人难忘的时光，窗外几人合围那么粗的老榕树盘根错节，密密匝匝的绿叶遮住了太阳耀眼的光芒，偶尔在风中微微摆动。那个懵懵懂懂、咿咿呀呀的小女孩，躺在诊所门前竹编的摇篮中，睁着一双凝聚星河、散发光芒的大眼睛，轻轻一逗就止不住地笑，发出铜铃一般的清脆笑声。老人的眼睛渐渐沉浸在往事里，过去的场景历历在目，一股无形的力量像巨大的磁石，吸附着她去往未知的深处。麦子拉不住老人，她的身子沉重地垂下去。

"对不起对不起……"老人将头埋在麦子的手臂，泣不成声，满头白发随之颤动，"老头子因为弄丢了你，耿耿于怀，到后来成了心病，到死都没能解开心结，成了一辈子的遗憾哇……"

麦子把老人扶起来，坐到了沙发上，她的泪水藏在深深的沟壑之中。她一遍一遍地向麦子询问这些年的遭遇，当得知梅容已经去世，她深深地叹了口气。麦子想表现得坚强一点，却不禁红了眼眶。

老人想起了什么，走进房间里，邵杏芳和麦子也跟了进去。老人跪在摆放遗像的供桌前，点燃一炷香，呛人的气味熏得老人轻微地咳嗽起来。邵杏芳抢过去想把香接过来，老人却固执地不让帮忙，等到香慢慢燃烧起来，她虔诚地跪在丈夫的遗像前，嘴中念念有词地祷告着什么。麦子紧挨着老人跪下，静静地看着镜中老人的相貌，见他神气清穆，风鉴朗拔，花白的眉毛下有一双柔和的眼睛，高高的鼻梁下是微微下垂的嘴角，他的气色看起来那么好，可是心中却似藏着不可言说的遗憾与忧伤。

烧完香，老人翻箱倒柜，翻出了一个褓褓。这个褓褓和其他褓褓有很大的不同，是用绿色的军毯裁剪缝制的，虽然用料普通、针脚歪斜、做工粗糙，却格外整洁，被人精心地保存着，折叠得整整齐齐。

"你被偷走以后，老头子始终坚信有一天你会再找回来的，用心保存着它。孩子，现在你回来了，我就把它完璧归赵了！"

她用颤抖的双手郑重地把襁褓交给了麦子。麦子抱着它，脚下有千斤般沉重。

回忆起过去，老人的眼睛渐渐红了："1986年春节还没过，老头子就坐不住了，说采药的村民这么长一段时间没卖草药，肯定急得不得了，要尽快开门，把他们手中的草药都收购了。初五那天药房早早开门营业，当天除了来卖草药的村民，看病的人很少。下午，我们正准备打烊，这时从门外进来了一个老人，他背着一个很深的竹篓，急急忙忙地走到诊所里面来。原来竹篓里背的小婴儿是老人的外孙女，那个孩子连续几日高烧不退，老人拜托老头子一定要帮孩子看看，抓几服中药，毕竟这么小的孩子，还吃不得西药。

"他当时看上去很急躁。老头子拿药的时候，那老人问我们附近有没有如厕的地方，我们给他指了不远处的供销社，他急急忙忙地过去了，等到老头子抓完药了，他还没有回来。又等了约莫一刻钟，这个人还是没有踪影。老头子就坐不住了，叫我看着诊所，自己到供销社去看看。一会儿老头子回来了，他满脸郁闷，说供销社的厕所根本空无一人。我们以为这个人有什么事，就不敢关门，一直等到了天黑，又点起了蜡烛，可是到晚上八九点钟都没有人来。这个时候，孩子饿得哇哇大哭，我们才恍然大悟，这个老人并不是单纯来看病，而是别有用心。老头子把孩子抱起来，想要看看这孩子，他笨手笨脚的，弄得孩子哭得更厉害了。我赶紧把孩子抱了过来，老头子看到这个孩子嘴唇青紫，知道这是发绀的迹象，怀疑孩子心脏不太好。到第二天第三天，那个老人仍旧毫无消息。我们也死心了，老头子带着孩子到医院做了检查，确认了是先天性心脏病，才知道原来可怜的孩子是被他们丢弃了。考虑到我们年龄也不小了，家里还有一个年龄尚小的孩子，我们抚养起来力不从心，就考虑把你送给别人喂养。可是老头子始终于心不忍，最终还是决定把你当作自己的孩子抚养长大。那段时间，我们手忙脚乱，一边忙着经营

24
古法百草堂

诊所，一边还要带着两个孩子，说不出的狼狈。不过每次我们看到你笑容的时候，就觉得特别开心。"

老人苦笑道："我自从嫁给老头子，他就对我关怀备至，以至于我到老了，什么都不会。当年为了让你吃好一点，我们省吃俭用，专门托人买来昂贵的奶粉。可是有一天，我看到老头子忙不过来，就想着自己学洗衣服。可是我洗着洗着发现不对劲啊，这洗衣粉怎么一点泡沫都没有啊，而且闻着还有一股奇怪的香味。这个时候，老头子匆匆赶到河边来，冲着我大吼大叫，我才发现，原来我错把奶粉当作洗衣粉了！为了这个事情，老头子很心疼，破天荒地批评了我，我还和他冷战了好长一段时间。"

老人笑了："后来我们专门找木匠定制了一个摇篮。没过多久，有一天，我们正在诊所里忙着，一转身就发现放置你的摇篮空空的。我们吓了一跳，以为你被野狗叼走了。大家到处找，后来才知道你被人偷走了……你丢失了以后，老头子的精神变得很糟糕，常常莫名其妙地哀叹，这件事情从此就成了他的心病。"

老人不住地摇头。

麦子问："丢弃我的人叫什么名字你们知道吗？"

"他自称万阳。"

"万阳？"

"过去了那么多年，记错了也有可能，"老人叹息道，"不过我记得他个子特别高，有点像退伍军人。"

麦子："可是你说他看起来五十多岁了？"

老人："是啊。不过有些人看起来要苍老一点。我记得他是万州、开州一带的口音，这一点我倒是记得很清楚，因为我老家就是开州的。"

日渐升高，阳光驱散了江面的浓雾，这座城市变得豁然开朗。滨江路上车来车往，汽笛声不断，立在道路两旁的苍翠树木就像忠诚的士兵扎根土地，永远地守护着苍茫的大地。出了老人的家往回走，麦子陷入了苦恼。之前她以为自己在慢慢靠近真相，结果事情越发扑朔迷离，仿佛永远也不会有真相大白的一天，念及此，她不由得心灰意冷。麦子站在江边，脸色苍白。林未亮知道她一路追寻而来，百转千回，现在真相依旧扑朔迷离，对于她的打击可想而知，不由得为她忧心。

他们的左前方是一片水域，沿岸长着茂密的水草和野花。有一只白鹤，探头探脑地走在他们的前面，时而被野草掩藏。只要林未亮他们稍微靠近一点，它就会不安地振动翅膀迅疾飞起，落到稍前一点的地方。等到他们再度靠近它，它又探头探脑，起起落落，飞飞停停。等飞到了一座桥头，周围完全没有可隐藏的东西，它终于决定飞走，使劲地拍动着翅膀，向着对岸疾飞过去。

江面如此宽阔，这只白鹤紧贴着水面，渐渐地似乎力有不逮，拍动翅膀也显得有点迟缓。不过它很快又用行动证明了林未亮他们的担忧是多余的，飞过了一半的水面之后，它又渐渐地升高了，不但轻松飞跃水面，而且不在对岸歇息，又转了一个弯，朝着远方飞走了。对岸的草丛里藏着许多白鹤，见到同类飞过，也纷纷从草丛中惊起，一起轻盈地在水面上滑翔。

眼前的这一切是那么真实动人，以至于麦子也将烦恼抛诸脑后，一心欣赏周遭的景色了。

麦子说："阿欢自从离开宜宾之后，再无消息，不知道现在到底怎么样了？"

"没再和你联系了吗？"

麦子摇摇头说："我多次打电话到福利院去，福利院给我的电话号码，打过去是空号，我尝试了几次，都联系不上。"

"打不通电话，也是常有的事吧。"林未亮安慰她道。

"但愿吧，"麦子微微笑道，"这人一旦走散了，要想再见一面，

24
古法百草堂

真是遥遥无期，何其之难！阿欢那么欢乐爱笑，想必一定也会有很好的运气吧？"

他们顺着石级走上去，准备离开这里，发现前面不知道什么时候跳出了一只两耳处有一撮白毛的鸟雀，一声不吭地在他们前面跳动着。从背后看，它的两只翅膀上也有一点白色的羽毛，跳动的样子就像一个背着手的小老头，显得十分俏皮可爱。它跳到最上面的台阶上，又往左边的路沿走了几步，飞快地扑棱着翅膀落到附近的一棵大树上，在树枝上欢快地鸣叫起来。

"如果仔细观察，你会发现它们真的很可爱。"麦子笑道，"它们遵循着自己的规则，过自己想要的生活，哪怕在钢筋水泥的城市里，也不会失去快乐！"

林未亮侧过脸，看到阳光洒在她的脸上，他又想起了三年前他们在川南，三江口大雾锁江，鸟儿高翔，俯瞰大地，彼时麦子的脸上也跳跃着这样的阳光。只是此一时彼一时，此时情景与心绪已不可同日而语，这是谁都不曾预料到的。麦子似乎更多了几分安然，眉目也似乎多了一些岁月的痕迹，只是这种安然多少带点沉寂和失落，也可以说是一种和命运达成一致的妥协，终于不再有年少时那种放荡不羁的情怀和天真烂漫的期待了。

"每一天都会准时到来，不管你以什么样的态度去迎接它。这两年来，我渐渐能够坦然接受现状了，不再像过去那么迫切地希望了解自己生命的一切。"麦子喟叹道，"我渐渐明了，有时候我们在意的，其实在大自然眼中根本不值一提。它无意打乱谁的生活，也无意去为难谁，每个人都是大江大河的一分子，被裹挟压迫着冲向远方。"

林未亮知道她是有感而发，也知道麦子心中开始释然，这种释然虽然多少让人有点无奈，却未尝不是一种保护自己的方式。

"不过，即使有时候释然了，心里还是不会好受，你说很奇怪吧！心中透亮，行为上却难免犯糊涂，有时候身体会背叛心灵，有时候心灵会背叛身体，或者也不是背叛吧。总之，彼此并不是那么协调。有时候，我也搞不懂，自己到底是身体出了问题，还是心理出了问题。照理说，我并不觉得难过啊，可是为什么总是莫名其妙有种说不出的惆怅。怎么形容它呢？好像漫天白云中藏着的一丝乌云，安静的湖面下藏着的一丝波澜，欢天喜地中藏着的一丝寂寞，说不清道不明地在心底游荡。到了某些时候，它又强大得无坚不摧、无处不在，整个人仿佛沉坠在海里。总有一股悲凉的意味在作怪，似乎有什么声音不停地在你耳边说，去流浪，去流浪，去流浪……你不敢和它作对，一旦作对，它就变本加厉，使劲地折磨你、打击你、虐待你，令你心神不宁，令你寝食难安，然后终日郁郁寡欢，使你不知什么是你，做事的意义何在，未来又会怎么样。于是你就成为它的奴隶，深陷其中，难以自拔。

"这几年，我一直在这种情绪中生活，说出来难以置信，我竟然在和自己的心情作战。我去找过心理医生，可是他们的说辞千篇一律，只会照本宣科，把人的情感归为这样那样的疾病，然后对症下药，开出许多药方。但我始终觉得，一个人若对另外一个人不能感同身受，那么他的所谓药方统统都是假的。有时候我觉得他们很可笑，我能清楚地看到他们存在的问题，可是他们是医生，而我却是心理上出了问题的人。但有什么办法呢，我只能吃他们给我开的药，不过始终治标不治本，源头上的东西永远在那里，即使暂时阻断又有什么用？半夜三更，那些情绪又不期而至了。"

林未亮说："每个人的心头都或多或少地有一些难以释怀的东西，或许是我们意识到并强化了它的存在，才使我们受制于它。这就像我们一直不停地在暗示自己生病了，那么潜意识之下，我们就认为自己是真的生病了。或许，是我们过分关注它，而事实上，它根本不存在呢？"

"你这是唯心主义！"麦子笑了，"所谓菩提本无树，明镜亦非台。本来无一物，何处惹尘埃。这只不过是掩耳盗铃、自欺欺人的说法罢了，既然惹上尘埃，那么必然就有尘埃了！不然我们的世界就会陷入一种虚妄之中，什么都不值得相信了。这不是很可笑吗？"

林未亮想想她说的何尝不对，也跟着笑了起来。

25

三峡旧事

　　林未亮与麦子商定从邵夫人提及的那个丢弃麦子的神秘老人着手。既然邵夫人说他是万州口音，那么他来自小三峡一带的概率极大，锁定了范围再去寻找，总比茫茫大海里捞针要好得多。林未亮想起一人，赶紧与万州派出所民警许哲明联系。两人多年前因采访结缘，颇有交情。许哲明详细了解了情况，得知这个神秘的老人年近八旬，腿脚有问题，走路一瘸一拐的，自忖这样的条件应该还不至于十分难找，遂向林未亮打包票，就是掘地三尺也要把人找出来。

　　听他这么一说，林未亮似乎看到了曙光，暗自欢喜。不过情况并不乐观，第二天许哲明打来电话告知林未亮，万姓在万州并不是个小姓，经过查询，单是叫万阳的就有十人之多，从年龄和特征查找比对，并无一人符合要求，建议林未亮再挖掘新的线索。

　　麦子倒不意外："既然存心丢弃孩子，肯定不会傻到留真姓名等着人家找上门来吧！不过我始终觉得这个名字不简单……'万'会不会不是姓，而是指的地方是万州，而后面的'阳'字才是他真正的姓氏？"

　　林未亮思忖道："阳姓在川渝倒是有零星分布，这个姓氏的人不多，应该比较好查。"

　　不过转念一想，也不排除姓杨。阳姓倒还好说，但如果是姓杨，那可就有难度了，毕竟杨比万、阳两姓更大，他们连对方名字都不知道，茫茫人海之中从何查起？经和林未亮沟通，许哲明想到了一个社群求助的办法："既然对方是个肢体残疾人，或许再加上这个姓和年龄，就能锁定基本的范围。我有一位在社区工作的朋友是个热心人，请她帮忙在各乡镇社区求助，人多力量大，或许会有收获。"

未承想，这次事情这么快就有了转机，下午许哲明就打来电话，兴奋地告诉林未亮，在社区群里求助以后，很快就有了回应。经过和阳氏族人联系，结合麦子所提供情况，基本上可以排除阳姓的可能。倒是高笋堂社区的一位工作人员联系他，提及他们社区有一户姓杨的老篾匠名叫杨洪，年龄、身体状况和林未亮描述的很接近，建议他们去一趟，实地求证。

他们一听，高兴之外又有顾虑，毕竟万州离重庆核心城区两百多公里路程，当天下午匆匆赶去时机并不是很合适。但这毕竟是一条宝贵的线索，麦子不想轻易错过！考虑到柳笛一直没有消息，家中并无其他牵挂的事情，林未亮决定和麦子一起到万州去。

次日一早，林未亮和麦子从长途汽车站出发。半个小时后，大巴车疾驰在渝万高速公路上，所经之处群山势如万马，从天而下，入目磅礴，郁郁葱葱的山林烟云满壑，连绵不断。麦子凝目展望，似乎车轮每向前滚动一米，有关她的身世就愈加迫近真相，一想到有机会驱散身世的迷雾，麦子反而不知是喜是悲。事情反反复复，兜兜转转，总使她难以相信身世会有真相大白的一天，此刻她毫无表情地望着窗外。林未亮因为挂念柳笛，又兼为麦子的事情挂心，有点疲劳，靠在座椅上闭目养神。

抵达万州国本路车站，许哲明看到林未亮和麦子下车，热情地拥抱了他们。他留着寸头，圆中带方的脸上五官周正，只是满脸的痘痘浑然不顾他的感受，不留情面地盘踞在他的大脸盘上，使他的脸变得坑坑洼洼。这多少使他有点苦恼和伤自尊，不过也使他粗犷之外多了一点可爱。警察当久了，即使不穿警服，他的面容也还是自然而然流露出一种不怒自威的庄重感。

　　沿江伸展的万州位于重庆渝东北部、长江上游地区，是三峡库区的腹心，以"万川毕汇""万商云集"而得名，在民国时期与成都、重庆并称"成渝万"。此前，这座城市由周家坝、高笋堂、五桥三区组成，并区后合而为一，成为新万州区。不过进入新时代，它受限于地理区位，成为一座相对普通的城市，虽然是重庆第二大城市，但终究不再那么突出了。长江横贯城区，境内河流溪涧切割深、落差大，呈枝状分布。由于地处亚热带季风湿润带，这里四季分明、雨量充沛。在万达还未进驻之前，既细且密的道路完全无法承担起高笋堂巨大的人流车流，拥堵成了城市的老大难。

　　许哲明滔滔不绝地向他们介绍着当地的自然风光和风土人情，这时车辆驶过太白路，街道上霓虹闪烁，人头攒动。这座城市上坡下坎，和重庆是那么相似，只不过是小一号的重庆罢了。他们从太白路转入西山路，树冠如华盖的百年老树屹立在大路口，建于20世纪90年代颇有年代特色的房屋在风雨的洗礼之下愈显沧桑。沿街花草古玩错杂，路沿上还有摆摊卖古玩和杂耍、糕点的小商贩，驻足的路人讨价还价。他们七拐八绕，转入一条曲折幽深的小巷，通道狭窄，难以通行，许哲明把车子停在了路边的空地上，三人下了车走进巷弄里去了。

　　巷子口有家花店虽然不营业了，但花还继续开放，门前的石磴上面爬满了开着靛蓝、绛红、浅紫色花朵的花枝，在风中轻轻摇曳，引得蜂蝶嗡鸣流连其中。他们边走边看，在一栋两层的灰白色小楼前停住了。抬头去看，门牌上赫然写着西山路××号。小楼年久失修，四周草色青青，门口摆着一张藤编沙发，久无人坐，已经成了流浪小动物的乐园。他们走近了，它们也不畏惧，懒洋洋地眯着眼睛望着他们。等到他们再走近一看，发现房屋铁将军把门，紧锁着。麦子有点不甘心，顺着笨重的大铁门门缝往里窥探，模模糊糊看到里面摆着全青皮锁边的竹背篓、竹筲箕、竹筛子、竹椅子，还有未糊纸的灯笼架子等一干竹器。屋子里并没有人，麦子大失所望，凝目望着这栋小楼。

就在他们准备离开时，安静的楼上突然传来了几声急促的咳嗽声，他们侧耳细听，楼上似乎有人在摸索着找什么东西，随之传来东西落在地上的一声脆响。

"楼上有人。"许哲明露出了惊喜的表情。

麦子疑惑道："既然有人，为什么还要从外面上锁呢？"

许哲明仰头朝楼上喊了几声，楼上的人就是不回应，咳嗽声渐渐小了，楼上重又陷入了沉寂之中。"明明在家，为什么就是不回应呢？"他嘟囔道。

麦子无言地望着小楼。一个人越靠近真相，就越感觉到恐惧，它就像一个急速旋转的漩涡，把麦子向里吸去，使她产生不真实的眩晕感。她曾经听说过一种血脉觉醒的说法，譬如素未谋面的父母、同胞，在相见之际会产生一种奇怪的情感感应，莫名地感觉到兴奋激动。可是她此刻站在这里，却莫名其妙地感觉到紧张畏惧起来。麦子觉得这座小楼龇牙咧嘴，高山一样地压迫着她。她的脑海中不断地释放出一个诡异的信号，好像在警告着她："危险！危险！"她的瞳孔不自觉地放大，呼吸变得急促起来，她的身体里像藏着一个马达，震得耳朵嗡嗡地响，她想要逃离，双脚却生根了一样动弹不得，而她的身子如同风中的落叶在下坠一样。

林未亮觉察到她的脸色不好，下意识握住了她的手。

咳！他们身后传来一声生硬的咳嗽，他们转过头，一个瘦高的老人，不知什么时候出现在他们身后，他们都被吓了一跳。老人的个子比许哲明和林未亮都要高出半个头，高高瘦瘦，上半身挺直，到了肩膀处连同头和脖子都是歪的，好像一根被折弯的钢丝。他对他们的突然出现一点也不欢迎，用阴鸷的目光紧盯着他们。

麦子看到他一只手里提着竹篮子，里面兜着刚买回来的果蔬，另一只手还拿着一串钥匙。知道他就是这个房子的主人，赶忙上前解释道:"伯伯别误会,我们是社区工作人员,按照国家的政策安排,正在开展人口普查,请问您是住这里吗?"

老人把目光落在麦子脸上,又落在了林未亮和许哲明身上。他嘴唇紧抿不说话,啪地把锁打开,提了竹篮推门走进屋里去,回过头看到麦子他们还站在门外,面无表情道:"进来吧。"

三人赶紧跟了进去,麦子讨好似的问道:"伯伯,楼下没住人吗?"

"这么潮湿,怎么住人?"老人语气生硬地答道,转身走上梯子。通往二楼的是已经修建多年的木楼梯,一踩上去就发出吱吱呀呀的声音,在特定的角度还可以看到飞扬的尘土。麦子发现他走路时身体明显有些不协调,腿脚直挺挺的,一动骨节就像生锈的机器,发出咯吱咯吱细微的声响。

老人停下来,扫了麦子他们一眼:"把门掩上。"林未亮过去把门关上,屋里的光线昏暗。他们爬上二楼,发现这里面向外开了几扇小小的窗户,装饰得古色古香的,角落里还有高山毛竹做成的各类竹器。窗口上爬满了绿藤,开出了几朵精致的小红花。在这一角落,透射进来的阳光投影成了条条框框的形状,富有层次感地落在了木地板上,提醒着他们外界的存在。

他们走进一个房间。这个房间到处都被熏黑了,弥漫着浓浓的中草药气息。麦子对这种气息很熟悉。房间里摆了一张红褐色的原木雕花千工拔步床,因为光线不足,窗子边一张绯色的长条桌上还点着一盏油灯,残灯如豆。油灯旁摆着一个老式座钟,发出嘀嗒嘀嗒的声响。在这个把时光都染得昏黄的老屋里,他们惊讶地发现屋子里有一位老太婆,她的身子单薄得可怕,肩膀高低不平,左脸微微下垂,看上去有点吓人。她侧身对着门,一动不动地坐在窗子边,浅浅的光线微微照亮了老妇人半个脸庞。屋里并没有其他人,麦子猜想她应该就是方才楼上发出声响的老人了。

林未亮和许哲明在一条长凳上坐下来,麦子则坐到了一旁的藤编椅上。坐在窗子旁的老太太发现了他们的存在，虽然听不清楚他们在说什么，却微笑着点了点头。

"社区来搞人口普查的。"老人对她说。

"啥？"老太婆尖厉的声音叫道，她脸色暗沉，奇怪的是两颊上却浮起了鲜亮的颜色。麦子知道，中医管这叫虚阳外越，出现这种颜色，对老人来说是非常危险的，很容易发生危急病症。现在她一咧开嘴，露出了掉光了牙齿的牙床。

"没啥！"老人提高音量道，他虽然看上去不可冒犯，声音很大，可是对老太太却是令人意外地温柔。

杨洪洗起菜来，偶尔眼睛瞟着麦子。

麦子鼓起勇气问他："伯伯，您就是杨洪吗？"

"唔。"他喉咙里含糊不清地蹦出一个声音。

"这里只住了您和婆婆两个人吗？"

"要不然呢？"他眉头挑起，似乎对回答这些无聊的问题极不耐烦。忙活了一阵，他把菜洗完了。这时，老太婆颤声对他说："老头子，抱我到床上去，这阳光太刺眼了，我的腰也麻了。"

杨洪过去抱起她，把她放到了床沿，她依旧一副微笑的模样，不过眼睛却似乎有白内障，向上翻着。麦子和林未亮这才发现，原来她的双腿从大腿处齐刷刷地被截去了，只剩下了两截枯木一样的残肢。

"婆婆怎么了？"麦子惊道。

"三年前尿毒症截去了双腿……"

老太婆又咳嗽起来了，颤巍巍道："老头子，我腿冷得不得了，你帮我盖上毯子吧。"

杨洪赶紧拿了一条毯子来，细心地覆在她的腿上。

麦子疑惑道："杨伯伯，婆婆双腿已经完全截断了，为什么还能感觉到冷热？"

杨洪："腿是截去了，可是老太婆老是出现幻觉，一会儿觉得冷一会儿觉得热，你跟她说她也不信。"

麦子旁敲侧击，有心问他关于子女的事情，又怕他起疑心，只好耐心地寻找机会试探。没说几句，杨洪又开始忙着为老太太熬药，顾不上和麦子他们说话了。

麦子悄悄起身，走出房间，看到隔壁的房间虚掩着门。她推门进去，看到这个房间毫无生机，透出一股冷肃的气息。对面照样摆着一张木床，只是大小比老人房间那张床要小了许多。床上整整齐齐地摆着天蓝的缎面被枕，如雪的纱帐轻轻地放下来，仿佛里面还睡着一个人，而纷扰的光阴全被挡在了外面。

老人不是说他们没有孩子吗？麦子心生疑惑，一股奇怪的力量驱使着她向前走。她注意到了床边一根两米多长蟒蛇般的铁链子，她蹲下来看，发现它被紧紧地焊死在床角上，环环相扣的链子上早已生出了斑斑锈迹。麦子轻轻拉起铁链，它沉重冰冷，随着拉动，发出了一串沉闷的响声。麦子凝视铁链尽头，是一副大得类似手铐一样的圆环装置。她把目光落在木地板上，发现以链子为半径的范围内，木地板竟然被磨出了几条深深的痕迹，床边和桌子很多地方木屑微微卷起，留下许许多多触目惊心的抓痕，沉积着似乎血液凝固的乌紫色痕迹。麦子恐惧地看着这一道道抓痕，怀疑这里曾经被锁着一个人。至于这个人是谁，就不得而知了。

她惊惧地站了起来，想要寻找有关房屋主人的踪迹，把目光又落在了木床旁一个一米多高的斗柜上。这斗柜上面压着一块缺了半边的玻璃板，玻璃板上整齐摆放着几只轻巧的竹蜻蜓，玻璃下则压着一组照片。其中一张照片中，一个天真烂漫的女孩上穿一件蓝色的粗布衣下穿长裙，站在黄灿灿的油菜花地里，白皙稚气的脸上露出了甜甜的笑容。另外一张照片，是一个身着军装、身材挺拔、气质英武的青年，胸前佩戴着一朵艳丽的大红花，满脸喜悦和羞赧地站在即将起程的军用大卡车前。

麦子靠近了，仔细地端详照片中女孩的五官，她眉目细长，掩

25
三峡旧事

193

映在飞扬的刘海中，一双眼睛闪烁着星子般的光芒。她半蹲在花海里，人面与黄花相映，显得欢欣雀跃，灵动美丽。麦子觉得她的样子似曾相识，越看越忐忑不安，竟然开始怀疑起她的身份。麦子情不自禁地靠前一步，用手轻抚玻璃，这时，她感觉到了身后一股突如其来的迫人气息，它就像一大朵乌云一样迅速笼罩了这个小小的角落，挡住了所有光线。果然，等她急急转过头，就看到杨洪那张干枯冷峻的脸庞，紧紧地贴着她的脸俯视着她，凌厉的眼神里闪动着意味深长的光芒。

"谁允许你进来的？"他的声音就像突然被干扰的音响，又像折断的树枝发出的声响，特别刺耳，他直眉怒目道，"难道你不知道，不经过别人的允许，不能闯入别人的房间！"

麦子看他一副凶神恶煞的模样，吓得连连后退，一边不住地向他道歉："对不起对不起……我是看到这个门虚掩着，好奇所以进来看看。"

"嘿，好奇……"杨洪向她步步紧逼，喉咙里发出阴沉而奇怪的冷笑声，"你这样和小偷强盗又有什么区别？"

他虽然这样说着，眼神中却闪烁着难以名状的恐惧，他对于自己的处身之所感到惶恐不安，呼吸变得急促起来，迫不及待想要离开这里。他失去了耐心，不想再听麦子解释什么，一把抓住她的手臂，粗暴地把她推搡出了房间，在她身后重重地关上了房门。

"你们赶紧走吧，在我生气之前。"他毫不客气地下了逐客令。

麦子还想问什么，林未亮赶紧过来拉住她，和许哲明一起急急往下走。他们走到楼梯口，麦子突然停住了脚步，林未亮跟着回过头，看到杨洪绷着脸，站在二楼的楼梯边，挑着眉毛，怒气冲冲地盯着他们。

麦子硬着头皮道："杨伯伯，您别生气，您不是说家中只有您两位老人吗？那，那个房间里的又是谁呢？"

"是只有我们两个人啊，"杨洪怪腔怪调道，"难道死了的人，也

194

要算人吗？"

麦子胸部剧烈起伏："您是说您曾经有一个女儿，可是她已经死了，是吗？"

老人厌恶地将眼睛落在麦子身上，停留在她的脸上。他的表情逐渐凝固，他像一头受到挑衅的黑熊，一个发条过度上紧的时钟，一个临界的热水壶，发出咕噜咕噜的响声，浑身释放出危险的信号。

林未亮拉拉麦子的衣袖，暗示她快走，麦子却坚决不肯走，倔强的目光无所畏惧地迎着杨洪。

这个虎死骨立、杀威犹存的老头子见她这副模样，反而叹了口气道："是！她生了一场大病，从此以后一直疯疯癫癫，我们没办法，只好把她用铁链锁在了房间里。就这么过了几年，终于有一天她服软了，求我们放开她。我打开了铁链，谁知道她直接就从楼上跳下去，摔死了……"

他说话如此生硬，不带一点感情，好像死的根本不是他的女儿，而是一只和他并不相干的阿猫阿狗。

"摔在哪里？"麦子似乎被人泼了一盆冷水，却依旧不肯放弃，不依不饶问道。

"喏，那里！"他目光冷峻，随意地指着一楼的水泥地，冷漠的样子令人不寒而栗。麦子久久地望着他，感觉到他的眸子隐藏着什么。等到麦子他们走出那栋房子，他们背后传来了撞击铁门的声音，二楼又隐隐约约传来了老人嘶哑急促的咳嗽声。

26

哭泣的岁月

麦子愁眉不展，因为杨洪的态度，令她的身世之谜又陷入了僵局中。晚饭过后，她与林未亮站在长江边，渡口上停了两条船，船舷发出了银灰色的灯光。彼岸江南地段依稀有灯火映在江里，零零星星，意兴阑珊。远山上的白塔默立在如水的夜色中，像一支举向天空的银烛。晚风吹来了江水稍带腥味的气息，轻轻地撩动麦子和林未亮的发丝。

麦子彷徨无计。每每想起那根粗壮的大铁链和那个照片中如花一般灿烂的女孩，她就会产生深深的恐惧，紧张到难以呼吸。这背后到底发生了什么，她和杨家人又有什么关系？真相隐藏在深沉的夜色中，但有一点是可以确定的，那就是杨洪在有意隐瞒着什么！至于他苦心隐藏的究竟是什么，就不得而知了。

林未亮关切地看着麦子："我与哲明联系过了，他找到了一个人，让我们抽个时间到社区走一趟。"

麦子点点头，也只有这样了，她内心里并不想麻烦别人，更不愿别人为了自己兴师动众。

杨家祠堂里，阳光不请自入。坐在天井的麦子抬眼望着杨青荷。她满头银发丝丝分明，都被仔细地收拢在发髻里，一双圆圆的大眼睛被岁月拖成了梭子形状，颜色变淡了的眸子沉淀着岁月沧桑。她的牙齿脱落了，嘴巴就像一个干瘪的口袋，每次张嘴都会露出牙床。即使如此，她的样子与姿态，依旧可以看出年轻时姣好的容颜。

起初她在某知名川剧团工作，后来调入市文化局，丈夫去世后又回到了这条小巷。她在这条小巷中生活了大半辈子，对这里的一切饱含感情，乃至于厝尾墙角风吹过，草在结种子，风在摇叶子，死在秋天的知了又融入了泥土，她都一清二楚。当麦子问及杨洪的女儿，她深思良久，似乎在岁月的河流中又撷取了与她相关的片段，仿佛又看到那个总是扎着马尾辫嘟着嘴巴的小女孩，叹道："杨韵这丫头，从小心气高。长得水灵，又总爱穿着一条蓝裙子。她走在巷子里，总爱把胸脯挺得高高的，这样每个人都会注意到她。别人一看到她的背影就会说，瞧，那就是某某某的孩子……"

林未亮偷偷回头看麦子，她对杨韵的一切入了迷，似乎见到了过去那个傲娇的小女孩一般，仔细盘问着每一个细节。

"婆婆，杨韵好好的怎么就疯了呢？"

杨青荷道："这丫头怎么就疯了，里面的缘由我并不清楚……听说她爱上了她父亲的学徒简朴生，父亲坚决反对。后来这个学徒因为意外事故死了，对她刺激很大。"

老人家陷入对1985至1986年间的追忆之中。从她的描述中，麦子得知：1985年年初，国家出台了关于进一步活跃农村经济的政策，万县高笋塘来了解放军，在本地垦荒发展经济，到处一派生机勃勃。就在那段时间，万县鱼龙混杂，来了一茬又一茬的外地人。1985年以前，在杨家西北方向有一座小山冈，万县人都把它唤作富贵坡，几百年来都是富人权贵的坟地。富贵坡旁有一座小庙，往年曾住过一个灯影和尚，和尚死后总有人说庙里闹鬼，闹得当地人心惶惶，一到夜间都关门闭户，不敢外出。某个夜里，小庙突然被大火烧了，火势扑灭后，警察在庙里发现了一个被烧焦的男子，起先认定他是点火不慎自焚。一个月后，警方阴差阳错破获了一起重大跨区域盗掘古墓案，抓获了两名犯罪嫌疑人，审讯后意外得知小庙火灾的原委。

麦子看到杨青荷的眼睛中多了一层寒意，心中断定这人就是杨洪那个姓简的学徒。果然，杨青荷叹了一声道："杨洪一直反对女儿与学徒交往，谁知两人藕断丝连，暗中偷偷联系。当夜二人约了见面，小学徒早早到了山冈处，杨韵还没到。临近傍晚突然风雨大作，他看到不远处的山冈竟然透出几点摇曳的幽光，坟地里有憧憧黑影，昏暗中传来一些细碎的怪声。简朴生想起近来万县的传言，心想，难道撞鬼了？不过他很快发现这些怪影似乎正在往不远处的小庙里转移着什么。联想起那段时间多地传出有古墓被盗的消息，万县就在这个时候突然来了一拨外地人，他恍然大悟，于是便壮起胆子，靠近小庙暗中观察。他发现小庙外停着一辆三轮车，庙里亮着一盏昏黄的油灯，有两个外地人正鬼鬼祟祟密谋着什么。简朴生正迷惑间，灯火突然熄灭了，庙里的那两个人走出来，准备驾车逃跑。简朴生一急之下跳出去想要拦住他们，最后寡不敌众，被拖进了庙里。这些丧心病狂的盗墓贼担心事情败露，竟然一把火把昏迷的简朴生和小庙一起烧了……

麦子与林未亮大惊，麦子红润的脸色变暗，整个人都黯淡了。

杨青荷接着说："事情水落石出以后，公安为死去的简朴生澄清了真相，授予他见义勇为的光荣称号。"

麦子想起了什么，心中犹疑，问道："那婆婆您知道杨韵生了个孩子吗？"

杨青荷观察着麦子，见她脸上露出失望的神色，又见到她眉眼柔媚，不由得凝视麦子，虽然心中有困惑，却没有说出来，轻轻地叹了一声："她没有结婚，哪来的孩子哪？她疯了一段时间，后来就失踪了，这么多年来，再没见到她了。如果她还在的话，也得有四五十岁了吧……"

辞别了杨青荷，麦子虽然内心愤懑，终于还是鼓足了勇气，决定再去拜访杨洪。许哲明因为单位上临时有任务，并没有来。走到了那条幽深的巷子里，麦子踟蹰不前，她站在灰白色的小楼铁门外准备叩门，发现门是虚掩着的。她迟疑了片刻，伸手推开门，看到楼梯口坐着一人，悄无声息，仿佛和时空凝固在了一起。觉察到声响，他的身子抖了抖，缓缓仰起沧桑的脸，一双深不可测的眼睛落在他们脸上。

"你们终于还是来了。"他开口说话，语调却异常低沉。原来他知道他们会来，而且一直在等他们。

"把门掩上吧。"老人还是像上次那样说着，起身往楼上走。林未亮和麦子掩门进屋，林未亮抢在麦子前面登上楼梯。等上楼去，他们发现杨洪已经站在前厅等着了。透射进来的斑驳的阳光落在他的脸上，他粗糙的轮廓明暗相间，不再那么不近人情了。"坐吧。"他指指一边的条凳说。

"昨天的事情请别放在心上。"他的语气和昨天截然不同，"你们大人大量，别和粗人计较。"

麦子抱歉道："不不不，是我的错，杨伯伯别怪罪。"

杨洪挤出了一丝难得的笑意，不过这种笑意仿佛严冬里的星火，是那么的微弱和易逝，甚至于更加让人觉得寒意入骨。杨洪有意无意地在麦子的脸上搜索着什么。他很明显是一个不善于言辞的人，只要麦子他们不说话，就会陷入冷场。他咳了一声，终于略带尴尬地说："你们想问什么就问吧。"

林未亮有意打破冷场："杨伯伯，您当过兵吗？"

杨洪摇头道："1930 年我出生在万县长江边上。我父亲是川东的一个老篾匠，他的一生只做一件事，织篓编筐，把两只眼睛都嫁给了竹器，一只眼睛被竹子弹伤，另一只眼睛一辈子都落在手里的竹器上。他没日没夜地操劳，一半出于热爱，一半为着谋生。砍竹破竹削竹，行云流水一气呵成，只是这样的生活日复一日年复一年，就显得枯燥无味甚至于令人窒息，父亲却不管纷纷扰扰的世事，一头埋在这重复叠加的工作之中。有一天夜色明明白白，母亲出去看到父亲在楠竹林中一动也不动，身上洒满了月光和霜冻。

我接过了他的竹刀，把他没编完的竹器编完。他一生留下的痕迹也不过是在竹林里耸起的一个小土堆。再去砍竹子的时候，我们把那里踩出了光溜溜的一条小路。后来啊，这小路又被草盖住了。父亲死了，剩下母亲和我孤儿寡母，寄人篱下，衣食无着。有一段时间，村子里来了一个短须的中年人，一直在竹林里转，指定我编竹箱，编多少要多少。后来万县打了一场仗，牺牲的战士遗物都给装竹箱里送回去了。我才知道这个短须的中年人是个共产党员，我就不愿意再收钱了。战事吃紧，我背着竹刀跟着部队跑，闲时编竹器，战时当挑夫，把脑袋拴在裤腰带上，在死人堆中摸爬滚打。"

杨洪的脸上写满了骄傲，他用手指比画枪的样子，对着自己的脑袋。他断断续续叙述着过往，眼里意气犹在，烽火未熄。

麦子起了由衷的敬意，问道："那杨伯伯，您一定也摸过枪吧！"

"枪？"杨洪怔住了，摇摇头，遗憾地笑道："我没有摸过枪，这辈子最遗憾的就是没能成为一名战士。"

他低声说道："不过，我有竹刀哇……我也曾经杀死过一名落单的鬼子。我穿着破草鞋，跟着部队到处打游击，有几次在战斗中差点丢了性命，一条腿被打断了，现在脑袋里面还留着鬼子送给我的礼物。"

"取不出来吗？"

"除非把脑袋劈开。"

"会影响生活吗？"

"怎么不会？"他瞪着蛤蟆一样鼓鼓的眼睛，"一到阴雨天就发作，痛得生不如死……"

麦子看到他的左手微微发抖，腕上满是凌乱的伤痕，正在迷惑这是不是也是战场上遗留下来的，可是它们看着像一片涂鸦，与子弹刀刃留下的伤口好像又有所不同。

杨洪站起来，拉开衣服，松弛的肚皮上到处都是类似千足蜈蚣一样的痕迹："承蒙老天保佑，我大难不死。抗战后，党和政府念着我追随有功，给记了功，评了残定了级，把我安置在食品厂，我干了大半年就辞职了。我们老杨家世代做篾匠，我重拾旧业，终于又握上了竹刀……"

听他这么一说，麦子和林未亮都肃然起敬。麦子小心翼翼问他道："杨伯伯，您有几个孩子？"

"两个！"杨洪道，"一个战死沙场；一个疯了，后来摔死了。"

他低眉斜视麦子，注意着她脸上的细微变化。麦子也盯着他看，这时屋里的老太婆低声叫唤起来，杨洪进去看到她又湿了裤子，帮她换了，把衣裤拿到楼下，又去拿了一个蒲团上来，细心地为妻子垫在身下。忙完这些，他又坐到了林未亮和麦子前面。

麦子试探着问他："您还没告诉我们，孩子是怎么回事？"杨洪面有戚色："我儿子杨雄1954年出生，丫头杨韵1961年出生。十八岁那年杨雄应征入伍，在边境冲突中被流弹击中，牺牲了，被收葬在边境，一辈子守卫着国家，再也回不来了……老太婆过分悲伤，身体状况急转直下。丫头出生后，吃了不少苦头。杨雄牺牲后，我们对她倾注了全部的心血。"

杨洪神情变得很纠结，似乎骄傲中夹杂痛苦，他语调变得沉缓了起来："丫头风风火火，敢爱敢恨。有一年，朋友送了我们一只金丝雀，我们就做了一个笼子把它养着。丫头一有时间就逗它耍。有一天，家里的黑猫咬死了金丝雀。当丫头看到金丝雀的时候，它被黑猫叼在嘴里，毛已经快被拔光了。丫头追赶过去，黑猫跳到了窗台上，跑到了邻居家，那里一直没有人住。从此之后，她就再也没有见到那只金丝雀了。一个月之后，这只黑猫失踪了。"

麦子问道："丫头杀死了它？"

他叹道，"也许吧。我们管得越严，丫头就越反抗。二十五岁那年，她竟然偷偷谈恋爱了，和我的学徒——一个猪倌的儿子！他的父亲在暴雨中去救护一批公家的物资，从屋顶摔落牺牲了。这个

26

哭泣的岁月

201

孩子刚开始跟着我做篾匠，后来在江南种了一片花田，收入也仅够糊口而已。我虽然喜欢这孩子，却不希望丫头嫁给他。我坚决反对他们交往，并监视她的行动。丫头对此很不满，我们起了冲突……"

"他叫什么？"

"简朴生。"

麦子听他压抑的语气，知道结果不会太好。

杨洪道："有天夜里，万县雨下得很大，杨韵迟迟未归，我们急得团团转。到三更半夜才见她失魂落魄地回来了，一回来就把自己关在房间里号啕大哭，任我们怎么叫都不答应。我们后来知道原来她和简朴生偷偷约定了见面，可是说好的晚上 7 点钟，他并没有出现。丫头等候无望才心灰意冷地回家来。我知道后，把她绑在树上，用鞭子狠狠地抽打她，这丫头打死也不吭一声。老太婆怪我不该这样对待女儿，丫头从此对我记恨在心。此后很长一段时间，我们父女俩没再说过一句话。"

杨洪的精神状态很差，说不多时，五官慢慢松弛了下来。

"后来呢？"

"后来啊，家里发生了一件事……"

杨洪面目突变，狰狞可怖："几个月后，有个夜里，我在睡梦中隐隐约约听到了病猫般的叫声。这个声音断断续续，丝丝缕缕，若有若无。我以为自己出现了幻觉，可是老太婆也听见了，她很肯定地说那是婴儿的啼哭声。我们毛骨悚然，屋子里除了我们三人，难道还会有其他人吗？我连忙爬起来掌灯查看。这时隔壁房间传来阵阵怪声，我们侧耳细听，发现婴儿哭声竟然来自丫头房间！我不敢相信，透过门缝，看到了这辈子都无法忘记的一幕！"

杨洪情绪激动，嘴角颤抖不止："我看到丫头房间里放着一只铁桶，里面烧着发红的木炭，上面架着铁锅，不断冒出滚滚热气。丫头身旁丢着一把剪刀，她面无血色地跪在地上，抱着一个黑漆漆的婴儿，用一个木盆子装着水，拿着毛巾擦拭着婴儿身上的血迹……我突然领悟，丫头竟然在我们眼皮底下怀胎十月，她自己为婴儿剪断了脐带，又在生产后拖着虚弱的身躯为婴儿洗净身子，而我们却一无所知！震怒、痛苦、屈辱一起涌上我的心头，我踢开了房门，冲进去一脚把丫头踢倒在地。她伏在地上，痛苦地闭着眼睛，过了一会儿，她缓缓睁开眼看我，又转向那个婴儿，眼睛里流露出怜爱的神情。

"父亲，你杀死我吧。"她苦苦哀求道，"可是你得帮帮这孩子，这是朴生唯一的骨肉……"

我瘫坐在地上，老太婆走过去抱起婴儿，这个婴儿一声不响。我看着她的身体从暗淡的蓝色变为粉色，就像是看着日食结束后大地万物重获颜色一样。我扑过去抢过孩子，恶狠狠想把她摔在地上。丫头猛扑过来死死地抱住我的双腿。她拼尽全力地想要爬起来抢夺孩子，又摔倒在地上。她想说什么，却说不出来，五官扭曲变形。

"阿爹！你把她摔死了，我也活不成了……"她撕心裂肺地叫道，跪在地上咚咚地向我磕头。她的下半身不停地流出鲜血，染红了地板……我再也挺不起脊梁了，我放下了孩子。外面电闪雷鸣，我们三个人一起跪在地上。这时我听见丫头幽幽地说："阿爹，阿妈，你们还记得半年前那场暴风雨吗……"我们这才如梦初醒。原来丫头早就知道自己和简朴生有了孩子！她想给他一个惊喜，偷偷约了傍晚见面，想以此来胁迫我们同意这门婚事。丫头在风雨中等了半天，没看到简朴生的影子，却看到山冈旁的小庙突然着了火。等到匆匆赶来的公安民警把火熄灭了，简朴生还是没有出现。回来后丫头以为被他辜负，一心想寻死，后来她知道事情真相，心如死灰！"

杨洪露出嘲讽的神色，眼睛扫了一眼麦子："我也是那时才知道，原来庙里被烧死的人正是小学徒简朴生，这个婴儿是个遗腹子！丫头深陷其中难以自拔，怕我们发觉，她反复研究催生促产的土方法，偷偷做好了准备……"

"这个孩子后来怎么样了？"

"因为太过瘦弱，没过几天就死了，来去匆匆。"

麦子恐惧地望着他："你当然是希望她死的，很可惜，这孩子并没有死！"

杨洪一惊："为什么？"

麦子说："你心知肚明。你找了一个机会把孩子丢弃了！"

麦子抬头看杨洪，只见他偏着头，刀砍斧斫的侧脸线条绷得紧紧的，他目瞪口呆，过了一会儿露出了阴森森的笑容："是。看到大错铸成，我们绝望透顶。很快，我们又发现了更糟的情况，这个新生儿还有先天性心脏病。我劝说丫头，希望能把孩子送出去，这样只要我们不说，谁也不会知道她未婚先育的情况。为此，我们僵持不下，那个傻丫头生怕我把孩子遗弃，对孩子寸步不离，时刻抱在怀里……我在无奈之下也只好接受现实，也是故意麻痹她，想要寻找机会吧……"

他露出了阴郁又得意的笑容："慢慢地啊，丫头果然放松了警惕。有一天，婴儿突然发起高烧来，我要把孩子带去看医生。丫头虽然很怀疑我的用意，可是她的身体很虚弱，不得不接受我的建议。临出门前，她仿佛预感到了什么，反反复复地看着这个孩子，深情亲吻她，然后破天荒跪在地上喊了我一声父亲。我害怕街坊邻居发现，用我的军大衣把孩子包裹得严严实实，搭上了到重庆的大巴，在大街上游荡了几圈之后，最终以看病的名义，把这个孩子丢弃在一个中医诊所里……"

林未亮回过头，见到麦子露出了痛苦的表情，眉头紧紧地蹙在一起，她的脸色苍白憔悴，心脏仿佛被撕裂，疼痛得无法呼吸。

杨洪："回来以后是第三天了，得知我把孩子丢了，丫头在我的手上狠狠咬了一口。"

他拉开手袖，右手手背上方十余厘米处，露出了两排又尖又深的牙痕，时至今日，依然清晰可见。

"我坚决不告诉丫头孩子丢到哪里去了，我相信早晚有一天，时间会治愈好她的伤疤，她也会明白我的良苦用心……"

麦子追问："所以后来，因为害怕丫头逃跑，你造了一条大铁链子，把她锁了起来？"

"是！我们怕她自寻短见，找镇上的铁匠专门定做了一条大铁链，套在她的脖子上，把她终日锁在床边。虽然这样不太好，但是好歹我们也能看到她活着……"过了一会儿，杨洪说："岂知短短几天时间，丫头的头发全部变白，她瘦得脱相了，神情呆滞，行为变得特别诡异吓人。一到夜里，她的房间里就发出撕心裂肺的哭号声。"

杨洪说："当我看着她痛不欲生的模样，我也感到异常痛苦、绝望，我感到自己毕生追求的东西土崩瓦解，再也没有了活下去的勇气。于是有一天，我终于忍无可忍，我变成了一个凶手。我用尖刀刺死了自己的女儿，而这一切，没有一个人知道……"

林未亮大惊失色，麦子却一脸冷漠，仿佛没有听见那句话一样。她竟然笑了："你在撒谎！"

杨洪恼羞成怒："难道不是吗？！"

麦子接话道："自从那个婴儿出生以后，你痛不欲生，你无法接受自己的女儿变成了那副模样。你产生了恐惧，你甚至想过杀死她，再杀死自己。所以你自相矛盾，你一会儿说她摔死了，一会说她被你杀死了。可是，这一切，都只是在你的幻想中。不过有时候你又觉得不是幻想，有一天你的女儿失踪了，你却在心中固执地认为她被你杀死了，于是你终日生活在愧疚和自责之中，你甚至于害怕别人提起她……"

"哈哈哈。"杨洪仰头大笑。他歪着头恶狠狠盯着麦子，凶狠的表情令人不寒而栗。

麦子毫不畏惧地看着他："你笑什么？"

"你猜得没错。可惜只猜到开头，没有猜到结尾……"

麦子看着杨洪的表情急遽变化，一张脸仿佛飞扬在风雨中的布条，五官翻滚变形。

杨洪的手指使劲抠着自己的左手腕，上面横乱的伤痕又出现了新的痕迹，一条被指甲划开的血痕像被狂野车轮刨开的红泥沟。原来此前他们怀疑杨洪手腕上的伤痕并不是战场遗留，现在看来，是他控制不住自己的心魔，自己用手抓破的。看到这些，林未亮和麦子心里一阵恐惧。麦子想要拉住杨洪的手，林未亮按住了她，现在杨洪正在冲动之时，贸然制止反而不利于他的自行平复。

果然，杨洪一会儿渐渐平息了下来，他的眼里噙满了泪水，回头望着麦子，任凭泪水流出眼眶。

"我狠下心不管她，想着熬过这段时间就好了，可是没过几天，又听到她在房间里低声唱歌，老太婆叫我快去看……我走过去一看……杨韵，用一把尖刀划破了自己的肚子，嘴角歪斜不停流着涎，脸上却笑嘻嘻地唱着歌。她疯了……"

惊惧扼住了麦子的喉咙，使她呼吸困难。

杨洪痛苦道："我们把她送到医院，一番抢救过后，总算捡回了一条性命。可是从此以后，这个孩子就彻底变了，再也没办法跟人正常沟通了！我们思虑再三，最终把铁链打开了……"

"那个孩子生日是什么时候？"麦子突然严肃地问他。

"1986年1月5日，农历十一月二十五，小寒！"杨洪一字一顿道。林未亮回头看到麦子的身子激烈地颤抖起来。

"为什么记得这么清楚？"

杨洪用抑扬顿挫的声音大声道："因为，我永远会记得这个给我带来耻辱的日子！"

麦子终于忍不住内心的苦楚和哀伤，站起来叫道："杨洪！你真是太自私卑鄙了，你和刽子手又有什么区别！"

杨洪哈哈大笑，站了起来，逼近她道："是啊，我真的是太卑鄙了，我罪该万死！不过……"他恶狠狠地盯着麦子，露出了狰狞的面孔，"难道她不是罪该万死吗？"他这样无情地说着，眼睛却盈满泪水，满脸懊悔，"可是我能怎么样，我能怎么样哇？"

杨洪扑通一声跪在了地上，颤声长叹："苍天为什么要这样惩罚我，我忙忙碌碌一辈子，到底做错了什么……谁能告诉我啊！"

说着说着，他又噙着泪水哈哈大笑起来。

"可是她并没有死，是吗？"麦子盯着他冷冰冰道，"丫头疯了，你以为她真的不会再自杀了，你松开丫头铁链的那一天，她失踪了！"

"胡说！"杨洪咆哮道，"她明明已经摔死在了楼下！"

麦子仿佛在看着他演戏："虽然你一直不承认她失踪了，而固执地认为是你杀死了女儿，可是仅存的一点理智告诉你，她只是被你杀死在意念里。你内心自责痛苦，你期待有一天会发生奇迹，她会再回来……你还精心地保留着她的一切……"

杨洪恼羞成怒，突然一把抓住麦子的手，恶狠狠地道："说！你到底是谁？"

麦子冷笑道："你是希望她死的……这只有你自己心知肚明。所有的事情都表明，丫头并没有发疯，她选择自杀，只是在欺骗你们打开铁链，而你在自欺欺人，你只想她不要丢人现眼，从来没有在意过她内心有多么痛苦！"

杨洪嗷嗷大叫起来。林未亮见他发疯了一般，情绪失控，赶紧站起来想要劝阻他。他却像老鹰一般攫住麦子的手腕，一双眼睛里简直要射出电光火星。他歇斯底里地叫道："别骗我了，我已经去问过社区了，社区里根本没有你们这几个人！快说，你们到底是谁！"

他的头不停地摇晃，似乎进入了癫狂的状态："你的样子和那个臭丫头一模一样，连脾气也一样！"他大叫道，急着要去拉麦子的衣服，被麦子一下子躲开了。

"哈哈哈……"杨洪大笑道，"你就是被我遗弃的那个婴儿吧？是不是？是不是！你打开你的衣服，看看你的腰背，是不是有块猩红色的蝴蝶形胎记！"

麦子对他厌恶至极，想要甩开他，无奈他的手像铁钳子一般紧紧地锁住了她。杨洪的脸扭曲着，他的胸部剧烈起伏，一双手蓄积了暴戾力量。麦子皱紧了眉头，就在她脱身无望即将跌倒在地上的时候，突然生出了一丝绝望和怨恨，狠狠朝着杨洪的手臂咬了下去。

杨洪"啊"的一声惨叫，松开了抓着麦子的手，抬起自己的手臂一看，上面丫头留下的牙印之下，又是一排深入血肉的崭新牙印。他的脸色变得惊恐了起来，很快又震怒了，他扑过来想要控制住麦子，却被麦子一闪躲过。林未亮趁这间隙，赶紧拉着麦子飞快地冲下楼梯。到了楼下发现原来方才虚掩着的大门，不知何时被缠了一条大铁链，怎么也拉不开。

林未亮回想起杨洪之前下来取蒲团，原来那时他已经起了疑心，借机把大门锁上了，这下恍然大悟。楼梯处传来了恐怖的脚步声，杨洪知道他们无路可走，从楼梯处摇摇晃晃走下来了。他的脸上一会儿得意，一会儿痛苦，一会儿惨笑，他猎人似的在观察着他的猎物，一瘸一拐地迫近了麦子和林未亮。

"我等了那个臭丫头那么多年，她那么决绝无情，再没有回来看过我们，想不到却等来了你们！告诉我，你到底是谁……"他的眼神里有希望又有厌恶，张开了手臂，像只老鹰一样准备扑向面前这两只瑟瑟发抖的猎物。

林未亮看到麦子脸色惨白，挺身站在了她的前面，无惧地面对着杨洪。杨洪的眼珠子睁得又大又圆，像个罗刹一样。在他气急败坏之际，楼上突然传来了老太婆急促的叫声："老头子，老头子，发生什么事了，你在哪里？"

杨洪不理睬她，楼上的房间里随即传来了扑通一声沉重的声音，老太婆摔倒在地上，哎哟哎哟痛苦地叫唤了起来。

杨洪恶狠狠地瞪了麦子一眼，万般无奈下，急着上楼去了。

林未亮环顾四周，只见右后方堆满竹器的地方恍惚透进来丝丝的光亮，他赶紧冲过去把竹器搬开，果然看到墙后露出了一个半腿高的小洞，显然是因为年久失修，被外面山冈滑坡的山石撞破了，杨洪用砖石堵住了它。林未亮用力把砖石搬开，和麦子钻了出去，踩着屋后的碎石疾步绕到屋前面。

楼房里传来焦急的脚步声，大门哗哗作响，林未亮知道杨洪很快又要出来，拉着麦子箭一般地冲出巷子。跑了很远，他们惊魂未定地回过头去，看到大门被拉开了，杨洪急匆匆地冲出来，在屋前屋后到处察看，没有见到他们的身影，他跪在地上双手抱头，撕心裂肺地大哭了起来。这悲恸声越来越响，越升越高，似乎回荡在天空，然后又像狂风暴雨一般猛然袭来，巨大的声响无孔不入，震耳欲聋。

不远处的麦子呆若木鸡，紧皱眉头，似乎所有的思绪和往事都涌上心头，刹那间，无数的念头起起灭灭。她的眼皮微微抖动，身体战栗，好像无法接受眼前的一切。

地狱从来就没有魔鬼，因为他们，一直在人间……

27

溶溶月色

因为害怕老人追上来，林未亮和麦子不敢逗留，匆匆赶回旅馆。林未亮打电话向许哲明告别，许哲明听到他语气低沉，自然知道结果不是太好，也不忍多问，只是请他们无论如何也要留一晚上，让他稍尽地主之谊。考虑到他尚有公务在身，再说即使见上一面又要匆匆分开，倒多了奔波之苦，林未亮自然婉拒了。

林未亮和麦子出了旅馆，打车到长途汽车站。中午时分，路上行人并不多，车子穿城而过，将他们送到了破旧的老车站。喧闹的车站外小摊贩卖力地向旅客兜售着产品。嘈杂的环境，加上轰鸣的汽笛声，使人心烦意乱。林未亮和麦子穿过人群，进站买了车票，正好该班汽车就缺三两人，他们一上车，车子随即发车。汽车驶过长江大桥，他们看到两岸楼房高低错落，道路上车来车往，烟波渺渺的江边停了一条清淤的作业船，缓缓地扬动着细长的红色手臂，一艘白色游轮正在江中游弋，眼前的一切就像一幅水墨晕染的山水画。

大巴车驶出万州城区，进入郊外，草木萧索，野花灿烂。随着与万州渐行渐远，麦子忍不住回望那座正在远去的城市。它被山坡挡住了一部分，仍然倔强地露出了半边脸，而那条蜿蜒的长江从宜宾奔腾而下，至此安宁了许多，在远方反射出柔和的光芒。它们仿佛都在依依惜别，对她这位不速之客——一出生就远离故土的人。

麦子蜷缩着身子，一阵深深的困意随之袭来，她将头靠在车

210

窗上，闭着眼睛小憩，偶尔眼皮跳动着，她并未真正睡着。她突然揭开身世之谜，心中震惊且痛苦，使人忍不住同情与怜悯，孜孜不倦的追求换来这样的结果，该是何等痛心疾首！简朴生为爱，杨韵为痴，杨洪为恨，麦子为真，然而这一张不可见的网却使他们统统受困其中。林未亮想要握住麦子的手，手臂却像冻僵了一样，怎么也举不起来，一股难以名状的感伤涌上心头。也许是为麦子，也许是为自己，又或者为父母亲，多少年来这种感情挥之不去。这个世界如此强硬，饮啄皆前定，莫不有定数。每一个努力生活的人，却常被命运嘲弄，不得不在俯仰之间，以缄默应对世事纷纭。

　　四个多小时的车程格外漫长，傍晚时分，他们通过了收费站，山城的轮廓浮现，山城笼罩在夕晖晚照之中。源源不断进城的车辆红艳艳的尾灯汇成彩带，并渐渐变得更加密集，仿佛一条流动的大红河。大巴车也汇入了滚滚车流之中，对面出城的道路上人车稀少，车辆呼啸而过，道路两边形成了鲜明的对比。

　　麦子回到了旅店，林未亮知道她心情不好，决意留下来陪她。到晚上9点多钟，麦子提议去喝酒，林未亮也觉得这样再好不过。两个人下楼重又走在了滨江大道上。即将农历十五，夜色里，天空中挂着一轮触手可及的大月亮，光影投在了江中，与泛起的波涛紧密相拥翻滚不息。山城层次分明的灯火次第点亮，位于江边和山顶的高楼发出万丈光芒，与波光潋滟的江水交相辉映，好似映照着夜色的一方水晶一片琉璃，光色流转，说不出的瑰丽迷离、光彩动人。

　　麦子眉头舒展，露出了难得的笑容，一直踩着林未亮的影子，又跑到了江边看看江水和对岸，两人不觉走到了江边的不夜城。彼时天色已黑，但吃夜宵未免又早了点，夜市上大排档的人并不多。麦子和林未亮走进一家烤鱼馆，点了烧烤小食。

　　麦子笑道："林君，今夜不醉不归！"

27
溶溶月色

林未亮抬眼看她眼里流露出一泓欢喜，虽然内心百感交集，不过此时也不想说那些烦恼，令她重陷烦恼之中。喝了一点酒，麦子脸上渐渐地浮现出桃花般的红晕，眸子映着霓虹流转。不远处的档口有人点了歌，调音之后传来了吉他弹唱，使他们又想起了临近毕业时在川南的那段时光以及阁楼上的歌声，还有头顶盛放的烟花。他们仿佛又回到了毕业前的那段时光，置身校园之中，时光在此刻变得柔和了许多，他们的心绪徜徉在轻柔的晚风之中。

　　麦子带着神秘的笑意，须臾之间，就像美艳缥缈、遥不可及的极光。

　　"笑什么？"

　　"没什么，只是突然有一刻感觉眼前的这一幕那么不真实，我们仿佛都做了一个长长的梦，又回到了毕业前的那段时光，你我什么都没变，时光就像一个书签被夹在了书的某一页中。"

　　林未亮忍不住问她以后做什么。

　　"也许去支教吧？"麦子笑意盈盈，"我想我还是更适合跟孩子们在一起。"

　　"想去哪里？"

　　"不知道，可能是贵州，也可能是青海，又或者是西藏，不过西藏我的身体可能受不了。"麦子笑道，"我越来越喜欢和自己独处了，在人群中，我的心病会越来越重，到时候可真就医不好了。总要远远的，人越少的地方越好。像曼宁说的，去野外，去遵循大自然的规律和听从自己内心的召唤。不需要很多的钱，但需要很多的时间，让自己可以从容地生活，再也不必要为了得到一个什么所谓的答案，四处寻觅……"

　　她把杯中酒倒在口中，一饮而尽。此刻的她兴致很高，似极快乐，又似极忧愁。麦子笑道："《浮生六记》说'世事茫茫，光阴有限，算来何必奔忙？人生碌碌，竟短论长，却不道荣枯有数，得失难量'。如今看来，真是深有体会。"

林未亮知她如今已是心灰意冷，正想劝解她，却听到麦子独自笑了："罢了，都过去了。"

不知何故两人提及涂涂，林未亮才想起自己已有将近半年的时间没有和她联系了。

"她就要结婚了。"麦子突然认真地说。

"谢啸？"

"不。一个陌生人，总共见了不过两三次面。"

林未亮对这种结果始料未及。

"你知道的，谢啸并不爱她。"

"所以，他欺骗涂涂？"

"并没有。这一切涂涂都是知道的，双方只不过各取所需罢了。只是涂涂太傻了，一厢情愿地以为自己可以感动谢啸，可他自始至终只是逢场作戏而已。"

"谢啸父亲曾因寻衅滋事和开设赌场获罪，被判了缓刑，反而因此成为当地的混混痞子投靠的对象。之后又因为垄断阴沉木敲诈勒索和强迫交易锒铛入狱，不过这次正好赶上严打，就没有那么好运了。他父亲胆大妄为，儿子却是一个不折不扣的胆小鬼。因为从小生活在父亲的庇护下，谢啸胆小如鼠战战兢兢，却是个实实在在的花心大萝卜。这几年来，他瞒着涂涂和那些所谓的红颜知己保持来往，本来这也是两人心照不宣的事实了，只是有一天被涂涂给撞到了，她再也无法自欺欺人，终于决定和他结束这段感情，草草地结婚。"

林未亮这才知道原来涂涂最近发生了这么多事，怪不得半年来她几乎销声匿迹，不再和他有任何联系。

麦子叹道："既然是花花公子，涂涂和他在一起这么多年，当然知道这个情况。只是人吧，有时候就是这么奇怪，她说她喜欢和他在一起那种心无挂碍的感觉。她从小生活在压抑的环境中，突然发现有一个人可以这么包容她，任谁也拒绝不了吧？分开了这么多年，她还是一点没有变。"

不知不觉两人已坐到了深夜，天气越发冷了。他们走出夜市，经过江边，等到走回旅馆等候电梯的时候，麦子斜靠在林未亮的肩膀上，失去了声音。林未亮低头一看，她已沉沉地睡着了。林未亮把麦子扶到楼上，为她脱去鞋袜，扶她在床上睡了。怕她半夜三更没人照顾，他自己取了一床毯子，睡在小沙发上。

今夜喝了不少酒，他也正犯困，迷迷糊糊将要睡着，突然看到麦子急急忙忙起了床，冲到卫生间，不住作呕，随即传来马桶抽水的声音。

林未亮走进去，卫生间里弥漫着一股刺鼻的酒气味，麦子竟然又趴在地上睡着了。林未亮费了九牛二虎之力，把她扶到床上。一着床，麦子随即发出了低低的鼻息声，脸上偶尔浮现出痛苦的表情。他正想要走，突然看到了她眼角的泪水，不知道是因为呕吐难受，还是因为心中痛苦。她的眉毛低垂，眼睛紧闭，却似乎毫无知觉。林未亮想起近来的一切，知她今夜反常的表现是因为心中压抑已久，才想要故意放纵。一时之间，林未亮胸口一阵刺痛。麦子如此反复了两三次，终于安静地睡着了。

林未亮躺在沙发上，一阵睡意沉沉袭来，他再也支撑不住，头靠在沙发上睡着了。也不知过了多久，等到他迷迷糊糊地睁开眼睛，看到外面的一轮明月像脸盆般大小，溢满了半个窗子，溶溶月色落满了窗台，仿佛披上了一层银色的薄纱。林未亮看到窗口边有个影子被拉得很长很长，折射在了墙壁上。麦子修长的身影侧对着他站在月下的窗子边，手里举着什么，斜对着月光，正在仔细地照着，五官因为背光完全看不到。

她是如此入神，以至于林未亮走到她身边，她都浑然不觉。林未亮看到她的手里举着那张发黄的照片，上面是一个天真烂漫的女孩，蹲在浩瀚如海的油菜花地里，一双眼睛清澈明亮，圆圆的脸上露出了动人的笑容。

林未亮不知道她何时把这张照片偷了出来。

"你偷走了她的照片？"

"是偷走的吗？"麦子回过头用幽怨又奇怪的眼神望着林未亮。

"为什么不愿意相认？"

"她并不是我的母亲。"麦子幽灵一样地说。

"你在自欺欺人。"

她不说话，回过头久久地望着他。她翻过照片来，上面留着一行娟秀又力透纸背的字迹。林未亮取过来看，只见上面写着一行字：凡所有相，皆是虚妄。若见诸相非相，即见如来。显然这行字是那个被锁女子所留，而她在失去所爱和女儿之后，身心之痛苦只能通过诵读佛经来求得解脱，一念及此，林未亮不由得心生凄然。

麦子的眼睛被如烟的浮云遮蔽，又回过头望着月色。

"你恨那个老人吗？"林未亮小心翼翼地问。

"为什么要恨他？"

"可是你明明知道，人一旦错过就是一辈子。"

"可是它本来就是错的啊，这就像一个人被劫持上了一条船，后面发生的事情不会改变它的本质。再说，你凭什么说她就是我的母亲？"麦子叹道，"以前我一直以为一个人如果不知道自己的来处，那么她就像浮萍一样漂浮不定没有着落。现在我终于懂得，我们每个人都是浩瀚无垠宇宙中一颗微不足道的星子，看着很近，事实上却相隔十万八千里，我们各自守卫着一片天空，却又互相辉映。从这种意义上来说，所谓的身世又有什么关系？我们每个人赤裸裸地来到这个世界，也将赤裸裸地回去，和这个世界没有任何瓜葛。我们的聚散，我们的生死，在我们未曾洞悉的世界里，只不过是一种人生常态，就像花开花落、云聚云散一样。"

凉薄的夜色中，她的眼神迷离涣散，仿佛梦游一般。她的动作和两年前的元宵夜一模一样，她一件一件地退去身上的衣服，在月色下，背对着林未亮，一丝不挂。她就像一尊无可挑剔的玉雕，像多情的晚风，像婉转的乐曲，像可爱的月色，柔和动人。此刻，它使人心思澄净，使人心无杂念，使人仿佛身在浩瀚的宇宙之中，看到一丝温暖的光明。

"看到了吗？"她轻轻地说。

林未亮点点头，看到她的腰背处，仿佛逗留着一只浅紫色的蝴蝶，在夜色中微微摆动着触须和翅膀，像停留在枝叶上，随时要起飞的样子。

两年来，她的身体看起来并无变化，林未亮再也忍不住，轻轻地抱住了她。麦子浑身抖动起来，可爱的耳垂像冰蝉伏在颈上，身体仿佛晚风轻拂中的草甸。

林未亮低头想亲吻她。

"别动。"她躲开他，哀求道，"就这样抱着我好吗？"

她眼里的孤独就像渺渺的烟雾，又像清晨的江岚，绵绵延延，没有边际。

麦子问："你能理解那种孤单吗？那种感觉就像独自站在无边无际的沙漠和海洋中，除了黄沙和海水，其他一无所有，连我都不知道自己是否存在。如果存在，也渺小得就像一粒沙子、一滴海水吧。"

林未亮感觉到她的心潮如海水般起起伏伏，他紧紧搂着她。麦子坐在床上，弯着身子，抱着膝盖。她的身体冰冷，林未亮看不到她的眼睛，却知她的眼睛一直望着窗外，银色的窗帘在风中微微掀起。

"你说她还活着吗？"

"应该活着吧。"

"为什么说应该?"

"我不知道。"

"她很孤独吗?"

"会吧。"

"为什么不说应该了?"

"不管是谁,都会感觉到孤单。"

"你觉得她孤单了会怎么办?"

"我不知道。"

"她可以这样抱着自己。"麦子低低的声音说。

过了一会儿,林未亮听见她的声音幽幽地说:"你说她会去哪里?"

"我不知道……"

"你的身体很冷。"

"可是我很热……"

"唔。"

"可能和想象中不一样了吧。"

酒精搅动着麦子的思维,她的眼前模模糊糊又出现了一片油菜花,有人一直在对她微笑。世界一直在变幻,她终于看不清眼前的景致了。她的眸子里有什么东西在摇荡。她咧开嘴想要笑,想要说话,却一点声音也发不出来,她终于不再徒劳挣扎了,沉寂不语了。

清晨,天已大亮。林未亮睁开眼睛的时候,臂弯里的麦子早已不见了。他爬起来,房间静悄悄的,好像连他也是多余的。阳光透过窗子,洒在洁白的床单上。昨夜麦子埋头的地方,留着深深的湿痕。

阳光慢慢地在房间里游走,有一束光落在了林未亮的手上。他打开手掌，感觉到阳光就像一只精灵，在他的手上和指间孜孜不倦地跳舞。

林未亮看到床头插着一枝蔷薇花，花朵上插着一张小卡片，他取下卡片，上面有一段文字蹦蹦跳跳地撞入他的眼底。

未亮：

失眠了一夜，天已大亮，原谅我又不辞而别。

有件事情我想我得向你坦白，但不是为了获得你对我的理解，而是希望能够打开你的心结，也打开我的心结，它在我心头压了好几年。毕业那年，我偷偷瞒着你去了长沙，第一次见到了赵先生，他看起来特别苍老，和我想象中的截然不同，可是他的声音却那么温柔。他搬到公司去住，把自己的房子让给我，耐心帮我打点各种关系。事实上，自始至终，我们并无任何实质上的关系。可是一个月后，我开始感觉反胃、恶心，什么东西都吃不下，我去买了测孕试纸，才发现自己怀孕了。我当时既高兴，又失落，我多么想能有一个我们的孩子，他会像你还是像我呢？不过，我的理智告诉我，我不能留下他，否则你和我的一辈子都完了。拖了很久，我终于告诉了赵先生这件事，他带着我去了医院，临手术前，他看到我害怕，一直安慰。我的眼泪一直不停地流，我感觉自己特别糟糕，完全不配拥有他的关爱。做手术的时候，我紧紧闭着眼睛，我能感觉到一个无辜的生命正在因为我的过错而消逝。我仿佛游离在自己的身体之外，冰冷地看着躺在手术台上的自己，或者不能说自己吧，那是一个陌生的女人。手术以后，赵先生对我一句苛责也没有。地震时，我实在忍不住，用他的手机试探着给你打电话，却不料你会打回来，接到你的电话以后，他依旧那么沉默，似乎和他毫不相关，他的所作所为让我感觉到深深的愧疚。事情的真相是，那个无辜的孩子，不是别人的，正是你的。当年欺骗你，不过是因为我深知自己不值得你爱，也不想令你本已不堪重负的人生雪上加霜。请原谅我的自私。

谢谢你的爱，谢谢你陪我走过的这段时间。它是我生命中最美好的时光，就像一条小船一样，伴我度过漫漫人生的汪洋。

麦子

这封信似烈日一般，晃得林未亮睁不开眼睛……

出了旅馆，林未亮心中宛若缺失了什么，一股郁郁之气填满了胸腔。他沿着街道漫无目的地穿行，街上放着闽南语歌曲——江蕙的《你着忍耐》，天空中飞翔着白鸽，发出了咯咕的叫声。喷泉旁围着许多孩子，他们正在学轮滑，林未亮抬起头，注意到树枝上又发出了几株新芽。

游荡了一段时间，林未亮终于低低地叹了口气，准备回家去。他慢慢地走到地铁站附近，走进了小区，又爬上了楼，钥匙只转了一圈门就被打开了。他正在疑惑自己是不是没有锁好门的时候，就看到了今天的屋内如此不同。沉闷的房间变得特别明亮，每个细节都能感受到对生活的用心和热情。

玄关依旧像往常那样整整齐齐地摆放着鞋子，客厅里放着一个行李包，擦得光亮如新的玻璃茶几映出家具的影子。他走进屋里，看到柳笛在厨房里，她围着围裙正在把砂锅从灶台上端下来，眉目柔和，笔挺的小鼻子精致可爱。

"你回来啦。"她头也不回地说。

林未亮呆呆地望着她，失落与感动交织在一起，他极力想要克制自己澎湃的情绪，它们却狂涛骇浪般猛然袭来，他眼睛通红。他一言不发，默默地走进厨房，紧紧地抱住了她。柳笛似乎感受到他的情绪，慢慢转过身也抱住了他。他们似乎心照不宣，谁也不愿意提及过去。

27

溜溜月色

吃饭的时候，柳笛吃了一口菜，猛觉恶心反胃，急急忙忙跑到卫生间去了。

　　林未亮以为她感冒了，晚上睡觉的时候，柳笛在他的耳边悄声说："你给孩子想个名字吧？"

　　林未亮翻过身子，看到她一动不动地盯着他，只见她清丽又疲倦的面容，简直要让人深陷其中不能自拔。柳笛一句话也不说，把他的手轻轻覆在她的肚子上，然后把头深深地埋进了他的怀里。

　　林未亮从未这般清晰地听到挂钟的声音，它们嘀嗒嘀嗒，从容而坚定，一步一步奔向未来。

　　过去和现在，现在和将来，它们如此泾渭分明，又如此界限模糊，回首既成过往。

28

梅园故梦

槐夏之川南，柳色青青，江雾缥缈，空气中酒香缕缕。宜宾市育才路被纳入市政规划进行重点改造，两边的违建被拆去，菜市场把流动摊贩纳入其中，终于不再显得那么杂乱无章。巷弄里，一个小区寂然立在烟尘中。小区里散乱地摆放着一些车辆，墙角还放着丢弃的轮椅及孩子的玩具车，仅有的几个健身设施再无人光顾，只有鸟雀偶尔立在上面，叽叽喳喳地叫着。

麦子正在六楼的房间里忙着收拾东西，因为久无人住，都发霉了。楼上人家防水出了问题，水一直不停地从铝扣板上滴下来，慢慢又渗透到了客厅的墙壁，催开了一朵水墨花。这几天她一直在忙这些事情，和邻居交涉，请师傅重新粉刷，又细细地清理了家中的杂物，连梅姨的房间也细细打理了。

回到川南这几天，麦子慢慢理顺了自己的思路，也终于明白自己想要的是什么，不再执迷于自己的身世。孙良和张金娥的女儿无故夭折了，他们在吵闹中又离了婚。麦子到孤儿院去了一趟，有了可喜的收获，得到了阿欢的消息。阿欢用稚嫩的语言给她写了一封信，寄到孤儿院，托他们转交给麦子。麦子这才知道原来阿欢在香港的养父母对她视如己出，几经周转，联系上了美国华盛顿哥伦比亚特区的一家科研院所，为她做了 DNA 采样，又新制作了智能仿生的下肢，使她的行动更加自如了。阿欢在信中一再表达对麦子的想念，希望麦子能抽出时间去香港看她。

麦子赶紧给她写了回信，下午又跑了趟邮局。手上的事情终于告一段落，她觉得很疲倦，坐在梅姨的房间里发呆。外面的光影透进屋子里，影影绰绰。她感觉到房间里光移影动，似乎有人，抬头去看，又嘲笑自己多疑，怎么可能还会有人。

正在嘲笑自己出现了幻觉，麦子不经意间看到一个人坐在梅姨的梳妆台前，她瘦削的脸上有一双细细的丹凤眼，转过头一直盯着她。她的眉目赫然就是梅姨。她脸上的神色像往常一样遍布乌云，嘴角弯着似乎在责备她。麦子知道自己肯定又做错了什么，不由得惭愧地低下了头。可是也就在这么一瞬间，她猛然意识到姨已经去世那么久了，再也不会有人这样苛责她，面前的人又怎么会是姨呢？

麦子心下一惊，定睛去看，梳妆台前空空如也，只有爬到楼顶的大树将斑驳陆离的树影投在上面。镜子里映出了一张憔悴的面孔，她回过头，看到梅姨的遗像赫然挂在墙壁上，正对着梳妆台。此刻，窗外风移影动，鸟雀喳喳地叫着，听着如此肃杀。

麦子似乎置身荒野，仿若隔世。墙上的照片是姨自杀前悄悄到照相馆留下的影像，拍下照片的当夜她服毒自尽，几天之后她与世长辞。

麦子端详着遗像上的姨，她的眼角眉梢还透露着当年的悲伤，似乎多年来未曾释怀。麦子暗自伤感：时光流逝，物是人非，不知姨在另外的世界，是否忘却了喧嚣人世的烦恼？而自梅姨去世之后，再无人牵挂她。想起当年梅姨坚决反对她去寻找亲生父母，可谓用心良苦。而姨死后，她的生命被一根脐带绑定，寻寻觅觅，最后真相令人心碎。一念及此，麦子黯然神伤。

几天后，麦子离开了川南，去成都参加涂涂的婚礼。她惊讶地发现，涂涂全无想象中的颓废，她剪掉了烫染的长发，留着清爽的短发，戴上了金丝框眼镜，眼眉之间全是幸福的模样。她们沿着灯火初上的春熙路散步，涂涂一直蹦蹦跳跳，好像比以前要快乐得多。她的口袋里再也不装香烟和花哨的打火机，她也不再炫耀香奈儿五号香水和古驰单肩包，说话也不眯着眼睛了。

当麦子讶异于她突如其来的变化时，她突然笑了："是呢，麦子，我终于找到了自己想要的生活！很奇怪，之前我总以为我明白自己想要什么，也总是刻意躲避着什么。当我终于打定主意离开谢啸时，我提前给自己打了心理预防针，给自己留下一段时间去适应。可是，等真的离开他了，我却发现完全不是想象的那么回事，我整个人莫名轻松了许多……"

她突然停下脚步，转过头望着麦子，那严肃认真的样子把麦子吓了一跳。她们一直是最要好的朋友，麦子从没见过她这么认真的模样，也未曾见她以这样的语气说过话。

"麦子！"涂涂说道，"你还记得咱们读书的时候吧？我们每次放学都在育才路的菜市场分开，各走各的，你只知道我家住育才路大榕树那里，可是却从来没有去过我家。每次你问我家在哪里，我总是搪塞你……你知道为什么吗？"

麦子不知道涂涂为什么突然提及过往，怔怔地望着她。是啊，除了涂涂这个人之外，麦子对于涂涂的其他一无所知。她总是独来独往，洒脱叛逆的背后好像隐藏着什么。

"你知道的，我母亲总是千方百计想让我变成一个淑女，她乐此不疲制定各种条条框框，不停地纠正着我的一言一行、一举一动，搜查我的书包，检查我的口袋，盘问我的去向，告诫我不能相信任何一个男人。他们龌龊而下流，荒唐不可信任。刚开始我试着按照她的要求去做，可是这让我烦透了，我感觉被人戴着镣铐监视着。于是我偷偷背着她做了很多坏事，这让我感觉到痛快，从此以后一发不可收拾。当母亲发现我竟然公然在她的面前抽烟喝酒、脏话连篇的时候，我能感觉到她的世界轰然倒塌，她的理想信念也随之烟消云散了。她不打我也不骂我，而是把自己关在房间里一整天，从此以后，我们除了在一个屋檐下生活，基本上不多说一句话。我也乐得没人管，从此放纵自己……"

涂涂仰望着天空："麦子，现在，我终于可以告诉你了。你还记得育才路走到大榕树的那个双岔路口吗？那里往左通到江边，往右……"

麦子惊讶地望着她："桃花街？"

"是……"涂涂笑了。

那条街是江北区尽人皆知的风月场、花柳巷，每至夜晚，巷子口灯红酒绿霓虹闪烁，浓妆艳抹的女郎总是躲在光色的背影里，用迷离的眼神挑逗着前来猎艳的人。

麦子看着涂涂的脸色一片惨白，一下子什么都懂了。她从来没有想到她明艳叛逆的背后，曾经藏着这么艰涩的生活，也顿时明白她母亲的艰难处境和用心良苦。

涂涂叹道："我当时却只有对母亲的仇恨，我鄙视她，厌恶她，想要逃离她。我不想当淑女，也不相信男人。我时刻感觉到孤独，可是我却装作满不在乎的样子。我自诩看透一切，嘻嘻哈哈，没心没肺……我讨厌男人，总觉得他们是可耻的，他们只会用下半身思考问题，更不相信世间会有所谓的爱情，一切不过是男欢女爱，激情消散之日，便是一拍两散之时。可是我得装装样子，我不想让别人觉得我是一个奇奇怪怪的人，况且我也需要一个人的陪伴，让我不再那么空虚寂寞……"

看到麦子惊讶地望着她，涂涂笑了："遇到了谢啸以后，我早知道他是一个花花公子，可是我依旧苦苦地追随他。我们只相拥，而从未有过越轨行为。他早失去了那方面能力，可是他从来不愿意承认。为了证明自己，他不停地交女朋友。我们算是各取所需，小心翼翼地隐藏着我们的问题，以此抵挡世人的目光。不过这样并没有让我轻松一点，却总像背着一身的重负，直到有一天，我终于厌恶透了自己的虚伪。分手以后，我意外地感觉到无比轻松。我决心开始新生活。这个时候，梁载云就出现了……"

涂涂眼里出现了不易察觉的光芒："他比我大三岁，是一名中学地理教师，本身我就不喜欢中规中矩的生活，更怕才走出感情就立刻被婚姻和家庭套住。我为了给别人一个交代，敷衍地去见他。他是放在人群中，很难被人发现的那种其貌不扬的人。可是我们聊着聊着，我突然被他吸引了，他和我聊起稗草和水稻的生存竞争，桑与蚕的秘密，还有石斛与真菌的合伙关系，我看到了他眼里的光，突然受到了触动。我突然发现原来我一直沉湎于自己的内心世界，而忽视身边那么美好的世界！我见他提着一袋青柠，津津有味地品尝着，我以为它们很美味，可是当我试着吃一点，极强烈的酸味让我紧紧皱起眉头。"

看到麦子惊讶的表情，涂涂笑了："后来我得知，他母亲已经去世多年，母亲在世的时候，特别喜欢吃刚结出来没多久的青柠。所以每年青柠初上市，梁载云总要尝尝它的滋味。那天他来见我，见门口有老人在卖青柠，忍不住又买了一点。听到他这么说，我的鼻子突然酸了，我苦苦追寻的东西，此刻又回到了我的心里……我在那一刻，突然有了坚定的选择……"

提及这些，她的眼睛又湿润了。麦子看到她得到了解脱，心中既感动又开心，而涂涂知晓了麦子的身世，不胜唏嘘，两人彼此相拥。

这几日涂涂正预备去巴厘岛，非要麦子同行，麦子自然婉拒。得知她要去青海支教，涂涂不由得伤感，知道此别后，相见的机会更少了。麦子怕影响他们的行程，第三日便匆匆告别了涂涂，登上了前往青海的火车。火车开动后，她又回过头看着涂涂，上扬的嘴角很生硬，渐又垂下来了。

"记得给我打电话。"涂涂对她大声地说道。

麦子轻轻地点头。

滚滚麦浪

半个月后，麦子辗转办理了青海支教的手续，终于来到了位于北岸的海北藏族自治州所辖的刚察县青海湖边，赤雪甲姆广阔的画卷映入她的眸中。这个内陆最大的咸水湖地处青海高原的东北部，烟波浩渺，好似一只打落人世间的玉盘，四围被巍巍高山环抱，北面是雄浑壮丽的大通山，南面是磅礴曲折的青海南山，东面是巍峨雄伟的日月山，西面是高高耸立的橡皮山。四座耸立的大山庇佑着这片草原广袤、幽静秀丽的化外之地。

青海湖一年四季景致各异，使景色中多了几分灵动绮丽。时值四月之初，巍峨群山和西岸辽阔的高原披上了一片翠绿，青海湖畔春光大好。目之所及，天空如倾覆的大海，漫卷的云儿小船一样来来回回，摇摇晃晃。远山苍茫，青海湖一碧千里，涌动着醉人的波涛。近处有苍翠欲滴的草地和浪涛一般翻滚的麦田，数不尽的牛羊和骏马酷似散落在草原上的珍珠。

若爬上湖边的山顶，还可以看到山的另一边，那里也是海波与云浪，还有漫卷大地的麦田，它们彼此有着柔和的分界线，却又亲密地联系在一起。视野再高一点，会看到苍茫辽阔的大地之上，青海湖就像一颗蓝眼珠，闪动着动人的光芒，湖水清澈日夜歌咏，亘古流传。天地紧紧连在一起，又无限地舒展开来，直通向不朽的未来。

麦子站在一大片麦地前，望着昂然而立的麦子在风中柔软而坚定地摇摆。每一株麦子都是如此平凡，它们没有自己的名字，也不知道自己的来路和去处，但每一株麦子都这么昂扬向上，根植大地，哪怕再平凡，也要成为不凡的沧海一粟。可是等到它们成熟以后，它们又谦卑地低下了头。

它们兢兢业业地守卫这片大地，一会儿在微风中摇曳，幽幽的声音仿佛胡笳，如泣如诉；一会儿在微风的吹拂下发出排山倒海之声，轰轰烈烈、震耳欲聋。

麦子分明看到广袤的大地上有千军万马在纵情奔驰，它们追逐长风，追逐夕阳，不畏风雨，不问时间，在无垠的天地之间昂首向前，永不后退。

麦子想起旅途中，那个清晨像鸟儿一样紧贴在母亲后背上补瞌睡的长睫毛小男孩；满脸泥浆满身污渍在大货车货物上拍照的工人；从车子里探出脑袋，满头银发露出牙床，笑得像个孩子似的老婆婆；落日余晖和电闪雷鸣之中无处可归和流浪猫相依为命的流浪汉——他们都朝着她跑了过来，和她围在了一起，炽热地望着她。他们坚定而执着，如同不屈服的麦子一样，寻找着阳光雨露，顽强地与生命抗争，努力活出自己独特的模样。

麦子生起一阵感动，她想：会不会这麦田连接着世界的某一端，而她想说的每一句话，都会被整个麦田和她想倾诉的那个人听见？这一刻，她想起了姨，想起了林未亮，想起了被大铁链锁了二十年装聋作哑最终逃出去的母亲。她想要说什么，却最终一句话也说不出口，任喉咙里泛起一股又甜又涩的滋味。

一只毛茸茸的野兔不知从哪里冒出来，站立起来东张西望，好奇地打量着不远处这个突然闯入麦田的不速之客。然后又掉转身体，奔入麦田，边跳边驻足，频频回头看。

麦子如同孩子一般，追寻着它的脚步，在麦田里奔跑，在麦田里呼喊，绿油油的麦子铺天盖地包围着她，一如母亲抱着孩子。

麦子在欣喜之余，被一丛麦子绊倒，顺势仰头倒在了无边无际

27

滚滚麦浪

的麦田里。它们仗着"麦"多势众，一拥而上，把她像孩子般地裹挟着，紧紧包围，深藏其中。她从未如此刻这般安然澄澈，天地之间每一粒尘埃都纷纷沉坠，眼前的景物快速解析重构，变得绚丽多姿，魔方一样在天地之间上下翻转。她却稳稳当当地处在世界的中心，脚下的这片大地坚定地承托着她。皇天后土，化育生民，一视同仁，天下无孤。这片厚重的大地从来没有抛弃过她，而麦子的双脚也从来没有离开过大地的怀抱！

麦子仰天久久地躺在大地上，听着猎猎风声，看着麦浪翻滚，体察着大地的律动，体悟着内心的觉醒，一种超然与洒脱的意绪从她的眼睛中弥散开来。此刻，所有漫长曲折的黑夜，所有痛苦执着的追寻，所有不堪诉说的孤独徘徊，统统融入了胸怀宽厚、默默无言的大地。再没有什么委屈不可以诉说，再没有任何痛苦需要深藏，每一株流浪的麦子，始于大地，也终将回归于大地！

而此刻千里之外，雄浑壮阔的巴渝山城正被茫茫大雾所笼罩。林未亮趁着中午难得的时光，独自走到报社的屋顶，俯瞰这座城市朦胧的轮廓。毕业以来，他在辗转奔波之中磨炼了自己，眉眼透出几分坚毅与从容。念及近年来发生的种种，他的心头似被无形的线牵引，隐隐地揪扯着，麦子何去何从，使他多了几分忧心。而柳笛已然怀胎两个月，他即将成为父亲，这令他倍感意外和惊喜。

远处的飞鸟在他的眸子里纵情飞翔，他正默默想着这些事情时，口袋里的手机振动起来。林未亮拿出来一看，是麦子的来电。离开的这段时间，她再未和他联系，突然接到她的来电，他自然惊喜交加。

林未亮接通了电话，电话那头却悄无声息，静得可以听到一阵阵风吹麦浪的声音，它们时远时近，轻轻地撞击着他的耳廓，余音袅袅。

"你听到了吗？未亮……我在青海湖边……"

麦子在那头感叹道："我终于懂得了，一个人的身世并不重要，

饮山海
YIN
SHAN HAI

因为我们和这片麦子一样，都来自这片大地……"

　　她似有许多话要说，却什么也没说，挂断了电话。

　　林未亮转过头久久无言，他看到露台上，平日里那只调皮的小猫不知何时跑了过来。它蹦蹦跳跳，寻觅着什么，不经意间见到了墙角里一朵正在怒放的无名小花，用两只爪子抱住，放在了自己的鼻子前，它的嘴角上扬，竟然露出了可爱的笑容。

番外：一封家书

杨小姐：

　　你好啊，请允许我这么称呼你，因为叫妈妈我感觉太陌生了，从 1986 出生到现在，我未曾见过你一面，到现在见你第一面，也不过是在这唯一一张我偷来的照片上。我曾经无数次想象过你的样子，现在看到你了，我又觉得格外陌生。我不知道你是否还在这个世上，又在这个世界的哪个角落。被老人丢弃后，我被中医堂的邵伯伯老两口收养，老人家虽然家境并不宽裕，可是毅然决定收留我。只是没想到老天捉弄，我又被一个人贩子给盯上了。她带着我辗转巴蜀，就为了卖一个好价钱，可是当她知道我是一个先天性心脏病患儿，便慌慌张张地把我丢弃在巷子里，让我差点丢了性命。我曾经以为我的母亲就是她，心里十分凄凉绝望，一度想要放弃寻求身世。直到有一天，我意外地得知了你的存在，我的心里才开始燃起希望。可是等到我知道了事情的所有真相，我的心里悲悯你所遭遇的一切！我多么希望这残忍的一切都没有发生过，而你也没有受过那些苦。

　　亲爱的杨小姐，你应该感谢一个人。2008 年初春，疼爱我而我却不自知的梅姨也走了。如果你见到她了，你该好好对她说声谢谢的。她的一辈子那么短那么苦，其中有一半的苦是为了你女儿所承受的。说说我吧，我早就知道姨不是我的亲生母亲。这么多年，我一直对妈妈没有什么概念，但是看到别的孩子有妈妈，我心里挺酸的。我从小被人夸，说我长得俊，又高又好看，我想如果没有发

230

生这一切，我也会很幸福吧，因为有你给我撑腰。曾经我挺恨你的，恨你将还在襁褓之中的我丢弃了，可是现在我很想你。

　　杨小姐，这么多年，我没有亲眼见过你，你也没有见过我，我们在对彼此的守望中苦苦煎熬，想不到最后的结果仍然是此生无缘。杨小姐，你真的很小气，一次都不来我的梦里。你是不是怕见到我，我不认识你会很尴尬啊？最后请求你，一定要照顾好自己。还有，来梦里见我一次吧，哪怕一次也好！

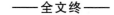
——全文终——

致 谢

　　写作是孤独的，从构思到落笔，只能一个人消化很多情绪，与默默无言的时间为友。从完成初稿到多轮修改定稿，耗时很长，幸运的是有妻子陈璐与女儿出子言的陪伴。她们和我的几位挚友，不厌其烦一遍一遍地阅读着我不成熟的稿件，并提出了宝贵的意见，使这本小说渐渐完善。在此向尊敬的王楚华老师和亲爱的王维、钟琼、梁玲、李婷婷、林修伟、向玉清、许喑林等小伙伴致敬，并表示感谢。

出智周

2023 年 3 月